SEGRETO ALFA

RENEE ROSE
LEE SAVINO

Traduzione di
ANNALISA LOVAT

 Creato con Vellum

OTTIENI IL TUO LIBRO GRATIS!

Iscrivetevi alla newsletter di Renee per ricevere Indomita, scene bonus gratuite e notifiche riguardo a nuove pubblicazioni!

https://subscribepage.com/reneeroseit

CAPITOLO UNO

Grizz

FOTTUTI VAMPIRI FUORI DI TESTA.

Il Toxic, il club di bondage dei vampiri, è per metà un salottino e per metà una prigione medievale: mobili in legno massiccio, velluto rosso e angoli bui dove potersi perdere. Da un lato, un piccolo bar serve solo superalcolici della migliore qualità e vini rari. Si sentono tintinnare i bicchieri: un suono di civilizzazione che sarà presto soffocato dai rumori più oscuri che vengono dalle segrete.

Sopra alle nostre teste la musica inizia a pulsare, vibrando attraverso il soffitto. Non manca ormai molto prima che le coppie inizino a scendere dal nightclub che si trova al primo piano.

Mi faccio strada tra le stazioni, attento a non toccare nessuno dei macchinari di tortura o dei mobili appositamente costruiti che si stagliano come mostri da incubo nella luce soffusa. La vista di panche costrittive e croci di Sant'Andrea basta a generare un fremito di sottomissione.

Un ansito di desiderio. Per me non ha il minimo senso, ma lo vedo accadere ogni notte.

Aspetto nell'ombra mentre i primi entrano: coppie che vengono giù dalle scale. Alcuni vanno dritti alla loro area preferita o alcova privata, altri restano immobili ai piedi delle scale, fissando la segreta con un misto di paura e desiderio.

I vampiri tengono l'ambiente buio qua sotto, forse per nascondere la loro identità. Potranno anche ingannare i fragili sensi umani, ma io sento il loro odore in ogni angolo. Eccone qui uno che sta legando alla parete un'adorabile biondina. Lì ce n'è un altro seduto nel salottino con un uomo filiforme in grembo. Il vampiro gli sussurra qualcosa nell'orecchio e l'uomo sgrana gli occhi, fissi su un macchinario illuminato. Strumenti di tortura li chiamo io, anche se i sottomessi sembrano amarli. Diamine, l'uomo sottomesso irradia eccitazione mentre il suo padrone vampiro lo lega a una panca costrittiva. L'umano non vede l'ora di essere picchiato.

Non capisco. Per me è un mistero, un rituale di accoppiamento che non ha alcun senso.

Il vampiro schiocca le dita e un'adorabile donna rossa di capelli si unisce alla coppia di uomini. Va alla parete e sceglie una frusta nera, per poi tornare dal vampiro che sta legando in maniera plateale il compagno. La rossa è una donnina minuta con addosso una succinta veste bianca, il tanga dello stesso colore chiaramente visibile sotto al tessuto sottile. Attorno al collo porta un collare di pelle, pure bianco. A testa bassa offre la frusta al suo padrone, mantenendo una postura servile finché lui afferra l'oggetto. Quando fa un gesto per congedarla, lei si ritira ad aspettare il prossimo ordine. Alcune persone si riuniscono per guardare il vampiro che frusta il suo sottomesso, ma io ho solo voglia di guardare la rossa. Il club è pervaso da una brezza: aria fresca che soffia dai condizionatori. La ragazza rossa di capelli ha la pelle d'oca e i capezzoli turgidi. Ha freddo, dannazione. Non so perché la cosa mi interessi, ma è così.

Non capisco il senso di tutto questo sfarzo e della pompa magna. Sono i peggiori preliminari a cui possa pensare: inutili e complicati. Non mi stupisce che i vampiri li adorino. La metà di questi pazzi è vissuto nell'Era Vittoriana.

Ora noto il fascino della rossa. Ha una delicata spruzzata di lentiggini sul viso. I piedi scalzi. Sta al limitare della scena, in silenzio e senza disturbare, mentre il suo padrone fa la sua scena. Se fossi io il suo padrone, non la ignorerei. Di certo non vorrei intrattenermi con altri. La terrei vicina a me, la legherei per farle sapere che appartiene a me. La addestrerei ad accogliermi, a legarmi al divano con mani bramose, a inginocchiarsi ai miei piedi per darmi un appropriato benvenuto.

E ora ho il cazzo duro. Distolgo lo sguardo dalla rossa. Guardarla risveglia il mio orso, e stasera ho bisogno di mantenere la mente sgombra. Ho accettato questo incarico perché è di basso profilo, mi porta più vicino alla mia preda definitiva.

I miei scarponi pesanti battono un ritmo familiare mentre faccio la ronda nel club. Mi so muovere in silenzio, ma è meglio che loro vedano un babbeo goffo e pesante, un orso assunto dai vampiri, un mutante servitore del re. La maggior parte delle coppie mi ignorano. Questo club di bondage dei vampiri richiede un po' per abituarcisi, ma è tranquillo, diversamente dal Fight Club dove lavoravo prima. Qui la maggior parte dei clienti sono gentili e fanno quello che devono fare.

Una bionda mi passa accanto, nuda eccetto per uno striminzito tanga rosso e un collare nero. C'è un guinzaglio che penzola dal collare, in mezzo ai suoi seni nudi. Sorride mentre mi passa accanto, lanciandosi il guinzaglio dietro alla spalla, mandandolo a penzolare tra le natiche arrossate del suo culo perfetto.

Sì, fare il buttafuori al club di sadomaso dei vampiri è un bel lavoretto, se riuscite ad accaparrarvelo. Alcune serate sono meglio di altre.

Svolto l'angolo ed eccola lì – la piccola rossa – nuda e con le braccia tese sopra la testa. Il vampiro dà dimostrazione di una sorta di fune da bondage, usando la sottomessa rossa come modella. La veste bianca è a terra e lei obbedisce con espressione calma, quasi estasiata. Ha alcune lentiggini anche sulle braccia e sulle spalle. Il petto si alza e riabbassa seguendo respiri profondi e regolari, mentre la corda le comprime il torace. Le sopracciglia sbattono rapide.

Il vampiro termina la dimostrazione e slega la ragazza, ordinandole di mettere via la fune e congedandola con uno schiaffo sul sedere. Un ruggito mi sale alla gola. Cazzo, sono rimasto qui a fissare la scena un po' troppo.

"Ti piace quello che vedi, mutante?" sussurra un vampiro al mio fianco. "Forse dovresti provare."

Aspetto che la rossa scompaia in un'alcova privata, poi mormoro al mio indesiderato collega: "Certo, Benny. Sul tuo cadavere, magari…"

Il vampiro Benny digrigna la bocca e mostra le zanne. "Mi chiamo Benedict."

"Lo so." Piego la testa di lato, già annoiato. Benedict è uno dei vampiri più giovani, tramutato solo un secolo fa, pallido e magro come se stesse morendo piano. "Ti ho dato un soprannome. Se fossi tanto sfigato da chiamarmi Benedict, accetterei l'alternativa, cazzo."

Benny inarca le sopracciglia di scatto. Sto attento a non guardarlo negli occhi, ma capisco che è irritato: mi basta guardare il modo in cui il petto si alza e abbassa come se volesse urlare.

"Stai attento, orso. Avrai anche il favore del re, ma non puoi competere con un vampiro."

"Questo è quello che pensi tu," mormoro, scuotendo la testa quando lo sento ringhiare. "Fuori di qui, Zanna Bianca."

"Ma che…" sbuffa.

Corruccio le labbra e gli giro la schiena per un secondo pieno, per poi allontanarmi. Il peggiore insulto a un vampiro: voltargli le spalle come se non fosse una minaccia. La maggior parte dei mutanti non lo farebbero mai.

Io non sono come la maggior parte dei mutanti. I vampiri non possono capire. Mi parlano con superiorità e mi stuzzicano, del tutto ignari. Non sanno cosa sono, di cosa sono capace. E quando arriverà per me il momento di dare loro la caccia, non capiranno cosa sta succedendo, se non troppo tardi.

Torno verso il bar.

"Il re ti vuole," dice il barista, indicando con un cenno della testa il trono che si trova al centro della stanza. Quindi Frangelico ha deciso di allietarci con la sua presenza. Ruoto su me stesso e mi incammino per andare dal capo.

Il trono è posto su una piattaforma sopraelevata. È un vero trono medievale, importato dall'Italia o da qualche simile posto di merda. La vecchia zona di Frangelico. Puoi tirare fuori i vampiri dal Medioevo, ma non puoi tirare fuori il Medioevo dai vampiri.

Un giovane e affusolato cameriere con pantaloni da smoking neri, fascia rossa in vita, collarino nero in velluto e nient'altro addosso, arriva al trono prima di me. Fa un inchino piegandosi ai fianchi per offrire il suo vassoio di bevande. Frangelico tende la mano e sposta i bicchieri, scegliendone uno e facendogli poi segno di andare. Il giovane si tira indietro, sempre piegato in avanti.

Oh, per l'amor del cielo. Ruoto gli occhi in su. Cerimoniosità e pompa magna… immagino che se sei praticamente immortale, tu abbia il tempo di dilettarti con scenette del genere.

Il cameriere si gira e quasi salta per aria quando mi vede. Il volto impallidisce, il pomo d'Adamo si alza e riabbassa sotto al collarino. I collari in velluto nero fanno parte della divisa qui, ma ucciderei ogni vampiro che tentasse di farmene indossare uno. Per contratto sono un buttafuori, non un fottuto schiavo. Forse è ora di ricordarlo al re.

Faccio il giro dell'enorme sedia di legno e incrocio lo sguardo divertito di Frangelico. Non ci si può avvicinare di soppiatto al re.

"Grizz. Che piacere che tu ti sia unito a noi." Agita una mano e altri due uomini con i collari arrivano con una sedia ornata per me, più piccola del trono ovviamente. Se mi ci siedo, mi troverò più in basso di almeno mezzo metro rispetto al re vampiro. Quindi non mi siedo. Appoggio invece sulla sedia un piede. Frangelico sospira.

"Devi proprio mettere i piedi sui mobili? Sono sicuro che possiamo trovarti un poggiapiedi, se vuoi." Frangelico schiocca le dita e fa segno a uno dei servitori. Afferro la spalla dell'uomo prima che si metta carponi davanti alla mia sedia.

"No," ringhio. "Piantala. Sai che non sono fatto per queste cagate."

"Certo." Un altro schiocco delle dita del re, e l'uomo scompare. Frangelico si china in avanti. "Avevo dimenticato che non gradisci per niente i nostri giochetti di potere. Ma cos'è il sesso, se non una dinamica di potere?"

Scuoto la testa. Non ho tempo per queste stronzate. "Volevi vedermi?"

Frangelico si appoggia allo schienale e mi scruta. Sebbene lui sia seduto e io in piedi, è comunque leggermente più alto. Il vampiro è più grande di quanto ci si aspetterebbe, e nonostante tutti i suoi sproloqui, non è stupido. Il potere non è il suo giochetto. È l'unico gioco possibile, e lui gioca per vincere.

"Sì, amico mio."

Rabbrividisco. Cazzo, siamo amici? Ho firmato un contratto con lui per sorvegliare il suo club e tenere d'occhio un paio delle sue operazioni. In cambio lui mi dà quello di cui ho bisogno per fare quello che devo fare.

"Ti offendi se ti chiamo *amico*?" chiede il re. Non puoi nascondere niente a un fottuto vampiro.

"Non sono qui per farti le treccine ai capelli o indossare braccialetti di perline o cagate del genere. Io e te abbiamo un contratto."

"Sì," conferma il re. "Ma di sicuro possiamo ricontrattare. Devono esserci altri bisogni che hai necessità di esaudire. Desideri. E di sicuro possiamo accontentarti qui, in questo paradiso del piacere." Allarga le braccia per mostrare l'intero club. Poi fa un cenno. La bionda che ho visto prima mi passa accanto, diretta verso il padrone vampiro. Su suo invito, si siede su un bracciolo del trono, ruotando il corpo per meglio mostrare seni e cosce. Frangelico fa scivolare una mano lungo il suo snello polpaccio. "Circondato da tali delizie, di certo devi essere tentato."

Ignoro la bionda che mi sorride. Mi fa rabbrividire il modo in cui Frangelico la tratta, come se fosse un pezzo di carne. Immagino che per lui tutti gli umani siano cibo. "Sai quello che voglio. L'hai sempre saputo, fin dall'inizio."

"Ah sì." Le lunghe dita del vampiro tamburellano sul ginocchio della donna sottomessa, come se facesse parte dell'arredamento. "Sei finalmente più vicino a ciò che vuoi?"

"Faccio il gioco lungo." Frangelico è la mia migliore opportunità per ottenere ciò che voglio. Se mi ci vorrà tutta la vita, che così sia, cazzo.

"Quindi giochi anche tu." Le sue dita smettono di tamburellare.

Sospiro. "Di che cazzo stai parlando?"

Frangelico libera la bionda e le fa segno di andarsene. "Mi chiedo cosa succederà se nessuno di noi due otterrà ciò che vuole."

Scrollo le spalle. "Andremo ciascuno per la sua strada." Non che ci sia niente a trattenermi a Tucson.

"E se io non volessi lasciarti andare?"

"Sarebbe una sventura."

Non guardo il vampiro negli occhi – non sono idiota, cazzo – ma lancio uno sguardo torvo in direzione del suo mento. Non ho mai sfidato o minacciato il re – non ancora – ma riceve il messaggio e sospira, riappoggiandosi allo schienale del suo trono. La sua veste di velluto scivola da una spalla, mostrando i forti muscoli sottostanti. Farà anche la scena da pigrone, ma non è certo flaccido e di sicuro sa combattere. Anche se non avesse super riflessi e poteri da vampiro.

"Quindi capisci perché ti ho chiamato qui. Vorrei esplorare delle alternative ai nostri accordi."

Cazzo. "C'è una sola cosa che voglio." E se Frangelico non può darmela, non so come potrò ottenerla.

"Di certo ci sono altre cose che vuoi. O magari… certe persone."

La rossa. La sua immagine mi si apre in testa prima che possa cacciarla. Quel dolce visino lentigginoso che mi accoglie quando torno a casa, chinandosi verso di me per darmi un bacio.

Caccio via la fantasia. "No. Niente. Te l'ho detto all'inizio. È tutto o niente." La mia rotta è stata stabilita molto tempo fa.

Una donna grida. Mi irrigidisco, ma non mi volto. Non amo il fatto che i versi di dolore siano diventati una routine. Poi colgo uno scorcio di colore ramato e ruoto su me stesso.

Benny ha preso la rossa – la mia rossa – e l'ha legata a una corda che pende dal soffitto. Le sta colpendo la schiena con una pesante frusta: ogni sferzata le lascia un segno. È nuda, danza sulle punte dei piedi, si contorce per sfuggire ai colpi. I nastri di pelle della frusta le si avvolgono attorno ai fianchi e arrivano a lambirle i seni. Grida e sento una sfumatura di paura nel tono, non le note basse che indicano piacere.

Prima di rendermene conto, ho attraversato la stanza e sono faccia a faccia con il vampiro. La frusta è a terra tra di noi, spezzata in due.

Benedict si mostra sorpreso, ma subito vela la sua reazione e mi guarda con un ghigno. Si gira di nuovo verso la rossa tremante. Gli afferro un braccio.

"No. Non le farai del male."

"Ne ho il permesso," ringhia. Ringhio a mia volta in risposta e lui scompare, riapparendo dall'altra parte del locale. Fottuto codardo.

Mi giro di nuovo verso la rossa e scopro che un altro vampiro ha preso il posto di Benny. Un vampiro alto e con la faccia da patrizio, quello che prima le stava dando ordini. Il suo sottomesso di prima non si vede in giro.

"Cosa significa tutto questo?" tuona, guardandomi dall'alto in basso, anche se sono quasi della sua stessa altezza. "Benedict aveva il mio permesso."

"Lo spettacolo è finito. Liberala. Lei ha finito."

"È mia, e decido io quando ha finito." Il vampiro fa un passo verso un tavolo pieno di oggetti, e lo blocco.

9

"Richiama il tuo cane," dice al re.

Frangelico inarca un sopracciglio. Non si danno ordini al re.

"Non sono un cane," ringhio. "Sono un orso." Il mio grizzly sta per uscirmi dalla pelle e iniziare una zuffa in mezzo al locale. Vedremo quanto sono robusti in realtà questi mobili.

"Augustine," dice Frangelico con tono biascicante e tinto di disapprovazione. Mi irrigidisco. Non l'ho mai visto prima, ma sono sicuro che Augustine sia uno dei luogotenenti di Frangelico. "Sai bene quanto me che non gli do ordini. È proprio per questo che l'ho assunto. Lui è qui per assicurarsi che seguiate le regole." E detto questo, il re vampiro si volta e ci congeda definitivamente.

Le labbra di Augustine si arricciano, mostrando le zanne. "Non ho infranto nessuna regola."

"Hai prestato la tua ragazza a un vampiro che le stava facendo del male." Accanto a noi, la rossa lentamente ruota, appesa al cappio che le tiene i polsi. Cazzo, le fa bene alla circolazione? Vedo delle striature sulla sua pelle, numerose quasi quanto le sue lentiggini. Alcune mostrano addirittura delle tracce di sangue. Benny l'ha davvero conciata per le feste.

"Se si voleva fermare, poteva usare la parola di sicurezza." Il vampiro fa un cenno impaziente e un cameriere gli offre qualcosa da bere. Augustine beve avidamente, asciugandosi l'acqua dalle labbra. Non offre niente alla sua sottomessa punita.

Il corpo della rossa è floscio, gli occhi socchiusi. Le scruto il volto e le sollevo delicatamente una palpebra per controllare le pupille. "È troppo fatta per poter pronunciare la parola di sicurezza." Non sarò un esperto di questa roba, ma so come funzionano le endorfine. Più se ne sprigionano, e più la sottomessa è troppo drogata per poter addirittura parlare.

"Le piace." Il vampiro va al tavolo e prende un frustino. Mi piazzo tra lui e la rossa. Tra il vampiro e la sua preda. Probabilmente è la prima volta che qualcuno dice di no a questo qui.

Augustine sembra scioccato. Aria che addosso gli sta benissimo.

"Ho detto basta."

"Molto bene. Tanto è ora di andare a cena." Con uno schiocco di dita, ordina a un altro servitore del club di avvicinarsi e sciogliere la fune dai polsi della giovane donna.

Lei si accascia; una cascata di capelli rossi le ricade sul volto ricoperto di lentiggini. La testa si reclina sul petto. È completamente fatta di endorfine. Altro sangue dolce. Una consenziente vittima sottomessa ai vampiri.

Non sono affari miei. Non dovrei immischiarmi. Ma le labbra della rossa si dischiudono, lei si volta verso di me e sento il suo odore…

E improvvisamente capisco perché ha attirato il mio interesse.

Mi chino in avanti. È una mutante. Non una lupa né un'orsa, ma qualcosa di simile. Una volpe, forse. Spieghe- rebbe i capelli rossi. Lancio un'occhiata in mezzo alle sue cosce. È per lo più rasata, eccetto per un piccolo ciuffo. Rossa naturale. Decisamente una volpe.

Come ho fatto a non notare il suo animale prima? Probabilmente perché è timida, sottomessa. E poi per tutto il miscuglio di odori dei vampiri nel locale. Gli animali preda non si fanno riconoscere come dominanti. E questa è dolcis- sima. Il mio orso sta lottando per saltare fuori e portarla via, al sicuro, in un posto oscuro dove poterla proteggere.

I miei istinti lottano un secondo. Ma devo ricordare

perché sono qui. Deglutisco e faccio un passo indietro, comportandomi in modo disinteressato. Un buttafuori più preoccupato della reputazione del club che della protezione dei sangue dolce consenzienti. "Frangelico sa che state banchettando con una mutante?"

"Appartiene a me."

"I mutanti non appartengono ai vampiri."

"Dice l'orso guardiano del re."

Tecnicamente io e il re dei vampiri abbiamo una collaborazione, ma non correggo il vampiro.

Con un sorriso malvagio, Augustine schiocca le dita. Un minuto più tardi, dei servitori del locale hanno fornito una sedia per Augustine e la sua sottomessa. La muove tra le sue braccia, sistemando quasi con tenerezza il suo corpo floscio, mentre guardo. Stringo i pugni mentre le dita di Augustine si stringono attorno ai capelli ramati, tirando indietro la testa della donna per scoprirle il collo. Senza cerimonie o gentilezza, colpisce come una vipera, affondandole le zanne nella carne. Il corpo della donna si contorce, ma il suo sguardo estatico si fa più intenso.

Vaffanculo. Mi giro e torno verso il trono, al centro della stanza.

"Possiamo farglielo piacere, sai," dice Frangelico. Tiene in mano un calice pieno di liquido rosso. Bella scenetta, ma è solo vino.

Un sussulto mi fa girare. La rossa si dimena tra le braccia del suo padrone vampiro, l'estasi che si trasforma in angoscia. Augustine mi lancia un'occhiata malefica. Le sta facendo male apposta. Le mani della rossa battono contro la sua giacca. Il sangue le macchia la pelle bianca, la camicetta. Il vampiro sta facendo un casino.

Le grida della donna si fanno più acute, diventano cariche di ansia.

"Lasciala stare," ringhio.

"Augustine," dice Frangelico con voce morbida, prima che io possa raggiungerlo a grandi passi. Il giovane vampiro si volta ringhiando, ma abbassa gli occhi. "Basta," ordina il re, e Augustine china la testa e fa cenno a un dipendente del locale perché porti via la ragazza.

"Non puoi salvarle tutte dal sadismo che io stesso ho generato," mormora Frangelico, mentre guardo la rossa scomparire dietro alla tenda di un'alcova privata. Ora è al sicuro. Per la prossima ora starà avvolta in una coperta, le daranno succo d'arancia e cioccolato e qualsiasi altra cosa le serva per tornare in qua. Per un momento mi trastullo con l'idea di scostare quella tenda, cacciare via a calci il dipendente del club e prendermi cura di lei di persona. Rigetto il pensiero non appena affiora nella mia mente. La rossa è carina, ma non è affar mio.

Il mio orso grida in segno di protesta.

Quando mi giro, il re dei vampiri mi sta guardando attentamente. Scuoto la testa. "Non intendo salvarle. Come hai detto tu, a loro piace."

Il re mi guarda al di sopra delle dita intrecciate. "Questo locale si occupa di ogni sorta di desiderio. C'è chi desidera il piacere mescolato al dolore. Abbiamo una parola per definirli: sangue dolce."

"Sì, lo so." I vampiri amano i masochisti. Il dolore rilascia endorfine che rendono il sangue più dolce, o qualche cagata del genere. Sto per dire a Frangelico dove può infilarsi il suo sadismo, quando un odore mi arriva alle narici. Lupo.

"Frangelico," chiama una voce femminile. Una lupa vestita di pelle avanza verso di noi, seguita da un enorme lupo con un piercing al sopracciglio. Sheridan e Trey. Rivolgo a Trey tutta la mia attenzione. Io e lui non andiamo d'accordo. Una volta facevo il buttafuori al suo

Fight Club, ma quando ha scoperto che lavoro anche qui, le cose sono degenerate. Velocemente.

Appena Trey mi vede, mostra i denti. La sua donna gli posa una mano sul braccio e mormora: "Comportati bene."

"Ah, la mia cara Sheridan," miagola Frangelico. "Che carino da parte tua venire qui con il tuo guardiano lupo."

"Il mio compagno," lo corregge lei. Si porta automaticamente una mano alla spalla, posandola sul punto dove deve averla marchiata. Merda, lei e Trey sono una coppia? Apro bocca per congratularmi con loro. Trey mi guarda in cagnesco. Dopo quello che ho fatto, non accetterebbe nulla da parte mia. Richiudo la bocca.

"Cosa ti porta al nostro piccolo club?" chiede Frangelico. "Affari o piacere?"

"Affari," risponde Sheridan, anche se si guarda attorno. Non capisco che attrazione possa avere questo posto, ma non sono affari miei.

"Allora venite," dice Frangelico, facendo un segno perché vengano portate altre sedie vicino a lui. Dei camerieri appaiono con dei bicchieri.

"Siamo qui perché abbiamo sentito delle voci. Dalla zona stanno scomparendo mutanti."

"Lupi?"

"No. Altri tipi di mutanti. Mutanti che non hanno la protezione del branco."

"E che genere di mutanti sarebbero? Perdonami, non sono molto esperto del mondo animale," spiega Frangelico. Ovviamente sta mentendo. È sempre molto attento a sapere tutto.

Sheridan deglutisce e guarda Trey, che annuisce. "Alcuni felini solitari che non avevano un clan. Leopardi, tigri. Ma anche mutanti più rari: gufi, corvi, aquile."

"Sul serio? Ci sono mutanti volatili?" Frangelico è

davvero bravo a bluffare. Neanche io riesco a sentire nient'altro che il suo interesse.

Sheridan annuisce. "Se ne stanno nell'ombra perché non sono numerosi come i lupi o i grossi felini. E poi sono animali da preda."

"E qualcuno li rapisce? Non era successo anche prima, con quell'azienda che catturava i mutanti per condurre degli esperimenti?"

"Quell'azienda non esiste più. Abbiamo distrutto le loro strutture, abbiamo fatto fuori i responsabili. Ma c'è ancora un mercato nero per mutanti rapiti, e pensiamo che i trafficanti di mutanti abbiano trovato nuovi clienti. Vampiri."

I polpastrelli delle lunghe dita di Frangelico si uniscono. Il re vampiro non si muove quando Sheridan scaglia la sua bomba. Aspetta invece un momento, come a voler essere sicuro che abbia finito di parlare. Poi prosegue. "E cosa ci farebbero i vampiri con dei mutanti rapiti?"

"Non lo sappiamo. Per questo siamo qui." Prima che Sheridan possa continuare, il suo compagno si fa avanti. Alto, tatuato, minaccioso.

"Sarebbe saggio da parte tua dare una controllata, a meno che tu non voglia che il branco venga a bussare alla tua porta," dice Trey. Sheridan lo afferra di nuovo per il braccio.

"Quello che il mio compagno intende dire," dice con un sorriso plastico, "è che, considerata l'alleanza tra il branco di Tucson e il tuo covo di vampiri, sarebbe saggio unire le forze per indagare su queste scomparse. Per il bene della pace tra noi."

"Ovviamente." Frangelico lancia un'occhiata a Trey, poi si gira nuovamente verso Sheridan. "Sei molto portata per la diplomazia, mia cara," le dice.

"Grazie," risponde lei con tono equilibrato. "Ma non sono la tua cara."

Frangelico ignora il suo ringhio. "Indagheremo." Mi guarda. Annuisco. Con *indagheremo*, il re intende dire che indagherò *io*. E a me sta bene dare la caccia a vampiri che acquistano mutanti rapiti. So esattamente da dove cominciare: Augustine e la sua piccola sottomessa rossa di capelli.

"È deciso," annuncia Frangelico. "Ora che la questione è conclusa, usate pure il mio club per divertirvi. Vi fermate a fare qualche giochetto, stasera?"

Sheridan esita, lo sguardo che sfreccia attorno, nella soffusa luce del club, con interesse malamente celato.

"Sì." Trey si porta tra lei e il re vampiro. "Ammesso che tutti si comportino come si deve."

"Sono sicuro che i miei vampiri lo faranno," risponde Frangelico, facendo luccicare le zanne.

"E i tuoi animaletti mutanti?" Trey mi guarda.

"Non ho animaletti mutanti. Solo amici e… compagni di giochi," dice Frangelico.

"E lui quale dei due sarebbe?" chiede Trey, sempre fissandomi.

"Un socio d'affari," gli rispondo.

"Sono sicuro che anche Grizz rispetterà le regole del club, così come tutti i suoi membri." Frangelico mi guarda inarcando un sopracciglio.

Alzo le mani. "Non ho nessun problema con questi lupi." L'ultima volta che ho controllato, non avevo problemi con i lupi. Non è colpa mia se i lupi hanno un problema con me.

"Bene." Frangelico batte le mani e Sheridan fa un salto. Trey le posa le mani sulle spalle, tranquillizzandola. Si china verso di lei e le sussurra qualcosa nell'orecchio. Lei arrossisce. Trey la fa girare e le dà una delicata spinta verso un tavolo libero. La guarda camminare davanti a sé.

Devo ammettere che se avessi una compagna bella come Sheridan, anche io la guarderei più che posso mentre cammina avanti e indietro.

Trey si volta di nuovo verso me e Frangelico. Lui socchiude gli occhi.

"Ehi, Grizz." Ha la voce che sgocciola amarezza. "Hai sempre in programma di combattere venerdì?"

"L'ultima volta che ho controllato ero ancora inserito in programma." Ho smesso di lavorare al Fight Club come buttafuori qualche settimana fa, ma combattere fa bene al mio orso.

"Bene." Trey mostra i denti in un macabro sorriso. "Abbiamo un ospite speciale che è pronto a batterti. Tieniti pronto."

Lo guardo allontanarsi. È un grosso lupo cattivo, ma non è pericoloso quanto me. Non da solo, almeno. I lupi non sono mai da soli. È sempre un loro vantaggio. La forza del branco.

"Se è tutto, io esco," dico a Frangelico.

Annuisce. "Sei sollevato dall'incarico di buttafuori per tutta la notte. Chiedi a Peter di chiamare un sostituto. Nel frattempo, io farò la ronda."

"Giusto." È ora di andare a caccia.

Vado verso la fune dove Augustine aveva legato la sua sottomessa mutante. La veste bianca che indossava è ancora dimenticata a terra. La raccolgo e la annuso. L'odore è speziato, con un tocco di qualcosa di floreale. Volpe. Decisamente. Se non riuscirò a trovare il vampiro seguendo il suo odore, potrò almeno trovare la volpe.

Dopo qualche discreta domanda, vengo a sapere che la rossa se n'è andata con Augustine. Il suo *padrone*, lo chiamano. Non so bene se significa che la possiede o se è solo un giochetto loro, ma ho in programma di scoprirlo. Posso trovare il suo indirizzo nei registri che tiene Frangelico:

sono una delle poche persone a cui concede l'accesso. Sa che non lo tradirei mai. Ho troppo bisogno di lui.

A metà delle scale che portano al primo piano, mi fermo a dare un'occhiata all'ampio locale. Trey e Sheridan si sono già impossessati di un tavolo sotto a uno dei fari. Trey ha aperto una sacca di stoffa nera e sta tirando fuori i suoi arnesi. Sheridan sta in piedi accanto a lui, la pelle nuda che brilla con addosso uno stravagante imbrago di pelle. La vedo trepidante di eccitazione.

Trey finisce e si volta verso di lei. Schiocca le dita e lei si inginocchia davanti a lui, guardandolo dal basso. Non ho bisogno di vederla in faccia per sapere che le luccicano gli occhi. Il volto di Trey si ammorbidisce mentre la guarda. Un'altra coppia che ruba un momento di tenerezza prima di impegnarsi nella complicata danza di sottomissione e dominio. Ho visto questa dinamica un milione di volte, ma tra mutanti per certi versi è meno grottesca. Non che mi piaccia, comunque.

Salgo il resto delle scale e spalanco la porta con un pugno per andarmene.

CAPITOLO DUE

Grizz

AUGUSTINE ABITA in un quartiere elegante nella Oro Valley, ai piedi della catena montuosa Catilina. Parcheggio la motocicletta, mi arrampico sul muro e scruto il cortile. Enorme piscina, bella veranda. Ma al di là dell'arredamento del patio e del caminetto in pietra, c'è una normalissima porta. Sarebbe piuttosto facile sfondarla per entrare.

Mi prendo un momento per evitare le videocamere. Non ci sono luci nel prato: i vampiri ci vedono al buio. Fortunatamente, lo stesso vale per i mutanti. Mi accuccio tra i cespugli e aspetto.

I vampiri sono all'apice della loro forza di notte, e trovo che siano un po' più fiacchi in prossimità dell'alba. Non Frangelico: è tanto vecchio da riuscire a restare sveglio fino ai primi raggi di luce. Ma anche i suoi sottoposti più anziani se ne stanno rintanati ben prima del sorgere del sole.

Quindi me ne resto acquattato finché una tenue luce non brilla nel cielo, subito dietro alle montagne. Dopo aver bevuto un sorso dalla mia fiaschetta, mi incammino verso la porta ed entro. Non è chiusa a chiave: bisogna essere pazzi per venire a rubare a casa di un vampiro. La maggior parte di loro tiene da parte le difese e le trappole per i rifugi dove dormono, che è il motivo per cui voglio beccare Augustine ancora sveglio. Non se l'aspetterà. Dopo aver dato la caccia ai vampiri da una vita, so cosa serve per abbatterli. L'arroganza. Sono i più grossi e cattivi predatori sulla faccia della Terra, e lo sanno. E quindi non si rendono conto del contrario, fino a che non ti trovi sopra di loro con un paletto in mano.

Ovviamente non ho ricevuto ordine di ucciderlo. Devo solo interrogarlo. Potrebbe anche vivere, se a Frangelico piaceranno le sue risposte. Frangelico odia uccidere i suoi sottoposti, perché secondo lui è difficile farsene di nuovi.

La casa è fredda, pulita e sa di limone. Perlustro le stanze, ma sono inutilizzate. Perfettamente arredate e adorne, ma sanno di vuoto. Apro il frigorifero: un paio di caraffe piene di sangue e mezza bottiglia di vino, ma nient'altro.

Il vampiro non c'è. Probabilmente dorme altrove. Se voglio catturarlo in piena festa o comunque completamente sveglio, questo è un tentativo a vuoto. Non che mi aspettassi che sarebbe stato facile.

Accanto al frigo c'è una borsa con del cibo per cani. Una marca costosa: carne cruda di selvaggina, o qualcosa del genere. Mi prendo un momento e mi concentro sull'odore che c'è sotto al freddo puzzo di vampiro. E lì colgo quella familiare fragranza di muschio.

Cane. O qualcosa di simile. Non lupo.

Con la pelle che freme, mi dirigo verso la dispensa.

Nell'angolo c'è una coperta messicana tutta colorata che copre una grossa struttura. Una gabbia.

Il mostruoso orso nel mio petto inizia a borbottare. Non è un ringhio, ma un sommesso suono calmante.

Alzo il sarape, ed ecco lì la mia volpacchiotta. Accoccolata, ancora in forma umana. Nuda, eccetto per il collare bianco. Sta tremando.

Il mio orso emette versi più sonori.

Apro la gabbia. La vedo sussultare per il forte rumore del metallo: strizza gli occhi e il suo corpo si contrae cercando di occupare meno spazio possibile. Ci sono ancora alcuni segni sulla sua pelle pallida, anche se per la maggior parte sono sbiaditi. Grazie al cielo è una mutante e non un'umana, cazzo. Il suo dominatore se l'è davvero lavorata a dovere, se sta ancora guarendo.

E poi l'ha lasciata in una gabbia. Il mio corpo trema per il sommesso ringhio dell'orso. Strappo la coperta dalla gabbia e la avvolgo attorno a lei.

"Padrone?" chiede in un timido sussurro. La sua voce tremante mi sfiora come dita leggere. Cazzo, ce l'ho duro.

"Non sono il tuo padrone," le rispondo bruscamente. Sono così incazzato, che il mio orso è pronto a schizzarmi fuori dalla pelle e fare a pezzi la villa una stanza dopo l'altra. Che razza di stronzo può lasciare la sua sottomessa a gestire da sola lo stato di apatia e depressione che di solito segue una pratica sadomaso? E non semplicemente da sola, ma *tremante in una gabbia.* Con nient'altro che cibo per cani per nutrirsi?

"Vieni qui," le ordino. Reagisce all'istante, strisciando più vicina a me.

"Più vicino," la incoraggio, prima di realizzare quello che sto facendo. "Vieni da me. Del tutto, volpacchiotta. Fuori dalla gabbia."

Con gli occhi ancora chiusi, striscia fuori dalla gabbia e

mi finisce tra le braccia. "Ecco fatto." Automaticamente, la stringo a me. Appena il suo piccolo corpo si schiaccia contro al mio petto, il furente e costante commento di sottofondo del mio orso cessa e si trasforma in una nota bassa e baritonale. Sta facendo le fusa. Non sapevo che ne fosse capace.

La donna strofina la faccia contro alla mia maglietta, cercando rifugio. Sempre con il pilota automatico, le poso una mano sulla testa, aiutandola a mettersi comoda.

Con un sospiro, la piccola sottomessa si rilassa.

"Brava," mormoro. Ho le parole pronte, proprio sulla punta della lingua. Al club ho visto abbastanza scene da sapere cosa dire, ma le ho dette con facilità, senza pensare. Il suo respiro rallenta, la bocca si scioglie. Ha gli occhi ancora chiusi, quindi non so esattamente quale sia il preciso istante in cui si addormenta.

Tutto quello che so è che sono dentro a una villa in cui ho fatto irruzione, le braccia strette attorno alla bestiola di un vampiro, e che non posso lasciarla andare. Per la prima volta da un sacco di tempo, il mio orso ha trovato qualcuno da abbracciare.

~

Jordy

Il ROMBO sotto al mio orecchio riempie il mio mondo. L'aria fresca mi colpisce il viso e poi mi trovo seduta su un sedile, con la cintura allacciata. Due portiere sbattono, una dopo l'altra, e una grossa presenza riempie lo spazio accanto a me.

Dico la prima parola che generalmente mi arriva alle labbra. "Padrone?"

"Non sono il tuo padrone," ringhia la voce, e i miei occhi si aprono.

Un volto segnato da delle cicatrici mi accoglie. Mi sta guardando torvo. Abbasso lo sguardo.

"Scusa."

"Non ti scusare," ringhia, e chino la testa. "No, cazzo, non fare così."

Lo guardo di sottecchi.

Si sta massaggiando il petto. "Va tutto bene. Con me sei al sicuro." Inserisce la marcia e parte, imboccando la strada.

Le mie dita strisciano su, alla ricerca del collare. È ancora ben stretto attorno alla gola. Sospiro, affondando di più sul sedile del passeggero.

Faccio quello che so fare meglio e resto buona e in silenzio per i primi minuti del viaggio. Dovrei essere spaventata all'idea di lasciare il quartiere del mio padrone insieme a un mutante sconosciuto. Un grosso mutante arrabbiato che non la smette di ringhiare da quando ha aperto la mia gabbia per prendermi tra le braccia, portarmi fuori di casa e caricarmi sul suo furgone.

La strada scorre per un po', prima che trovi il coraggio di parlare. "Va tutto bene?"

"Cosa?" Sembra sorpreso.

Affondo di più nel mio sedile. "Stai ringhiando."

Fa una smorfia e si massaggia il petto. "Sì. Al mio orso non piaceva come ti trattavano."

Quasi dico a voce alta che sono d'accordo con lui, ma una fitta di colpa mi trattiene dal parlar male del mio padrone.

"Ti ha mandato il mio padrone a prendermi?"

Il grosso mutante distoglie lo sguardo, e capisco la risposta prima ancora che lo dica: "No."

Rimugino sulla cosa per qualche chilometro. Sono

23

piuttosto calma, considerato tutto. Ma c'è anche da dire che ne ho già passate delle belle. Quando sei una mutante sottomessa, non c'è molto altro che tu possa fare. Il mondo è grande e cattivo, e l'animale che ho dentro ama nascondersi.

Ora è in allerta, scruta i dintorni senza il consueto timore. Il furgone è grande e rumoroso, ma non ha l'odore del grosso orso mutante che mi sta accanto.

"Hai un bel furgone," dico.

"Non è mio," sbuffa lui. Dopo aver cambiato corsia, mi dice dell'altro. "L'ho rubato. Avevo solo la moto e non volevo svegliarti."

Guardo fuori dal finestrino, verso i cartelli che indicano l'uscita dall'autostrada. "Dove mi stai portando?"

"In un posto sicuro."

Sicuro. La parola magica. La mia volpe si rilassa. Non si ritira, ma mi sento pervasa dal lieto torpore che raramente avverto e di cui sono sempre alla ricerca. La mia volpe è solitamente così attenta, in continuo controllo della presenza di predatori, che ci vuole un bel po' per calmarla e indurla a lasciarmi dormire. Anche dopo i rapporti, è sempre silenziosamente di veglia e in attesa, piena della delusione per il mancato arrivo di un padrone. Di un buon padrone. Un padrone che ci protegga e ci tenga al sicuro.

Il sole che sbuca dalle montagne indica che è mattina.

"Quanto ho dormito?"

"Cazzo ne so." Sembra arrabbiato, ma la mia volpe è sintonizzata con il forte rombo che sale dal suo petto, e sa che la rabbia non è rivolta a lei. "Sono arrivato ed eri sola. Perché cazzo il tuo padrone ti ha lasciata dopo il rapporto? E non semplicemente da sola, ma in una gabbia del cazzo."

"La mia volpe non si comporta sempre bene quando dormo. Ha paura." Volpe fifona, la chiamo.

"Il tuo posto non è una gabbia del cazzo," dice l'uomo, la voce un miscuglio di verso d'orso all'interno di un ringhio incomprensibile.

Abbasso la testa e il rombo nel suo petto cala.

"Non volevo spaventarti," mormora. Mi lancia una rapida occhiata. I suoi occhi sono un misto di marrone e oro: il suo orso si sta mostrando.

"Non mi spaventi," gli assicuro, col cuore leggero e libero quando mi rendo conto che è vero.

"Tieni." L'orso mi porge una bottiglia d'acqua. "Devi bere qualcosa."

Riconosco la bottiglia come una delle costose acque che importa Augustine. Il mio padrone vampiro non sprecherebbe una cosa tanto lussuosa per me. Non so se posso dirlo all'orso.

Con uno sbuffo, l'orso spinge l'acqua verso di me, e non protesto. Ho la gola secca. L'acqua è fresca, quasi dolce, e mi scolo l'intera bottiglietta.

"Non avrebbe dovuto lasciarti," mormora l'omone. Mi mordo il labbro, scrutandolo con la coda dell'occhio in modo che non se ne accorga. È un uomo grande e grosso, con il volto malconcio e cicatrici che non ho mai visto prima d'ora su un mutante. Il suo odore è chiaro e potente – il che significa che il suo orso è vicino alla superficie – e super dominante.

Nonostante la tensione nel suo corpo gigante, sa di… sicuro. La mia volpe si adagia nel suo odore, lo assapora. O non ha idea di cosa fare, oppure lo sta interpretando come qualcuno che ci proteggerà. Spero con tutta me stessa che sia quest'ultima.

"È per questo che mi hai preso?" mi azzardo a dire. "Perché ero in gabbia?"

Guarda la strada con espressione torva. Occhi gialli, lampeggianti della presenza del suo orso. "Ti sto portando in un posto dove potrai darti una ripulita, guarire e riposarti."

Deglutisco. Non è stato approvato, quindi. Augustine non ne sarà contento. Sarò fortunata se non me ne darà la colpa, o se non sfogherà la sua delusione sul mio sedere.

Il mio aguzzino mi lancia un'occhiata tagliente, come se mi avesse letto nel pensiero. "Conosci Frangelico?"

"Sì," sussurro, affondando nel mio sedile al nome del re dei vampiri.

"Lavoro con lui. Vuole che tenga d'occhio il tuo padrone."

La cosa non mi rassicura neanche un po', ma so che non è il caso di porre domandi sugli affari dei vampiri. "Intendi dire *per* lui? Lavori *per* il re dei vampiri?"

"È quello che ho detto."

"Hai detto *con*." Implicando che sono allo stesso livello.

"*Per, con*, che cazzo di differenza fa?" Scrolla le spalle. Dovrei essere spaventata per averlo irritato, e invece mi viene voglia di ridere. Abbasso la testa per nascondere il mio sorriso dietro ai capelli che ricadono in avanti.

Se anche nota il mio divertimento, non fa alcun commento. Mi passa invece una grossa mano sui capelli. Resto immobile, permettendogli di accarezzarmi.

"Rossa," dice.

"Cosa?" Non faccio mai domande ai dominanti, ma non riesco a trattenermi. Il suo tono era profondo e simile a un ringhio, con un tocco di qualcos'altro. Venerazione. O desiderio.

Non spiega il commento sul 'rosso'. Dice invece: "Ti ho guardata ieri notte."

"Oh." Scandaglio la memoria alla ricerca degli eventi della notte passata. La mia volpe mi fornisce ciò che lei ha notato: una forma scura, di colore marrone dorato, al limitare del riflettore, in attesa nell'oscurità. Una grossa e forte presenza. Una presenza sicura. "Mi ricordo di te. O almeno la mia volpe se ne ricorda. Le piaci."

Qualcosa nelle sue spalle si rilassa. "Bene. Mi fa piacere."

Vorrei chiedere dove stiamo andando, e invece sbadiglio.

"Dormi, volpacchiotta," dice. Mi piace che mi chiami con il nome di un cucciolo di volpe. Mi fa sentire coccolata. Protetta. C'è una tinta dominante nella sua voce a cui è impossibile disobbedire, anche se ci provassi.

"Ok." Mi accoccolo sul sedile. L'ultima cosa che vedo è la sua grossa mano che controlla le bocchette del riscaldamento, per assicurarsi che siano accese e dirette verso di me, poi mi posa sopra la coperta.

"Grazie," mormoro. "Che bello."

Il suo orso borbotta ancora. *Dormi*, dice. *Mi prenderò io cura di te. Tu rilassati e lasciati andare.*

E così faccio.

~

GRIZZ

STUPIDO. Fottutamente stupido, cazzo.

Non sono nella condizione di potermi accollare delle responsabilità. Io sono un cacciatore. Ho imparato la lezione da giovane. Un cacciatore non lascia mai tracce. Soprattutto se sta dando la caccia a un predatore, e io inseguo quelli più pericolosi che esistano.

Ma nel momento in cui si è trascinata fuori dalla gabbia e si è lasciata cadere tra le mie braccia, è diventata troppo importante per poterla abbandonare.

E poi è il collegamento migliore che ho per arrivare ad

Augustine. Almeno questo è ciò che mi sto dicendo, anche se non so come diavolo farò a dare la caccia a un vampiro facendo nel frattempo da babysitter alla sua volpe personale. Non stavo pensando, quando l'ho portata via dalla casa del vampiro. Almeno non con la testa.

La coperta le scivola giù dalla spalla e non riesco a concentrarmi. Mi chiedo che sensazione darebbe quella pelle color crema sotto alle me labbra. Scommetto che è dannatamente morbida. La accarezzo con il dorso della mano.

Cazzo: è freddissima! Ritiro su la coperta e gliela rimbocco. Il riscaldamento sta andando a palla nell'abitacolo, ma il corpicino di questa povera donna è piccolo e fragile. Maledetto vampiro, che l'aveva rinchiusa a quel modo. È troppo fragile per poter gestire una tale negligenza. Troppo pallida. Troppo magra.

Mentre mi do da fare con la coperta, come una bambina con la sua bambola, il furgone esce dalla sua corsia e finisce su quella di un autoarticolato. Il camionista suona il clacson e io ricaccio giù un ringhio. Non voglio svegliare la mia bella addormentata. Lancio un'occhiataccia all'autista del camion con i miei folli occhi da orso.

Cavolo, la volpacchiotta non è neanche sveglia e già l'orso sta combattendo per proteggerla. Continua così e penserà che sia il suo cavaliere dall'armatura scintillante. Sarebbe un errore. Io non sono l'eroe di nessuno.

Non mi sento a mio agio finché non svolto nel mio vicolo nascosto. Il mio covo è celato in un versante della montagna. Niente di elegante: uno di quei posti che assomigliano a un bunker nucleare, solo che il lato che spunta dalla montagna ha qualche finestra. Non dormo esposto. Troppo pericoloso. L'ho imparato nella maniera più dura un paio di cacce fa.

Quando apro la portiera del furgone, la mia volpacchiotta non si muove. Il tragitto a piedi fino a casa è semplice, con un fagotto così leggero. La sistemo in camera mia e il mio orso finalmente si rilassa, vedendola ben riparata nell'antro scuro e caldo del mio letto. Si appallottola come se fosse in forma animale, i pugnetti stretti e vicini alla bocca. Non stava dormendo così profondamente quando ho aperto la gabbia prima, ma ricordo che in quel momento le ho dato un ordine. Una spinta dominante, senza volerlo. Sono così abituato a essere l'alfa più grosso e cattivo quando sto con altri predatori dominanti, che mi sono dimenticato di smussare il mio potere. Lei ha preso il mio comando alla lettera, come una brava piccola sottomessa.

Di cosa avrà bisogno quando si sveglierà?

Torno in cucina. Nella mia ultima visita al supermercato, ho comprato un paio di bottiglie di succo d'arancia. Si vede che tentavo di darmi una parvenza normale, aggiungendo degli articoli consueti al mio carrello pieno di carne. Non che io sia realmente un bevitore di quella roba.

Pochi minuti dopo, c'è un bicchiere di succo d'arancia sul comodino, per quando la mia ospite si sveglierà. Svito due delle tre lampadine dall'abatjour e lo accendo, creando una sorta di luce di cortesia per la notte. In caso si svegli e le venga paura.

Sto fermo ai piedi del letto e la guardo dormire, quasi senza osare respirare. I capelli rossi sono aperti a ventaglio sul cuscino, le lentiggini ramate ricoprono la sua pelle color porcellana. La bellissima volpe sta bene nel mio letto. Sembra il suo posto.

Arriccia il naso. Il dito di un piede si piega, spostando la coperta. Subito la rimbocco.

Cazzo. Sono davvero fottuto.

Meglio che me ne esca da qui, prima di passare mezz'ora seduto al suo capezzale, a guardarla dormire.

Sapevo che un giorno il mio orso si sarebbe innamorato di una ragazza. Non avrei mai pensato che sarebbe stato in modo così grave.

Di nuovo in cucina, pesco un paio di pacchi di carne dal congelatore in modo che siano pronti per la colazione. O per il pranzo, se continua a dormire così. Nessun problema: è piacevole vederla riposare tanto bene.

Anche a me non farebbe male chiudere occhio: tra un minuto tornerò là dentro a farle compagnia. Prima devo sistemare delle cose che sono rimaste in sospeso. Tiro fuori il cellulare non tracciabile e digito un numero memorizzato.

"Cristo santo, Grizz. Non sono neanche le sette del mattino." La vispa voce dall'accento irlandese ha una sfumatura omicida.

Guardo l'orologio. "Le sette non è così presto."

"Sì, se ti sei messo a letto tre ore fa. Avevamo un combattimento ieri sera. Nix the Kid contro un enorme attaccabrighe di gorilla. Non bravo quanto te, ma hanno fatto comunque dodici round…"

Mi schiarisco la gola a indicare che lo sto per interrompere. Declan potrebbe andare avanti all'infinito quando è così infervorato, e il suo accento diventa man mano così forte che faccio sempre più fatica a capire quello che dice. "Ho un lavoro per te."

"Cosa sono, un tuttofare?"

"Un favore, allora."

L'irlandese sospira. "Va bene, dai." Me ne deve più di uno.

"Stavo facendo una commissione stamattina, e ho dovuto imbucare la moto e 'prendere in prestito' un furgone. Ho bisogno che mi recuperi la moto e me la porti."

"Fammi indovinare: faremo scambio con il furgone, finché è ancora caldo."

"Ci metto le targhe nuove. Puoi tirarle via prima di lasciarlo alla polizia."

"Lo so, lo so. Non è il mio primo rodeo. Bene. Per quando?"

Un'altra occhiata all'orologio per calcolare il tempo di sonno, l'orario del risveglio, la colazione da preparare. "Alle quattro e trenta al Fight Club."

Declan inspira con forza. "È una mossa saggia? Per strada si dice che i lupi ti considerano loro nemico."

I lupi. Prima o poi dovrò occuparmene. "Non lo sono. A meno che non mi ci trasformino loro. E non gli conviene." Trey potrebbe anche essere intenzionato a farlo, ma il suo alfa Garrett è più furbo.

"Per strada si dice che lavori per i vampiri. E non vampiri qualsiasi. Per il re dei vampiri."

Ringhio in risposta. Non mi piace che la gente sappia gli affari miei.

"È vero? Sei alle dipendenze del re?"

"Io e il re abbiamo un accordo," gli dico. Non so perché glielo spiego: non gli devo delle risposte. Ma ho bisogno di Declan come alleato.

"Ai lupi non piacerà," continua a spiegarmi Declan, parlando di politiche e relazioni tra vampiri e mutanti. "Il trattato è ancora nuovo, ma alcuni mutanti hanno la sensazione che tu ti sia schierato. E non ci si può fidare di chi si mette dalla parte dei vampiri..."

"Ci vediamo al Fight Club o no?"

Silenzio.

"Declan..."

"Certo, certo. Ci si vede lì. Tieni su le mutande."

Ringhio di nuovo e riaggancio. Vado alla porta per chiudere a chiave e controllare il sistema di sicurezza. I vampiri non vanno a caccia durante il giorno, ma hanno i soldi, e i soldi comprano i lacchè. Quando sono soddisfatto che tutto sia ben chiuso, torno verso la camera da letto. Sarà una bella giornatina piena, anche senza dovermi occupare del salvataggio appena effettuato. Il pensiero di lei mi fa ammorbidire, e cammino con maggiore leggerezza, in modo da non svegliarla. Non intendo toccarla: mi sdraierò soltanto accanto a lei.

Ma quando arrivo in camera, le coperte sono a terra. Il bicchiere di succo è vuoto, come anche il letto. La mia volpe è sparita.

CAPITOLO TRE

Jordy

STO ACCUCCIATA DIETRO al furgone blu, trattenendo il fiato. Quando mi sono svegliata, ero così disorientata che ho pensato di essere strisciata fuori dalla gabbia ed essermi sdraiata a letto nella casa del mio padrone. Mi sono tirata su e sono schizzata fuori dalle coperte come se mi avessero scottato. Non oso immaginare cosa farebbe Augustine se mi concedessi dei lussi che non mi ha proposto lui. Non è tanto male come padrone, ma gli piace decisamente avere il controllo totale.

Il grosso maschio che mi ha portato via, invece... non so cosa voglia. Era lì al club. E poi, in casa, i suoi passi si sono avvicinati lentamente, mentre tremavo nella gabbia. Il calore della sua rabbia mi ha investito, e la mia volpe ha reagito in modo opposto a quanto generalmente faccia di fronte ad altri dominatori infuriati. Sottomessa, ma non spaventata. Libera e spensierata, invece, come se la sua rabbia fosse un caldo giaciglio dove potersi accoccolare e nascondere.

Poi mi sono letteralmente svegliata nella sua tana. Il mio padrone Augustine mi cede in prestito ad altri, mi condivide, mi spedisce come un pacco, mandandomi da gente a cui vuole dare una ricompensa: ma è sempre successo con i vampiri. Anche quella volta che...

Non ci pensare.

Il padrone Augustine non mi ha mai prestata a un mutante prima d'ora. Per quanto ne so, disprezza i mutanti, anche se ne possiede una come sottomessa. Non dovrei trovarmi qui. Più ci resto e più il mio padrone si arrabbierà. Me ne devo andare, indipendentemente da quanto stia bene con quest'orso.

Ora non sono solo preoccupata della punizione da parte del mio padrone. Temo per la mia vita. Di Augustine bisogna avere paura, soprattutto quando crede di essere stato tradito.

E poi c'è quella cosa che il grosso orso ha detto al telefono un secondo prima che io sgattaiolassi fuori: *Io e il re abbiamo un accordo.* Dovrebbe essere un motivo sufficiente per andarsene. Nessun mutante si mette contro un vampiro e ha la meglio, ma questo tizio sembra aver fatto un patto con uno di loro. Se mai ci fosse una ragione per darsela a gambe, eccola qua. Non posso trovarmi invischiata in guerre in territorio vampiro. Al mio padrone non piacerebbe. Devo tornare da lui e spiegargli cos'è successo. Non sono neanche sicura di cosa sia accaduto, ma magari sulla via del ritorno mi verrà in mente qualcosa.

Sbircio verso la casa da dietro il furgone. Sembra una cassa oblunga, per metà incastonata nella montagna e buia come uno scantinato, con l'altra metà – la cucina e l'ampio salotto – che sbuca dalla roccia rossastra. Grandi finestroni e una veduta incredibile. Luce, un sacco di luce. L'ho notato mentre uscivo. E ho addirittura pensato che non mi piacerebbe averla come tana.

La mia volpe sta temporeggiando.

Devo solo partire di corsa lungo il viale, solo che quella sarebbe la via di fuga più ovvia.

Magari posso scendere il versante della montagna. Vado verso il ciglio e guardo in giù, verso la distesa di roccia rossa. La mia volpe ci si potrebbe mimetizzare perfettamente.

Faccio un passo e una grossa mano mi afferra alla collottola.

"Beccata," ringhia l'orso. Si muove silenziosamente, per essere così grosso.

Il mio corpo si scuote una volta, i piedi che si dimenano senza risultato. Il grosso uomo mi fa girare, in modo che lo guardi in faccia. Mi stringe contro il suo corpo sodo e subito mi affloscio. Tutta la voglia di combattere mi abbandona: la sottomissione è così profondamente radicata in me, che quasi non so come opporre resistenza. Ma se devo dire la verità, sono sollevata che mi abbia catturato. Preferisco essere tenuta schiava da questo grizzly che da un freddo e punitivo Augustine. Non che creda che mi farebbe schiava. C'è troppa gentilezza in lui perché possa farlo. Pensa di proteggermi, di aiutarmi. Solo non sa quanto Augustine sappia essere spietato. Cosa farà quando mi ritroverà.

"Giusto così," sussurra nel mio orecchio con quella voce bassa, profonda e deliziosa. "Non si scappa. Non da me."

Mi getta in spalla e resto a peso morto, le braccia che penzolano mentre si allontana a grandi passi dal ciglio del crepaccio. Ho il suo sedere davanti agli occhi, e cavolo, è bello. Forse non dovrei guardare così attentamente il mio aguzzino, ma ha il didietro e le cosce che riempiono perfettamente i jeans strappati che indossa.

Mi porta dall'altra parte del parcheggio, oltre il suo grosso furgone scintillante, e rientra in casa. "Non ha senso che tenti di scappare. Resterai con me per un po'."

Ok, forse adesso sono la sua schiava. E la cosa non dovrebbe rendermi così terribilmente eccitata.

Aspetto che mi lasci cadere sul pavimento e mi punisca, ma non lo fa. Percorre invece il corridoio e si ferma un momento. Un tonfo e i suoi scarponi colpiscono il pavimento. Si è preso il tempo di levarseli. Entra nella camera dove mi ero svegliata e mi depone sul letto.

Se ne va un attimo e io resto sdraiata lì, sbattendo le palpebre mentre guardo il soffitto. Mi rendo conto che sto giocherellando con il mio collare, e abbasso la mano.

Qualche secondo ancora e ritorna, chiudendosi la porta alle spalle, rendendo così la camera un bozzolo caldo e buio. Automaticamente piego indietro la testa e mostro la gola, riconoscendolo come dominante. Mi crea sempre ansia mostrare la gola a un grosso predatore, ma devo farlo. L'istinto è uno grosso stronzo. Se sono fortunata, la cosa lo soddisferà. In un mondo perfetto, il gesto di sottomissione è anche di definitiva fiducia. Gli mostro il collo, l'ultima dimostrazione di fede. Gli offro la mia vita, in caso voglia prenderla. Dovrei avere più paura di quanta realmente ne provi, ma qualcosa in lui placa la mia volpe. In un mondo perfetto, un essere dominante ne protegge uno debole. Magari questo proteggerà me.

Inspira forzatamente e posa le dita forti sotto al mio mento. "Cos'è questa roba?" Un pollice ruvido mi accarezza la giugulare, dove il cuore batte a mille. La sua rabbia riverbera attraverso il mio corpo, ma in qualche modo la mia volpe sa che non è indirizzata a lei. Resto sdraiata, ferma e docile, obbediente quando mi solleva la testa perché lo guardi negli occhi infiammati. Sta per tramutarsi.

Mi poso la mano sul collo. Appena le mie dita toccano la ferita che c'è sotto al collarino di pelle bianca, ricordo. "Non è niente," gli dico. "Un morso."

"Questo non è un morso," ringhia. "Ti ha masticata, cazzo."

Posso solo annuire. Il mio padrone vampiro di solito si nutre in maniera liscia e pulita dalla mia arteria, ma quella notte aveva voluto punirmi.

Ruvide dita rovistano con il cordino di pelle. Mi rendo conto che sta cercando di sganciarlo, e vado nel panico, afferrandogli i polsi. Ringhia, inducendomi ad appiattirmi di nuovo sul letto, chiudere gli occhi e premere la mano contro alle lenzuola. Il cuoio si tende mentre lui tira, e sentendo che il gancio non cede, l'orso ringhia di nuovo. Un artiglio scivola lungo il collo, vicino alla vena pulsante, poi c'è uno scatto e il collare vola via. Stringo la coperta, il respiro accelerato.

Poi il mio aguzzino fa una cosa che non mi sarei mai aspettata, neanche tra un milione di anni. Entrambe le sue grosse mani si posano ai lati della mia testa, facendomela delicatamente piegare indietro per scrutare la vecchia ferita.

"Ssh, piano, volpacchiotta."

Espiro a lungo, convincendomi a calmarmi.

"Esatto. Brava."

Quando apro gli occhi, mi sta ancora guardando il collo, le mani che mi cullano la testa.

"Una cicatrice," mormora. "Ci vuole parecchio perché un mutante resti segnato da una cicatrice. C'è solo un modo sicuro per farlo."

Annuisco. So come fanno i mutanti a restare segnati dalle cicatrici. I segni sul mio collo sono come un marchio, testimoni della mia debolezza. Dicono a ogni mutante che conosca i segni, che sono cibo per i vampiri. Ho una cicatrice come se fossi un'umana.

Chiudo gli occhi che mi bruciano. Sono così stanca di essere una vittima.

"Ehi." Mi accarezza il mento con il pollice. "Va tutto bene. Queste cicatrici non sono così male. Non le avevo neanche notate prima."

Il mio volto si corruccia ancora di più e lui mi tira a sé, dicendo bruscamente: "Non volevo farti male." La sua voce è roca, ma le braccia che mi cingono sono delicate. "Ora," dice, tirandomi indietro di un centimetro, in modo che possa vedergli il volto, "stiamo qui sdraiati e dormiamo. È stata una lunga nottata, e ne hai bisogno. Basta scappare."

Mi mordo il labbro. Non posso essere d'accordo con lui.

Un rombo come di valanga gli sale dal petto duro come la roccia. "Se scappi, non ne sarò contento. Ci saranno delle conseguenze. Chiaro?" Le sue dita forti mi stringono il collo, senza soffocarmi, ma abbastanza decise da farmi afflosciare la schiena, in segno di sottomissione.

"Sì," gli rispondo. Capisco molto bene le conseguenze. Sono cresciuta in un clan di volpi mutanti folli e paranoiche. Di quelle che vendono i membri del loro gruppo agli schiavisti, perché ci sono troppe bocche da sfamare.

Aspetto, ma non si muove, non sposta la presa. Sto iniziando a pensare che mi terrà così per tutto il giorno, ma alla fine mi piega un po' indietro la testa per farmi guardare nei suoi occhi. Sono luminosi, il suo orso è ancora vicino alla superficie, ma sembra calmo, pensieroso. La barba rada e la cicatrice sul volto lo fanno apparire rude, non brutto.

È lì che me ne accorgo: ha una cicatrice, proprio come me.

"Nome?" mi chiede.

Lo guardo confusa, sempre riflettendo sulla cicatrice. I mutanti non restano segnati facilmente, come ha detto lui. Come gli è successo?

"Nome, volpacchiotta. Come ti devo chiamare?"

"Io? Oh. Jordy."

Sbuffa e lascia cadere la mano. Subito sento la mancanza del suo peso confortante. Gli afferro la mano prima che possa tirarla via. Resta immobile, come se il mio lieve tocco lo avesse impietrito. Cosa che so essere possibile: ho sempre le mani fredde. Ma non sono adatta per un mutante, per nessun mutante in realtà, men che meno per la stazza e il peso di quest'orso.

"Tu come ti chiami?" gli chiedo. Una parte di me è sciocccata dalla mia impudenza. Un'altra parte è troppo curiosa per trattenermi dal chiedere, troppo ansiosa di conoscerlo per lasciarlo andare.

"Grizz. Un po' come Grizzly."

Piego la testa di lato. "È il tuo nome vero?"

"No." Si sposta, come a voler sottolineare che il suo soprannome è tutto ciò che otterrò. Cerco di levarmi dalla faccia la delusione mentre lui si alza dal letto.

"Tieni." Torna e mi sbatte davanti al viso un cartone di succo d'arancia. "Devi bere."

Mi guarda mentre mi scolo mezzo bricco. "Devi andare in bagno?" mi chiede, quando gli restituisco il cartone.

"No."

Si siede e spegne la luce. Nel buio i miei sensi scattano in allerta. Grizz è una grossa figura accanto a me, calda e dorata. La mia volpe vede il mondo attraverso gli odori, e per lei il grizzly è un sole dolce e luminoso. Ha un odore confortante e familiare, come biscotti allo zucchero o marzapane.

Il letto scricchiola quando si siede, e io mi ritraggo verso il muro. "Cosa stai facendo?" dico con voce stridula. Non perché abbia paura di lui, ma perché sono eccitata, e tanto entusiasmo mi spaventa.

"Mi faccio un pisolino. E anche tu. Avremo una lunga giornata, dopo una nottata ancora più lunga."

Mi lecco le labbra, riflettendo. "Mi terrai qui?"

"Per ora. Basta andare in giro." Mi spinge con gesto dominante. "Basta sgattaiolare fuori."

"Cosa intendi fare con me?"

"Niente di brutto. Dormi e basta." La sua voce cala di un'ottava. "Te lo devo ordinare?"

Se lo farà, non sarò capace di alzarmi e cercare di uscire da qui. Fino a che l'ordine non si esaurirà, non potrò neanche tirarmi su dal letto.

"No, no," dico. "Dormo." Mi infilo meglio sotto alle coperte, accoccolandomi attorno a un cuscino. Dopo un momento il letto scricchiola e lui fa lo stesso.

Ci sistemiamo tutti e due uno di fianco all'altra, schiena contro schiena, e anche se non ci stiamo toccando, lo sento vicino a me.

Chiudo gli occhi, e subito cado nell'oscurità dei miei sogni. C'è qualcuno che mi sta aspettando lì: un'enorme presenza oscura con zanne e artigli, che allunga le mani verso di me, guardandomi con un solo occhio luccicante.

"Jordy," mi chiamano da lontano. "Jordy, svegliati."

Torno in me con un sussulto, gambe e braccia che si dimenano. Qualcuno mi sta tenendo con forza, quasi schiacciandomi. Annaspo e cerco di liberarmi.

"Va tutto bene," mi dice Grizz con voce calmante, un braccio attorno alle mie spalle e l'altro che mi cinge vita. Il suo corpo mi circonda del tutto. Non appena me ne rendo conto, mi affloscio. Non posso fare a meno di piangere un po', strofinando il viso contro alla morbida maglietta di Grizz. Le mie dita affondano nella stoffa, piegandosi a formare due pugni e posandosi contro il suo petto sodo e muscoloso.

"Scusa."

Le sue grosse braccia si piegano attorno a me e mi consentono di rilassarmi. "Va tutto bene."

"Ho fatto un brutto sogno," piagnucolo. Suono patetica anche alle mie orecchie.

"Ssh, sei al sicuro qui. È stato solo un sogno." Polpastrelli callosi mi accarezzano la fronte.

"Invece no. È successo davvero. Era un ricordo." Che mi aspettava. Come se il mio corpo sapesse che ero al sicuro così che la mia mente gli servisse il ricordo di quella notte, rimandandolo alla mia coscienza, in modo che lei potesse elaborarlo.

"Va tutto bene, volpacchiotta." Continua ad accarezzarmi il viso e i capelli, e chiudo gli occhi in quella deliziosa sensazione. "Nessuno può venire a prenderti qui."

"Ma se…"

"I vampiri?" dice al posto mio, risistemandomi tra le sue braccia, in modo che la mia testa sia posata sotto al suo mento. "Non possono entrare. Questa è la mia tana. Avrebbero bisogno di un invito."

Rabbrividisco. "Possono mandare altre forze."

Sento il suo sorriso, mentre la mandibola si muove contro la mia testa. "Ci possono provare. Chiunque trovi questo posto e ci entri, lo mangio."

Mi sfugge una risatina e la interrompo, insicura se intendesse farmi ridere. La sua risata riecheggia attorno a me e mi rilasso di nuovo, sentendo un sorriso che mi illumina da dentro. Il suo umore leggero mi dà il coraggio di

41

chiedergli quello che mi rimbalza nella testa da quando mi sono trovata qui.

"Perché mi hai portata qui?"

Invece di rispondermi, risistema la presa, questa volta per arrivare a massaggiarmi la schiena.

"Non era chiusa a chiave," dice bruscamente dopo un po'.

"Cosa?"

"La gabbia non era chiusa a chiave. Mi hai detto che il tuo padrone ti ha messa lì, ma la gabbia non era chiusa."

"Oh." Non mi viene in mente altro da dire.

"Avresti potuto andartene in ogni momento, ma non l'hai fatto. Perché?"

"Per fare contento il mio padrone."

"È un padrone di merda."

"Mi ha salvato. Mi sostenta e mi protegge." Mando giù qualsiasi altra cosa vorrei dire. Augustine non è perfetto, ma ha sempre fatto tutto ciò che ha promesso. È tutto ciò che io possa mai chiedere. Gli devo la mia lealtà, e la mia vita.

"Ti presta agli altri, ti picchia, si nutre dal tuo corpo. E poi ti getta in una gabbia."

"La gabbia è la mia casa."

Sospira, come se capisse ma volesse non farlo. "Starai bene senza di essa?"

"Me la caverò," prometto in un sussurro.

"Non è questo che intendevo. La tua volpe ha bisogno della gabbia per sentirsi al sicuro?"

"No." Mi lecco le labbra. Vorrei spiegargli che già mi sento al sicuro con lui. "La gabbia… era più per il bene del mio padrone. Il mio padrone non sa come gestire la mia volpe. Una volta l'ha morso."

"Il tuo padrone, Augustine. Un vampiro." Il suo tono di voce è asciutto.

"Giusto."

"Dovrebbe essere capace di occuparsene, cazzo. In ogni caso, giusto contrappasso." Bofonchia pronunciando l'ultima parte.

"Cosa?"

"Intendo dire che è *lui* che morde *te*." Mi accarezza la cicatrice sul collo. "Magari alla tua volpe non piace. Magari aveva pensato di dargli un assaggio dei suoi denti."

Rido, anche se non è divertente. Il mio padrone si è arrabbiato tantissimo quando la mia volpe si è ribellata. Non mi ha lasciato uscire dalla gabbia per una settimana.

Quando glielo spiego, il volto dell'orso si fa scuro. Scuro da far paura. La mia volpe tira fuori la testa, affascinata. Io sono più furba. Resto in silenzio.

"Forse hai bisogno di un nuovo padrone."

Sì, vorrei dire, ma non lo faccio. Già mi sento in colpa così, per aver tradito Augustine.

"Hai bisogno di dormire." Ci rimettiamo a letto, la mia schiena rivolta verso di lui. Si prende il tempo di sollevarmi i capelli dal collo e dal volto, in modo che la mia pelle sia direttamente appoggiata alla superficie liscia della federa del cuscino. Trattengo il fiato per tutto il tempo, aspettando che si ritragga.

"Continuerai…" Interrompo di colpo la mia frase. Non dovrei fare domande. Sono così rilassata con Grizz, che mi sono dimenticata delle regole.

Ma lui ringhia. "Continuerò cosa?"

"Continuerai a tenermi stretta?" Quasi non sento le mie parole, ma lui le sente benissimo.

"Certo, volpacchiotta. Nessun problema. Ora dormi." Non è un ordine, ma mi assopisco subito.

CAPITOLO QUATTRO

Grizz

SONO IN PIEDI UN PO' dopo l'una, chiudo piano la porta della camera e ringhio alla luce. Sarei potuto restare a letto e tenere Jordy tra le braccia per ore, ma abbiamo un sacco di cose da fare, a partire dall'incontro con Declan e gli amici al Fight Club. Sono passate quasi dodici ore e non mi sono minimamente avvicinato a capire perché i vampiri stiano mettendo a rischio il trattato di pace per impossessarsi dei mutanti. E ora ho anche una prigioniera, una complicazione che non avevo previsto.

Augustine si cagherà addosso quando si accorgerà che è sparita. Potrà anche non essere particolarmente interessato a lei, ma ai vampiri non piace che gli altri usino i loro giocattoli senza permesso. Amano il controllo.

Augustine può baciare il mio culo da orso mannaro. A ogni modo, non c'è bisogno che sappia, se proprio non serve. L'ho presa dicendo a me stesso che l'avrei restituita non appena avessi ottenuto le informazioni che mi servono.

Lei è la mia unica pista, l'unica mutante che conosco che sia a servizio di un vampiro.

Il fatto che il mio cuore faccia le capriole quando la vede in piedi sulla soglia della cucina, gli occhi assonnati e niente addosso, se non qualche mio indumento, non ha niente a che vedere con il motivo per cui la tengo qui. Fa parte del lavoro, niente di più.

Non posso descrivere quanto mi piaccia vederla con la mia camicia di flanella addosso e il paio di calzini che le ho lasciato. Ho il cazzo così duro che mi si sta per spezzare a metà.

Mi volto verso il bancone per nasconderlo. Non ha senso spaventarla.

"Siediti," le dico, vedendola esitare e sbattere le palpebre alla luce del sole. Impiatto la carne che stavo cucinando, sicuro che mi obbedirà. "Hai dormito bene?"

"Sì, signore," risponde sottovoce. Ho sentito i sottomessi chiamare i loro dominatori 'signore' innumerevoli volte, ma la parola non mi ha mai fatto tirare il cazzo come adesso che è uscita dalle labbra di Jordy. Cielo, e che roba è?

Mi volto, pronto a dirle di chiamarmi solo *Grizz*, ma sembra così piccola, così struggentemente fragile, seduta al tavolo della mia cucina con le gambe penzolanti, che non ho cuore di correggerla. E allora va bene se mi chiama *signore*. Magari la fa sentire più a suo agio. Posso sacrificare la mia serenità per renderla felice.

Il fatto che vorrei sentirglielo dire ancora non significa niente. Per qualche motivo il mio orso è attratto da lei. Di certo non vuole dire nulla.

Ritorno a cucinare, chiedendole, mentre le do la schiena: "Hai fatto altri sogni?"

Non risponde subito. Si massaggia il collo, dove prima c'era il collare, lo sguardo lontano.

Alzo la voce sopra allo sfrigolio del bacon. "Jordy, mi hai sentito? Ti ho chiesto se hai fatto altri sogni."

"Ho sentito."

Inarco un sopracciglio. Sta giocando? Cerca di opporre resistenza? Tutto il contrario di *signore*. È in cerca di punizioni? "E…?"

"Ho sognato di nuovo." Tiene gli occhi fissi sul tavolo. La sua riluttanza mi fa solo venire voglia di insistere di più. Ma devo comunque interrogarla. Con qualsiasi altro testimone, l'avrei già fatto da un pezzo, invece di coccolarla e permetterle di dormire. Cavolo, mi ha messo fuori gioco.

"Sono stati brutti sogni?" Non intendo mollare l'osso così facilmente.

Aggrotta la fronte. "Sì."

"Riguardavano Augustine?"

"No. Un altro vampiro."

"Un vampiro a cui ti ha prestato Augustine?"

Scrolla le spalle. Non è una risposta diretta, ma non insisto. Metto da parte il bacon e inizio a cucinare uova e salsicce. Per quanto sia riluttante a rispondere alle mie domande, la vedo a suo agio. Giocherella con oggetti che ci sono sopra al tavolo: una penna, una pila di vecchia posta.

Forse non ci sarà bisogno di usare le maniere forti. "Com'è poi che sei finita con Augustine?"

Mormora qualcosa. Metto un coperchio sopra alla padella, vado da lei e le sollevo il mento. "Racconta."

"La mia famiglia mi ha venduta." Non mi guarda negli occhi. Le guance si arrossano.

Mando giù la rabbia e la lascio andare, ma non mi sposto. "Perché?"

"Troppe bocche da sfamare. Il mio clan si stava allargando troppo, era difficile da nascondere. Le volpi si devono nascondere."

Sbuffo comprensivo. Gli animali da preda in genere sopravvivono nascondendosi.

"Ho anche infranto le regole," aggiunge dopo un momento.

"In che modo?"

"Ho aiutato una sconosciuta. Una persona esterna al clan, ma parente di sangue. Stava cercando mio fratello maggiore e le ho fornito informazioni utili. Ma così ho messo il clan in pericolo, e loro hanno colto l'occasione per sbarazzarsi di me."

"Che casino," ringhio. Il suo volto si fa serio.

"Come hanno fatto a venderti a Augustine?"

Scrolla le spalle, triste. "C'erano degli uomini mascherati di nero. Sapevano di vuoto, come se il loro odore fosse stato spazzato via. Poi c'è stata un'asta, e sono finita nelle mani di Augustine."

Dovrei restare concentrato su queste informazioni e non smettere di fare ulteriori domande, per scoprire tutto quello che posso sugli schiavisti di mutanti, ma non ci riesco. Tutto ciò su cui mi posso concentrare è Jordy. Ha le spalle tese, sollevate fino alle orecchie, l'odore che sa di tristezza e vergogna. Non mi meraviglio che non voglia essere interrogata sul suo passato. Probabilmente sta cercando di seppellire il modo orribile in cui è stata trattata, lasciando svanire i ricordi. Se avessi passato tutto questo, anch'io avrei gli incubi.

Le stringo una spalla. Voglio confortarla, ma cosa posso dirle? "Va tutto bene." Sono io che me l'immagino o si appoggia un po' contro la mia mano prima che la levi?

Torno a preparare la colazione. Restiamo in silenzio, ma a Jordy non sembra dare fastidio. Sta bene seduta dove le ho detto di mettersi, intenta a giocherellare con le cose sul tavolo. Prende addirittura in mano una penna e inizia a scarabocchiare sull'angolo di un vecchio volantino.

"Perché pensi che abbia voluto te?"

Sempre disegnando con la penna, risponde pronta-
mente. "Sono una sottomessa."

"Quindi?"

"Sangue dolce. È così che ci chiamano."

"Pensavo che i sangue dolce fossero tutti umani."

"No. Ci sono sottomessi umani." Tiene la testa bassa,
sempre scarabocchiando. "Ma Augustine dice che richie-
dono lavoro."

Mi appoggio al bancone mentre ci rifletto su. "I sottomessi umani devono essere sedotti e coccolati. E poi non
puoi semplicemente farli scomparire. Ma se compri una
preda mutante a un'asta, puoi farci quello che vuoi."

"Esatto."

"Eri già lontana dai radar per il tuo clan. Per il mondo,
non esisti."

Si rattrappisce di più. La penna nella sua mano si
ferma.

"Jordy." Aspetto che sollevi gli occhi su di me. "Non ti
sto facendo queste domande perché voglio. È parte del mio
lavoro."

Faccio una pausa e lei annuisce brevemente. Non è
molto, ma fa sentire meglio il mio orso.

Jordy

GRIZZ SI CHINA SUL FORNELLO, i bicipiti scolpiti mentre
mescola la carne sfrigolante. Copre la padella e va al frigorifero, rovistandoci dentro alla ricerca di un'altra confezione avvolta nella carta del macellaio. Si muove in
maniera fluida per essere così grosso. La sua stazza potente

si sposta dal frigo al fornello, e la grazia controllata dei suoi movimenti mi fa sentire le farfalle nel petto.

La mia volpe è affascinata da lui. E devo ammettere che non ha tutti i torti. È molto robusto e rude, appartiene alla montagna, una sorta di boscaiolo che abbatte gli alberi. Oppure potrebbe stare in un cantiere, a lavorare con le mani. O in un'area di guerra, a scatenare la violenza che percepisco dentro di lui. Guardarlo cucinare è come vedere Godzilla lavorare a maglia. L'omone grande e grosso che esegue lavori ordinari. Ogni piccola cosa domestica che fa è un miracolo.

"Cos'ha fatto Augustine quando ti ha avuta?" mi chiede. Mi concentro sulle mie mani e sul punto dove la penna tocca il foglio di carta. L'inchiostro esce facilmente e mi permette di scarabocchiare cerchi e curve. A margine del consunto volantino cresce un intrico di segni.

"Niente di terribile. Mi ha detto che era il mio padrone. Che dovevo obbedirgli. Se non l'avessi fatto, mi avrebbe punito. Venivo ricompensata per la mia obbedienza con il piacere sessuale."

Grizz ringhia un poco a queste parole: non sono sicura che stia obiettando alla punizione o alla ricompensa. "E ti prestava ad altri."

"Sì. Questo mi piaceva meno. Ma la maggior parte di quei dominatori rispettava i suoi limiti." Rabbrividisco e stringo con maggiore forza la penna nella mano sinistra, mentre premo la destra contro il petto e mi gratto la pelle che mi prude sopra al cuore. Sobbalzo quando mi rendo conto che Grizz mi sta guardando, gli occhi socchiusi. Il suo sguardo segue la mia mano e la lascio cadere in grembo. Aspetto che dica qualcosa, ma afferra il piatto e me lo riempie, posandomelo davanti con un deciso tintinnio.

"Mangia. Devi mettere un po' di carne attorno alle ossa."

Fisso il piatto stracolmo, l'acquolina in bocca. Non mangio così bene da mesi. Certo non così tanto. Mi sono allenata a non pensare brutte cose riguardo a Augustine – altrimenti non avrei mai potuto sopportare la mia vita nel suo covo – ma stare con Grizz ne mette in risalto tutti gli aspetti negativi.

"Jordy," dice posando una mano dietro al mio collo, dopo essere tornato con il suo piatto. "Mangia. È un ordine."

Raccolgo la forchetta e inizio a ingurgitare tutto, masticando più veloce che posso. Il mio stomaco ha i crampi per l'improvvisa abbondanza di cibarie.

"Ehi, ehi," dice Grizz, la mano appoggiata sul mio collo nudo. "Rallenta."

All'istante metto giù la forchetta e mi concentro sulla bocca piena.

"Scusami," mormoro. "Devo prestare attenzione agli ordini."

"Voglio che tu stia bene. Che sia in salute. Augustine ti dava davvero da mangiare cibo per cani?"

Annuisco.

Lo sento ringhiare e sobbalzo. "Ssh, va tutto bene." La sua grossa mano stringe la mia. "Non sono arrabbiato con te."

"Lo so." Alzo gli occhi sui suoi, accogliendo il conforto che mi viene donato dalla gialla luminosità del suo orso.

"Devi mangiare bene. Non sei un cane."

"Sono una volpe. Ci assomiglia parecchio."

"Sei una mutante. Un'adorabile giovane donna. Hai bisogno di cibo vero."

Sento avvampare le guance. Mi ha definita *adorabile*.

"Augustine non voleva che mangiassi troppo. Gli piacevo magra."

"Gli piaceva averti debole e dipendente da lui, probabilmente."

Premo le labbra tra loro. Ha ragione, anche se mi sento in colpa a essere d'accordo con lui. Dovrei essere leale al mio padrone.

Il volto di Grizz si fa teso quando glielo dico. "Perché? Non ti trattava bene."

Poso giù la forchetta. "Mi trattava meglio di quanto facesse il clan."

Il grosso uomo sbuffa. Si getta sul suo cibo, mentre io faccio finta di guardare il mio piatto, lanciando a lui qualche occhiata di soppiatto ogni volta che sono sicura che non mi stia guardando. La cicatrice che ha in volto non è brutta, ora ne sono convinta. È un segno che gli dà un aspetto pericoloso, non debole. Ha il naso bitorzoluto, come se fosse stato rotto e poi riaggiustato malamente, ma il dettaglio non fa che contribuire alla sua aura da violento. Tutto combinato con i tatuaggi, la barba ispida e i capelli ricci che gli arrivano alle spalle, ha l'aspetto di un motociclista tosto. Il tipo che vive libero o muore.

Sono sicura di essere riuscita a osservarlo senza che lui se ne accorgesse, quando allunga una mano e mi stringe un ginocchio. Un'istantanea eccitazione mi pervade, un'ondata che arriva a riempirmi il sesso. Stringo le gambe tra loro per evitare di traboccare. So cosa voglia dire essere eccitata – Augustine ha sempre goduto nel farmi desiderare il suo morso, inducendomi a implorarlo mentre lui si divertiva a farmi male – ma non ho mai provato una cosa del genere.

Grizz alza la testa, le sue narici si dilatano. Volge i suoi occhi luminosi verso di me, come dei fari nel buio. Le sue dita mi danno un'altra stretta.

"Hai finito di mangiare?"

Annuisco, incapace di parlare.

Si mette il resto del mio cibo in bocca, mangiando mentre tiene la mano su di me, come se fosse la cosa più naturale al mondo. Come se non sapesse che il mio respiro è accelerato e l'aria è piena del mio odore.

"Mi hai chiamato *signore*, prima," dice disinvolto. "Perché hai smesso?"

"Non ti piaceva," sussurro prima di potermi trattenere. Non ha bisogno di sapere quanto attentamente lo sto guardando, che l'ho visto premere le labbra e corrucciarsi appena quando l'ho detto la prima volta. Che mi sono spinta tanto in là da vedere fino a dove potevo arrivare, prima che il suo lato dominante scattasse in azione. Mettere alla prova i limiti è una cosa che faccio naturalmente.

Sbuffa e provo un attimo di panico. "Non volevi che continuassi a chiamarti *signore*, no?" Ho interpretato i segnali nel modo giusto? Il pensiero di averlo potenzialmente deluso mi stringe il petto.

"No, no," dice con voce calmante, prendendomi la mano. "Rilassati, volpacchiotta. Puoi essere te stessa. Voglio che sei te stessa, quando stai con me."

"Ok." Abbasso gli occhi. Come posso spiegargli che io sono semplicemente sottomessa?

"Brava ragazza," dice con voce bassa, e in un istante sono soddisfatta. Magari lui sa cosa sono. Almeno a un certo livello. Anche se non vuole ammetterlo.

Con un'ultima stretta, si alza e sparecchia la tavola.

"Ora di andare, volpacchiotta. Ti avvolgi in quella coperta?"

"Cosa?"

"Hai bisogno di vestiti. Puoi indossare i miei, ma

mettiti addosso anche la coperta, così ti posso portare fuori."

~

Grizz

Jordy guarda sbattendo le palpebre.

"Volpacchiotta, diamoci una mossa."

Già è terribile che mi guardi con quei grandi occhi da bambolina. Il suo odore mi avvolge, dolce come una scopata, e sto pensando alla fantasia che ho avuto al locale ieri sera. Una bambolina sexy che mi trotterella per casa con addosso una maglietta e niente mutandine, inginocchiandosi ogni volta che lo desidero. Eccola qui, ma non posso toccarla. Appartiene al vampiro.

Tira la camicia che avvolge il suo corpicino. "Posso prenderla in prestito questa?"

"Sì, dato che non hai altro da indossare. Per prima cosa ti procuriamo dei vestiti."

Con un sorriso sfacciato, se la sfila.

"Volpacchiotta…" Mi si seccano le fauci. L'ho vista nuda al club e stamattina quando ha tentato di scappare, ma per certi versi averla nella mia tana è diverso. Il suo corpo pallido è ricoperto di lentiggini, il busto slanciato e le cosce sode. Sembra fatta per questo posto. Mi viene l'acquolina in bocca.

Prima che possa chiederle cosa sta facendo, si infila la mia camicia di flanella, lasciando libere le braccia e abbottonandola fino all'ultima asola. Il bottone più alto finisce in mezzo ai suoi seni e la camicia le sta larga addosso. Prende le maniche e se le avvolge attorno ai fianchi come una cintura. "Ecco." Sorride soddisfatta. Il vestito fatto con la camicia le arriva a metà delle cosce e le lascia le spalle scoperte, ma è sufficiente come indumento improvvisato.

"Abbastanza bene," le dico, e le mie parole escono in un ringhio. Non c'è da sorprendersi: sono piuttosto vicino a gettarmela in spalla e a riportarla in camera da letto. Perché questo le insegnerebbe a fidarsi di me.

Scrollo le spalle nella giacca mentre Jordy infila i piedi nel mio paio extra di Timberland. Gli scarponi sono enormi, ma mette della carta attorno ai calzini.

Controllo le tasche per accertarmi di avere fiaschetta e armi, facendo attenzione a nascondere tutto agli occhi di Jordy. "Andiamo."

Fuori aspetta e mi guarda cambiare le targhe al furgone.

"Questo furgone è roba bollente," spiego.

"Bollente?"

"Rubato."

Piega la testa di lato. "Perché l'hai rubato?"

"Non potevo portarti sulla moto."

Le sfugge un sospiro. Si sta mordicchiando il labbro, fissando verso la valle.

"Cosa c'è?" le chiedo.

"Grizz, sul serio, perché sono qui? A Augustine non piacerà."

"A volte lo chiami *padrone* e altre Augustine."

Arrossisce, gli occhi si abbassano verso terra.

"Non è un giudizio. Sono solo curioso. La roba da dominatore e sottomesso è un gioco."

"No," insiste lei.

Inarco un sopracciglio mentre carico la mia cassetta degli attrezzi nel bagagliaio.

"Sì e no," dice titubante. "Sai quanto sia importante il gioco di dominio e sottomissione per i mutanti. È questione di vita o di morte."

"Sì, ma la parte del sesso… quella non la capisco."

Si morde il labbro e fissa lo sguardo su di me. Sto per ordinarle di smettere di mordersi il labbro prima di farsi male, quando borbotta: "Non hai mai avuto il desiderio di dare a una donna tutto quanto? Di darle prova di quanto la ami?"

Mi si avvicina e mi posa una mano sul petto, proprio sopra al cuore. Il suo tocco mi colpisce come un teaser. Sobbalzo, ma non se ne accorge. Ha gli occhi sgranati, rapiti, e le parole le escono di bocca come se le trattenesse da una vita. "Non hai mai voluto amare qualcuno così tanto da poter fare qualsiasi cosa, addirittura permettere che ti portasse oltre i confini della normalità, verso un territorio proibito? E tu ci vai, solo per dimostrare quanto ti fidi di questa persona. Faresti qualsiasi cosa per lei. Daresti la tua vita, il tuo cuore, il tuo dolore. E sarebbe un piacere."

L'aria abbandona i miei polmoni. "Jordy…"

"Non vuoi amare in questo modo?" Ora tiene entrambe le mani sopra di me; le sue piccole dita giocherellano con il risvolto del mio giubbotto in pelle. "Se trovassi un amore così, non faresti qualsiasi cosa per tenertelo stretto?"

Le prendo i polsi. "Volpacchiotta…"

"Non lo faresti?"

La fisso. Ha un cerchio azzurro chiaro attorno all'iride, ma svanisce tornando al marrone. Le labbra sono floride e morbide. È in punta di piedi, l'intero corpo lanciato nel tentativo di convincermi di ciò che sta dicendo, sperando che capisca.

Odio doverla deludere. "No, volpacchiotta. Non posso dire che lo farei."

Fa male vedere la luce svanire dal suo volto. Fa per scostarsi da me e io le stringo i polsi con forza.

"Amavi Augustine?" Le mie parole escono come un ringhio.

Si morde il labbro e distoglie lo sguardo. Le prendo il mento e le giro la testa perché mi guardi. "Rispondimi." Il mio orso mi sta graffiando dentro, ringhiando per uscire.

"No, ok. No. Ma quello che abbiamo mi piace. La mia volpe è... ho bisogno di protezione. È quello che ho sempre voluto." Affloscia le spalle mentre lo ammette. È una mezza bugia. Avrebbe voluto di più, ma si è accontentata della protezione. Vorrei dire qualcosa, ma cosa? Non vediamo il mondo allo stesso modo. Per me ci sono solo predatori e prede, e mi sono assicurato di appartenere alla prima categoria. Jordy è debole. Al peggio è una preda, una pedina per coloro che sono più potenti di lei. Al meglio, è un danno collaterale. Ma non posso dirlo. A un certo livello, già lo sa. Nonostante speri in qualcosa di migliore. In un amore che sia tutto.

"Immagino che a te sembri sciocco," sussurra. Non mi guarda negli occhi.

Le lascio andare il mento. Ho già fatto abbastanza danni.

"Sali a bordo, volpacchiotta. Dobbiamo andare."

CAPITOLO CINQUE

Grizz

Durante il tragitto, Jordy sta in silenzio.

Io continuo a pensare a quello che ha detto. Mi ha spifferato tutto. Diamine, questa volpacchiotta ha bisogno di qualcuno che la protegga. Al primo che si presenta e la tratta in maniera decente, confessa ogni cosa. Come se fossi la sua anima gemella. Il suo unico e vero amore. Ho visto abbastanza da sapere che tali cagate non esistono. Magari ho anche voglia di scoparla, il mio orso magari vuole tenersela, ma è pura biologia. Lei parla dell'amore come se fosse qualcosa di nobile. Ha redatto un intero manifesto. L'amore è questione di vita o di morte, qualcosa in cui credere.

L'unica cosa in cui credo io è la vendetta. La vendetta: ecco, questa è questione di vita o di morte. L'unico motivo per cui l'ho incontrata è questo lavoro per Frangelico. Un lavoro che ho accettato perché può darmi quello che voglio.

Devo trovare altre piste. Prove che dimostrino che i vampiri stanno prendendo i mutanti per usarli come sangue dolce. Individuare la postazione degli schiavisti di cui Jordy mi ha parlato. Se c'è un mercato nero dei mutanti che operano nel territorio di Frangelico, dobbiamo chiuderlo.

Poi potrò continuare a perseguire la mia caccia originaria.

L'unica carta fuori luogo è Jordy. Non se ne parla che la rispedisca a Augustine, ma non posso neanche tenerla. Portarla via è stata solo una parte del lavoro. Se non sto attento, diventerà una distrazione.

Nel mio settore lavorativo, le distrazioni fanno finire un orso ammazzato.

Jordy è solo un indizio utile a risolvere il mistero. Non è altro che un mezzo per raggiungere un fine. Per quanto il mio orso voglia che lei sia qualcosa di più, non è sicuro per lei né corretto per me.

Per concludere: non posso lasciarmi coinvolgere. Basta alimentare fantasie sul tenerla con me per sempre. La userò per completare la mia missione. Se me lo permetterà, prenderò un assaggio, ma le chiarirò da subito che non significa niente.

Lei pensa che l'amore sia per sempre: si sbaglia. Tutto finisce. E quando giungerà il momento, sarò pronto a dirle addio.

Ora devo solo prepararmi allo sguardo deluso sul suo volto. Quando soffre, il mio orso sta malissimo. Non posso pensarci troppo.

Emette un piccolo verso quando parcheggio davanti a un negozio di abbigliamento.

"Fermata numero uno. Prenderti dei vestiti."

Salto giù dal furgone e scruto la strada, mentre faccio il giro per aprirle la portiera. Lei smonta più lentamente, probabilmente perché indossa camicia e scarponi troppo grandi. Non porta le mutandine sotto alla mia camicia. Meglio che me ne dimentichi, o mi verrà troppo duro per poter camminare.

"Andiamo, volpacchiotta." La dirigo verso la sezione di indumenti per donna. I suoi grandi occhi mi guardano. I piccoli capezzoli sporgono sotto alla spessa flanella dell'a-bito-camicia.

Stringo i denti. Pensa al baseball. Baseball… bello e noioso. Jordy con una maglietta e nient'altro. Bacia la palla, fa oscillare la mazza… no!

"Cosa vuoi che mi metta?" mi chiede, ignara di tutti i miei pensieri. Il suo odore si alza, denso e dolce. È il suo corpo che reagisce alla mia presenza. A un certo livello, non è così ignara.

"Non ha importanza."

"Preferisci un certo look? Per qualche evento speciale?"

"Non andremo a nessun ballo elegante, volpacchiotta. Hai solo bisogno di vestiti. Roba per andare in giro per la città. Indumenti che ti tengano al caldo e ti coprano. Niente che attiri l'attenzione. E anche delle scarpe."

Un cenno con la testa e poi scompare. Lentamente il carrello si riempie di magliette e pantaloncini, un paio di scarpe di tessuto e un maglione leggero.

La afferro per un braccio quando mi si avvicina di nuovo. "Prendi anche dei vestiti."

"Di che tipo?" mi chiede. Mi guarda, dolcissima e fidu-ciosa. Se solo sapesse cosa vorrei farle…

"Che cazzo ne so. Vestiti. Mi piacciono questi." La giro indicandole un espositore di abitini a fiori.

Li scruta. "Sono carini."

Ne prendo alcuni, inclusi quelli che lei ha sfiorato con ammirazione.

Arrossendo, me li prende dalle mani. "Non sono una XS."

"Per me sei una XS."

Arrossisce ancora. "Avrò bisogno di provarli."

"Vai. Ti aspetto. Hai tutto quello che ti serve?"

"Penso di sì." Si morde il labbro mentre rovisto tra le magliette e i pantaloncini che ha scelto.

Prima che possa allontanarsi per andare a provare i vestiti, la fermo. "Anche delle mutande. Te ne sei dimenticata?"

"No," dice avvampando. "Di solito non le porto."

Ringhio. "Qua fuori te le metti. In casa puoi anche stare nuda."

"È un ordine?" mi chiede. Sto per trascinarla in un camerino e piegarla a novanta, quando mi rendo conto che sta scherzando.

Ringhiando, mi allontano a grandi passi, spingendo il carrello in modo che nessuno possa vedere la mia imperversante erezione. Ci mette un attimo a cambiarsi, quindi ho a malapena il tempo di riprendere il controllo che già mi ha ritrovato.

"Va bene?" mi chiede. Sta indossando un abitino succinto, una cosina a fiori con delle spalline che le lasciano le braccia scoperte. Le fascia il corpo, mostrando le sue leggere curve. Ha un aspetto dolce e completamente innocente, e io sono un grosso e vecchio orso scorbutico.

"Sì. Bene. Prendine qualcuno. E anche dei maglioni." Fa ancora freddo la sera.

"Vuoi che me lo metta oggi?"

Sì, voglio che lo indossi mentre torniamo verso la tana, la tua testa tra le mie gambe. Poi ti porto sul mio letto, ti strappo il vestito di dosso e ti scopo fino a farti venire.

"Non oggi," riesco a ringhiare. "Ho delle cagate da fare. Roba pratica."

"Ok, Grizz," risponde, saltellando via.

Mi nascondo dietro a un espositore di giacche e mi sistemo i jeans. Andare a comprare vestiti con Jordy: non succederà mai più. Mi sto trasformando in un fottuto pervertito. C'è una semplice soluzione: tornare a casa e legarla al mio letto.

Ma non è per questo che l'ho presa. Ho un lavoro da svolgere.

Pago tutto e le impedisco di portare i sacchetti. Mi hanno insegnato a trattare le donne come delle signore. Apro loro le porte e porto le borse pesanti. Jordy è evidentemente a disagio nel vedermi fare delle cose per lei. Si morde il labbro, ma obbedisce.

La accompagno fuori, tenendole una mano posata sulla schiena. Con una salopette corta e una maglietta, sembra un maschiaccio in ricreazione. Visino fresco e giovane. Non dovrebbe stare con me.

Ci fermiamo fuori da un piccolo supermercato. Parcheggio il furgone e indico la porta. "Roba da femmine. Vai a prenderla."

"Cosa?"

"Volpacchiotta, sto facendo un lavoro. Tu hai informazioni di cui potrei avere bisogno. Fino a che non avrò capito cosa mi serve, starai con me."

Impallidisce. "Ma il mio padrone…"

"Scordatelo. Tu sei con me."

"Quando avrai finito, mi rimanderai da lui?"

"Ne parleremo quando sarà ora," dico, anche se non ho intenzione di rimandare Jordy da uno come Augustine. Mai. Augustine si incazzerà, ma non c'è bisogno che venga a sapere come ha fatto a scappare. E dopo un po' si dimenticherà di lei, e io potrò trovarle un nuovo padrone. Farò io stesso una selezione di dominatori, se sarà necessario.

Magari Trey conosce un bravo lupo che accetterebbe la sottomessa, anche se è una volpe.

Ma mentre penso all'idea di cedere Jordy a qualcun altro, il mio orso ringhia. Jordy si fa più piccola sul suo sedile.

"Fuori," le dico. "Prendi quello che ti serve. Spazzola… roba da femmine. Non so cosa ti serva."

Si morde di nuovo il labbro.

"Piantala," ringhio, e subito smette, scattando sull'attenti. Cazzo, ora le sto dando ordini.

Esco dal furgone e la faccio uscire, sbattendo le portiere un po' più forte del necessario. "Andiamo." Entro a grandi passi nel negozio e prendo un cestino per la spesa, porgendoglielo.

Sembra persa.

"Vai, prendi quello che ti serve. Per una settimana o giù di lì."

Guarda il negozio. "Non so cosa mi serva."

Guardo i suoi occhi sgranati e mi rendo conto che le sto chiedendo di pensare a se stessa. Ma se crede che intenda scegliere io il suo shampoo, si sbaglia di grosso. "Mentre stai con me, voglio che tu abbia un bell'aspetto. Non del trucco in faccia, ma prenderti cura di te. Se scopro che non hai preso niente perché non volevi che spendessi soldi per te, andrò a comprarti pacchi e pacchi di roba." Avvicino la testa alla sua, assicurandomi che la cassiera non ci possa sentire. "E poi ti punirò."

Le sue pupille si dilatano, come se la cosa la eccitasse, ma annuisce e imbocca la corsia. La seguo, prendendo una manciata di burro cacao e buttandoli nel cestino.

Scuoto la testa. Per essere uno che odia i giochetti di dominatore e sottomessa, di sicuro mi piace che le cose vengano fatte come dico io.

"Signore?" chiede. È in piedi all'ingresso del luminoso

reparto del make-up. Ad accogliermi in ogni angolo ci sono sagome in cartone di volti celebri. Che pagliacciata del cazzo.

"Niente trucco…" inizio a dire, ma lei sussurra: "Solo del fondotinta. Per coprire la cicatrice."

Merda. Non posso dirle di no.

"Va bene. Come copertura, o quello che ti pare. E…" Guardo disgustato i volti dipinti dei cartonati. "Qualsiasi altra cosa tu voglia. Ma niente di folle."

"Grazie." Mi passa accanto e mi dà un bacio sulla guancia.

"Nessun problema," bofonchio, voltandomi dall'altra parte e imboccando un'altra corsia. Ho visto delle cose che voglio per lei.

Alcuni minuti dopo, la cassiera sta facendo il conto di tutto quanto, mentre Jordy mi sta accanto, osservando con desiderio una stecca di zucchero.

Afferro la caramella e la aggiungo al mucchio, poi ruoto la testa in direzione della corsia delle cibarie. "Vai a prendere da mangiare."

"Cosa ti piace?"

"Carne."

La mando a eseguire il mio ordine, dandole una leggera pacca sul sedere. Mentre è impegnata altrove, tiro fuori la roba che ho trovato per lei, faccio fare il conto alla cassiera e la nascondo di nuovo prima che lei torni. Una piccola sorpresa.

Tornati in macchina, lancio i sacchetti sul sedile posteriore e mi inserisco nel traffico.

"Hai preso quello che ti serve, volpacchiotta?"

Annuisce.

È contenta, si capisce. Ha le guance arrossate e si sta acconciando e riacconciando i capelli usando la roba che le ho comprato. Alla fine decide di farsi due codini rossi.

Mi fermo a un fast-food e compro venti hamburger. Jordy sgrana gli occhi quando le porgo i sacchetti.

"Ehm, Grizz? Non ho realmente fame. La colazione è stata davvero abbondante." Sembra in colpa.

"Non è per noi, piccola." Mi fermo a un semaforo e le poso una mano sul ginocchio, rivolgendole la mia totale attenzione. "Se più tardi ti verrà fame, ti prenderò tutto quello che vuoi. Questo è per qualcun altro."

Resta in silenzio. Soddisfatta che la porti ovunque io debba andare. Mi dirigo verso il Fight Club e cerco di ignorare quanto sia meraviglioso avere una donna consenziente che mi fa compagnia in macchina.

Ci fermiamo a un altro semaforo e mi volto a guardarla. Tiene la testa appoggiata al finestrino, il cui riflesso mostra un volto leggermente punteggiato di lentiggini e uno sguardo distante. Ha l'espressione pensierosa, ma non è lontana dal sorriso. Allora mi viene in mente che è soddisfatta di me.

Non dovrei incoraggiarla. Non dovrei davvero. Ma non riesco a farne a meno. Quando si tratta di lei, non riesco a farne a meno.

"Tieni." Porto una mano dietro al sedile e tiro fuori un altro sacchetto dal mucchio che c'è dietro. "Quasi dimenticavo. Mentre ti stavi provando i vestiti, ho preso queste." Le porgo una confezione di matite colorate e un libro da colorare per adulti. Sgrana gli occhi, ma prende tutto prima che il semaforo diventi verde e io riparta.

"Ho visto che scarabocchiavi a casa mia." Tengo gli occhi fissi sulla strada.

"Scusa…"

"Non ti scusare. Mi sembrava una bella cosa. Ho pensato che ti piacesse farlo, dato che ti sei messa a scarabocchiare su della carta straccia."

"Sì." Si tiene stretta addosso il libro e le matite, come

se fosse il premio per la migliore sottomessa del Club Toxic. Come se fosse un tesoro.

"Bene, ora non occorre che usi carta straccia. Ti prendo anche un quaderno per gli schizzi, se vuoi."

Il suo volto si illumina. Praticamente sta per mettersi a saltare sul sedile, così dolce e bella che mi si stringe il petto.

"Grazie, grazie," sussurra, e prima che possa fermarla si china a darmi un bacetto sulla guancia segnata dalla cicatrice. Mi viene duro il cazzo e mi manca un pelo per farle vedere come potrebbe mostrare la sua gratitudine, ma poi si scosta da me e mi guarda adorante. Cavolo, basta quell'espressione in volto per farmi perdere il controllo. Male. Devo interrompere questa cosa.

"Non significa niente," dico, e lei si tira indietro, sempre radiosa.

"Lo so," dice, ma sta mentendo. Ma se proprio vogliamo essere pignoli, sto mentendo pure io.

~

Jordy

GRIZZ FISSA LA STRADA TORVO, ringhiando quando una Jetta blu scuro si avvicina troppo al nostro furgone. L'uomo alla guida si volta a guardare e impallidisce, schiacciando immediatamente il freno. L'auto blu scuro finisce dietro di noi e il corpo di Grizz vibra, mentre il suo orso dichiara vittoria. Con qualsiasi altro mutante, me ne starei rannicchiata nel mio sedile, e invece tengo la schiena dritta e lo guardo mentre spaventa gli autisti umani, sentendomi pienamente soddisfatta. La mia volpa tira su la testa, scrutando il nostro aguzzino con attenzione rapita. È fortemente attratta da lui. Completamente.

Per un secondo si è ammorbidito. Ha cercato di nasconderlo, ma l'ho percepito. Le sue barricate si sono abbassate. Sta provando con tutte le sue forze a tenerle su per non lasciarsi coinvolgere da me, ma già lo è. Mi ha tirata fuori dalla gabbia, mi ha aiutata. Dice che sono sua prigioniera, ma sono qui libera, circondata da cose che mi ha comprato. Le azioni parlano più forte delle parole. Augustine aveva detto che si sarebbe preso cura di me e che mi avrebbe protetto. Ma Grizz lo fa sul serio. Meglio di Augustine, se mi è concesso pensarlo.

Dovrei odiare il fatto di essere prigioniera di Grizz e dovrei voler tornare dal mio padrone, ma non è così. Se fosse un mero prestito, dovrei tornare strisciando dal mio padrone e implorarlo di perdonarmi, di punirmi per essergli stata sleale. Ma questo non è un mero prestito. Grizz mi ha vista, mi ha voluta e mi ha presa. Potrà anche negarlo, ma è la verità. È pericoloso, per tutti e due. Ma soprattutto per me. Sono io quella che ne subirà le conseguenze, ma al momento, qui con Grizz, non riesco a pensare al dolore che ne potrebbe scaturire. Più sto con Grizz, e meno il mio padrone ha importanza, così come il mio addestramento e il futuro.

Appena entriamo nella zona industriale, Grizz cambia. Il suo volto si fa più duro, gli occhi si fissano su un capannone a lato di una lunga rete di ferro. Ci sono alcune auto parcheggiate accanto, ma lui ferma il furgone in disparte.

"Cos'è questo posto?"

"La terra di nessuno. Né dei mutanti né dei vampiri. Ma entrambi la vogliono. E tutti sanno che ciò che succede qui è fuori dai radar. Non ha importanza. Non sono permesse ritorsioni."

I miei occhi tornano all'edificio. "Ritorsioni per che cosa?"

"Vedrai. Tieni," dice, tirando qualcosa fuori dalla

giacca, "metti questo." Continua, mentre io mi affretto a obbedirgli. "Quando sei qui, sei mia proprietà."

La sua dichiarazione mi manda una fitta dritta nelle parti giuste, e lui se ne accorge. "Non in quel senso. Non intendo tenerti al guinzaglio."

Mi porto la mano al collo. La cicatrice del vampiro è un segno di proprietà piuttosto evidente. Lo pensa anche Grizz, e il suo volto si fa scuro. "Non appartieni a lui." Le sue mani si chiudono attorno al mio collo, una sorta di collare vivente. Le dita sono ruvide contro la mia pelle. Avvicina il volto al mio e ringhia: "Ti ha trattata male, e ora sono arrivato io. Avrei dovuto farlo prima. L'avrei fatto, se avessi saputo. Ora sei sotto la mia protezione. Significa che quando siamo qui, resti buona e fai quello che dico. Capito?"

"Sì. Tipo protocollo di alto livello."

Aggrotta la fronte. "Non sono sicuro di cosa voglia dire, volpacchiotta."

"Significa che vuoi che mi comporti in un certo modo, e se non lo faccio ci saranno delle conseguenze. Piena allerta per tutti e due."

Le sue dita accarezzano con delicatezza la mia cicatrice. "Piena allerta è corretto. Nella mia tana siamo più al sicuro, non abbiamo bisogno di protocolli. Qui, una mossa falsa potrebbe essere pericolosa. Non ti ci avrei portata, ma non volevo lasciarti da sola. Quindi stai con me, conduco io. Chiaro?"

"Chiaro, Grizz." Gli prendo la mano. "So che mi hai detto di non scappare. Non è niente di personale. Sono legata a Augustine. Sono… in debito con lui."

"Non gli devi niente. Niente che io possa vedere." Ora mi sta accarezzando la guancia e faccio fatica a respirare. "Va tutto bene. È così che sei fatta, lo capisco. Ci lavorerò, però. Magari sentendoti più in debito con me ti dimenticherai di lui, no?"

Annuisco, deglutendo, la gola secca. Mi piace il suono di queste parole. Troppo, decisamente troppo. Non fa che dichiarare che questo è solo lavoro per lui. Non posso abituarmi a lui più di quanto non sia necessario.

Esce e fa di nuovo il giro del furgone, venendo verso la mia portiera. Sembra che mi stia servendo e non mi piace. Io sono stata addestrata a servire, non a essere servita.

Ma quando apro la portiera prima di lui, ringhia. "Mi devi aspettare, volpacchiotta."

Ok, va bene. Obbedisci.

Mi porge la mano, la prendo e aspetto che recuperi i sacchetti del fast-food, lasciandoli cadere sul pianale del furgone. Attraversiamo il parcheggio, mano nella mano. Mordendomi il labbro, accelero per stargli dietro: due passi per ciascuno dei suoi. Questo posto sa di mutanti, di ogni genere. Ma la mia volpe non ha paura, mentre cammina all'ombra di Grizz.

Mentre aspettiamo, una Camaro bianco entra nel parcheggio con un tizio dai capelli scuri alla guida e un altro uomo, vestito meglio, con i capelli argentati. A giudicare dal viso giovane, si è ingrigito prematuramente. Il moro ha una sigaretta che spunta dal lato della bocca, spenta. Assomiglia un po' a James Dean. Non mi rendo conto che lo sto fissando finché non mi fa l'occhiolino. Arrossendo, abbasso gli occhi a terra.

"Bene bene." Il tizio con i capelli scuri allarga le mani come se volesse abbracciarci. Il suo forte accento è derisorio. "Il ritorno del figliol prodigo."

"Declan." Grizz gli fa un cenno di saluto. "Parker." L'uomo con i capelli grigi risponde con un movimento della testa, e Grizz pianta i piedi a terra. "Dove cazzo è la mia moto?"

Declan china la testa di lato. "Sta arrivando. Sarà qui da un momento all'altro. Sei pronto al combattimento? Sai che i lupi sono incazzati neri con te? Cercheranno di fregarti." Irlandese, mi rendo conto mentre continua a parlare. Ha l'accento irlandese.

"Non sono venuto per parlare del combattimento," borbotta Grizz.

Grizz il Burbero, lo etichetto silenziosamente. Ho la sensazione che la maggior parte della gente conosca Grizz il Burbero. Io sono l'unica a vedere l'altro suo lato. La cosa mi fa sorridere, nel profondo, ma non lo do a vedere. Non a questi sconosciuti. Non riesco a guardarli in cagnesco come fa Grizz, ma resto impassibile. Sono piuttosto brava a non manifestare quello che provo. Augustine diventava matto quando mostravo troppe emozioni.

"Voglio la mia moto, e poi ho una proposta."

"Una proposta? Non mi fanno proposte nei parcheggi da quando…"

"Taci, Dec." Il tizio brizzolato, Parker, gli dà una gomitata. "Grizz, la moto sta arrivando. Anzi," si volta verso l'ingresso, "eccola."

E in effetti un tizio in sella a una grossa Harley compare e si dirige verso di noi.

"Chi la guida?" ringhia Grizz. Ha il corpo del tutto teso. Mi avvicino a lui e mi mette una mano sulla schiena. Mi tranquillizza, senza staccare gli occhi dalla sua moto.

"È Laurie," dice Declan. "Non ti preoccupare. È dei nostri."

"Perché cazzo sta guidando la mia moto?"

"Ci hai detto tu di andarla a prendere. È l'unico che sa gestire quel mostro." Declan ruota gli occhi al cielo come se fosse ovvio.

Il tipo alto e magro porta la moto accanto a noi e posa a terra il cavalletto, barcollando un poco sotto al peso della motocicletta. Ondeggia mentre smonta, e Grizz si irrigidisce come se stesse per scattare di corsa per andare a prendere la sua moto prima che si schianti a terra. Gli poso una mano sulla schiena per tranquillizzarlo, mentre il dinoccolato autista si districa dal mezzo e si stacca da esso, lasciandolo in piedi.

"L'ha portata qui sana e salva," dice Parker con tono tranquillo. Tiene in mano un accendino e continua ad accenderlo e spegnerlo.

"E poi," aggiunge Declan, parlando sempre con la sigaretta spenta in bocca, "ha il casco."

Il tizio magro che si chiama Laurie viene verso di noi, si toglie gli occhiali, tira via il casco e si infila un altro paio di occhiali. Ha i capelli sparati da tutte le parti. Mando giù una risatina. Questi sono come I tre marmittoni, solo che sono tutti magrissimi. E mutanti. Ma mutanti strani: non riesco a capire che specie siano, e sono tutti diversi.

"Tieni." Grizz lancia qualcosa a Parker, che lo prende al volo senza neanche guardare. "Prendi il furgone, dagli una pulita e fallo sparire. Le targhe sono dietro. Lava via le impronte."

"Sì, sì," mormora Declan. "Sappiamo come si fa. Non siamo nati ieri."

"Hai parlato di un altro lavoretto," dice Parker.

"Già." Grizz ha ancora gli occhi fissi sulla moto. Abbassa la testa e mi sussurra: "Vai a prendere gli hamburger." Poi mi dà una spinta. Devo allontanarmi da Grizz, tornare al furgone. Una parte di me vorrebbe stargli appiccicata.

Grizz abbassa lo sguardo e se ne accorge.

"Va tutto bene," mormora. "Ti tengo d'occhio."

~

GRIZZ

CON RILUTTANZA, Jordy si gira e trotterella verso il furgone. Tengo gli occhi fissi su di lei, mentre parlo con Declan, Parker e Laurie: "Ho bisogno di informazioni."

"Chi è quella?" chiede Parker dopo una rapida occhiata. È abbastanza furbo da non fissare Jordy in mia presenza.

Declan non è altrettanto circospetto. "Sembra Anna dai capelli rossi."

"Come fai a saperlo?" chiede Parker.

"Ho visto il film." L'irlandese scrolla le spalle. "Lo davano alla tv."

"Sei un coglione." Parker scuote la testa.

"Vaffanculo. È un classico."

"Ragazzi," intervengo, prima che inizino a scazzottarsi. Fottuti mutanti strambi. Ma hanno orecchie ovunque. E ne ho bisogno. "Concentratevi. Ho un lavoro per voi. E vi pagherò."

Jordy torna con gli enormi sacchetti bianchi.

"Grazie, piccola," dico, e lei si illumina.

Sollevo i sacchetti pieni di hamburger.

"Bingo," esclama Declan. Laurie allunga le mani verso i sacchetti e io li allontano. "Prima discutiamo le condizioni."

"Non puoi comprarci con degli hamburger," dice Parker.

Porgo gli hamburger a Laurie, che si ritira dietro ai due amici. "Incluso c'è anche un pagamento in denaro. Duemila dollari. Forse di più, se avrò ciò che voglio."

"E cosa sarebbe?"

"I vampiri stanno rapendo dei mutanti, e li usano come cibo. Voglio sapere chi glieli fornisce e perché."

"È tutto?" chiede Declan sbuffando. "Non è che magari ti serve anche la luna?"

"Frangelico lo sa?" chiede Parker, socchiudendo gli occhi.

"Frangelico sovvenziona la mia ricerca. Io indago fra i vampiri. Ho bisogno di aiuto. Qualsiasi cosa sappiate sugli schiavisti."

"Vuoi che parliamo ai mutanti," dice Parker. Mette insieme i pezzi velocemente. "E sai che nessuno di loro parlerebbe con te. Non dopo che ti sei schierato con i vampiri."

"Non mi sono schierato con i vampiri…"

"Sì, certo, come no," dice bruscamente Declan, l'accento sempre più chiaro.

"Hai bisogno del nostro aiuto per ben più che parlare con i mutanti. Se intendi curiosare qua in giro, hai bisogno di un'amnistia. È ora di andare da Garrett e prostrarti," dice Parker.

La mia risposta è un ringhio.

"Andiamo, Grizz," dice Declan. "Sei entrato nel territorio dei lupi e li hai fatti incazzare. È una cosa che non sopportano. E neanche un grizzly grande e grosso può avere la meglio contro un branco di lupi. Neanche se ha amici vampiri."

"I vampiri non sono miei amici."

"Solo i tuoi datori di lavoro," sottolinea Parker.

"Sì, lavoro con Frangelico," dico scrollando le spalle. "E allora? Sono un lottatore. Un lavoretto in nero mi fa comodo."

Parker scuote la testa. "Sta per scoppiare la guerra. Dovrai scegliere da che parte stare. Lupi o vampiri."

"Nessuno dei due."

"Uno spreco di ottime doti da combattente." Parker scuote ancora la testa.

"Senti, non ho tempo per queste cagate."

"Sì, giusto. Sei troppo impegnato a fare il tuo dovere per il re dei vampiri," mormora Declan.

Lo fulmino con lo sguardo. Dovrò spifferare più di quanto voglia. "Voglio mettere fine ai decessi."

"Le morti dei drogati? Gli umani?" chiede Parker.

"Penso che i vampiri siano coinvolti in quelle, come anche nei rapimenti dei mutanti."

"Lo sappiamo bene." Declan si incrocia le braccia sul petto. "E allora?"

"E allora c'è sotto qualcosa. Frangelico vuole mettere fine alla cosa."

"Intende mandarti a caccia della sua stessa gente?"

"L'ha già fatto. Stanno infrangendo le regole. Lasciano in giro cadaveri. Rapiscono e tengono dei mutanti per qualche motivo. Intendo scoprirlo, e se mi aiuterete lo scoprirò più velocemente. E li fermeremo."

"Pensi che i rapimenti di mutanti e i decessi degli umani siano collegati?" chiede Parker. "Perché?"

Scrollo le spalle. "È solo una sensazione. Penso che i succhiasangue siano dipendenti dal sangue dolce umano, e che ora stiano passando ai mutanti. Vorrei sapere il perché. Gli umani sono prede più facili. Perché passare ai mutanti?"

"E chi ha mai saputo spiegare perché i vampiri fanno quello che fanno?" Declan scuote la testa.

Parker continua a giocherellare con il suo accendino, pensieroso. "Magari il sangue di mutante è più potente." Il suo sguardo si concentra su Jordy. "Lei è una delle mutanti sangue dolce?"

Ringhio e mi porto davanti a Jordy, riparandola dagli sguardi di Parker e Declan. "Lasciatela fuori da questa storia."

I due mutanti disadattati si scambiano un'occhiata, ma

non dicono nulla. Non mi piace. Facendo segno a Jordy, la tiro davanti a me, presentandola ai tre.

"Lei è la volpacchiotta," dico. Non voglio usare il suo vero nome per non metterla in pericolo. "È sotto la mia protezione."

"Intendi farla tua?" chiede Declan. Jordy inspira di scatto.

"Per quanto riguarda te o qualsiasi altro mutante, sì. Quando è qui, sta con me. Quando non c'è, dimenticatevi della sua esistenza. Siamo intesi?"

Bofonchiano entrambi di aver capito, ma non sembrano contenti.

"Sai qualcosa che non ci stai dicendo," mi accusa Parker.

"Forse sì. Forse no. Aiutatemi, trovatemi le informazioni e vi spiegherò tutto." Tengo le mani posate sulle spalle di Jordy. "Potete rifiutarvi di aiutarmi. Ma c'è in ballo ben più del vostro orgoglio."

Declan impreca.

"Va bene, Grizz," dice Parker. "Non abbiamo niente, quindi non c'è nulla da perdere. Ti aiuteremo. Finiremo questa commissione con il furgone e curioseremo in giro per capire quello che possiamo sugli schiavisti di mutanti. Ma guardati le spalle. Se vai a ficcare il naso per Tucson, Garrett non sarà contento."

"Io mi occupo dei lupi. Vado subito a parlargli." Agito una mano in direzione del magazzino a lato del parcheggio.

"Io non lo farei." Declan si leva la sigaretta dalla bocca e fa finta di soffiare fuori il fumo. Tutta questa scena del fumare con la sigaretta spenta è piuttosto bizzarra, ma quando lavori con questi tre, ci sono cose strane e basta. "In questo momento sei *persona non gratinata.*"

"*Persona non gradita,*" lo corregge Laurie, ancora accanto all'auto.

"Cosa?"

"*Non gradita,*" ripete Parker. "Hai detto *gratinata*. Il formaggio si gratina."

"Vabbè, è che ho fame. "Declan allarga le braccia. "Cristo santo."

Mi schiarisco la gola. "Come stavo dicendo, i lupi mi riprenderanno con loro. Spiegherò che voglio mettere fine alle morti umane e ai rapimenti di mutanti, che portano le forze dell'ordine a curiosare nella nostra comunità, e mi accoglieranno a braccia aperte."

"Vai allora, fai il gentile." Declan alza il mento in direzione dell'edificio del Fight Club dei mutanti. "Voglio proprio vedere." Salta sul cofano della Camaro e ci si siede, afferrando un sacchetto unto e tirando fuori un hamburger. "Cena con spettacolo."

"Pensi di mangiare con quella sigaretta in bocca?" gli dice Parker, e Declan inarca un sopracciglio.

"E allora? Anche se lo facessi? A te cosa interessa?"

Iniziano a bisticciare come al solito.

"Va bene," mormoro. Per quanto il freak-show di Declan, Parker e Laurie sia divertente, non intendo fermarmi qui a guardarlo. È troppo lungo e non ha intervalli. A dire il vero, non finisce mai.

Mi incammino in direzione dell'edificio del Fight Club, portando Jordy con me.

"Stammi vicina, volpacchiotta," le dico, la mano posata alla base del suo collo. Mi fa sentire bene tenerla vicino a me. "Segui le mie istruzioni."

Non mi risponde, ma il suo corpo si sposta e reagisce al mio, seguendo il mio esempio, modellandosi come voglio. Allerta e attenta. Completamente sintonizzata. Cielo, è fottutamente perfetta.

Resta un passo dietro di me, mentre mi avvicino alla porta del Fight Club. Lavoravo qui, fino a che il branco di Tucson non ha scoperto che lavoravo anche per i vampiri. Non aveva alcun significato per me. Frangelico mi aveva semplicemente offerto un accordo più sostanzioso: una vera occasione per portare a termine la mia missione.

Rallento mentre mi avvicino alla porta. Ha un aspetto nuovo e robusto. L'ultima volta che l'ho vista, aveva del nastro giallo sopra. Qualcuno ha dato una ripulita a questo posto da quando sono stato qui l'ultima volta, ma mi sembra sempre familiare. Il mio orso lo vede come casa sua. Anche se i lupi credono che li abbia traditi, appartengo a questo posto.

Jordy resta un passo dietro di me mentre mi avvicino, guardandomi a destra e a sinistra. Un gruppo di motociclisti punk hanno parcheggiato le moto lungo la rete metallica. Stanno chiacchierando, rilassandosi prima che il locale apra i battenti. Mutanti felini, dall'odore. Anche se non ne sentissi l'odore, dal modo in cui si sistemano di continuo le giacche in pelle colorata e si passano il pettine tra i capelli, capirei che si tratta di un branco di fighette. Non guidano neanche vere motociclette, ma solo bolidi siluro, motivo per cui probabilmente sono giaguari. I giaguari vivono per la velocità.

Quasi non si voltano a guardare, mentre io e Jordy arriviamo alla soglia del Fight Club. Prima che possa afferrare la maniglia, la porta si apre e un mutante gigantesco si staglia davanti a me. Occhi verde chiaro mi fissano. Questo tizio è grosso, e il suo animale è ancora più grosso. E pronto a colpire. Il contatto visivo diretto con un orso furioso come me è una sfida aperta. Come un panno rosso davanti a un toro. Come il guanto gettato a terra.

"Ehi." Resto fermo al mio posto, ma senza offenderlo. "Ci sono Jared o Trey?"

"No. Tu chi diavolo sei?"

"Uno che vuole parlare con un lupo."

"Non ci sono lupi qua dentro." I suoi occhi feroci mi scrutano dalla testa ai piedi. "Almeno non per quelli come te."

Insulto. Ottimo. "Ce l'hai con me? Fai pure." Al mio orso farebbe bene un bel combattimento.

Con la coda dell'occhio, scorgo un lampo di capelli ramati. Jordy. Cazzo, non voglio che resti coinvolta in questa roba.

"Quando vuoi, sono pronto." Il tizio incrocia le braccia sul petto e vedo un luccichio nei suoi occhi. Un sacco di muscoli e un animale contenuto a malapena. Non sono sicuro di che specie sia, ma sa di pericoloso.

"Oppure potresti semplicemente farmi passare."

"Ho degli ordini. Non sono ammessi orsi. Anzi: i lupi mi hanno detto che se ti fossi fatto vedere e il Bastardo avesse avuto voglia di combattere, poteva farti fuori."

"Il Bastardo? È così che chiami il tuo animale?" Scuoto la testa in segno di derisoria pietà. Dietro alla schiena, faccio cenno a Jordy di allontanarsi. Lei arretra lentamente, senza attirare alcuna attenzione su di sé. Brava ragazza. "Sono un lottatore e ho una prenotazione per domani," dico al buttafuori. "Anche lì mi impedirai di entrare? Ho diritto a venire qui."

Scuote la testa e mi arriva una zaffata del suo odore. Qualcosa di fruttato... banane?

"Gorilla," mormoro, e i suoi occhi verdi si socchiudono. "Bene, scimmione, posso dettare?"

"Cosa?"

"Sai leggere e scrivere? Ti lascio un messaggio."

"Vaffanculo."

"Ah... non lo vuoi il messaggio?"

Il gorilla inizia a farsi indietro per chiudere la porta. Prima che ci riesca, gli tiro un pugno in faccia.

Si riprende in una frazione di secondo e mi salta addosso ringhiando. Salto indietro con agilità.

"Ne vuoi ancora? Iscriviti per affrontarmi nella gabbia. Animale contro animale."

"Mi hanno parlato di te," dice con veemenza. "Sei in combutta con i succhiasangue. Combatti per loro."

"Io combatto per chi mi paga."

"Traditore della specie."

Vaffanculo. "Vuoi andare, mangiabanane? Andiamo." È grosso, ma non è il cervello più sveglio che esista. Sarà facile.

Il gorilla resta pietrificato. Posso praticamente vedere il momento in cui gli viene un'idea.

"Ehi," grida ai felini. "Una delle vostre femmine non è stata morsa la scorsa settimana?"

Cazzo.

Il capo giaguaro, un tizio con la faccia piena di piercing e una cresta nera da moicano, avanza verso di noi. È slanciato, ma non rinsecchito. "Non una delle nostre. Noi le proteggiamo, le nostre."

"Però era una gatta," interviene un altro. "Una felina rara. Una lince o qualcosa del genere."

"Sì. E un vampiro l'ha morsa," dice il gorilla.

"Davvero? E allora?" Il gatto ha rizzato le antenne. Se fosse in forma animale, avrebbe il pelo dritto. Incazzato.

"E allora questo qui lavora per i vampiri." Il gorilla mi indica. Gli ringhio addosso e mi mostra i denti. Non è scemo come un gorilla normale. È sveglio come un predatore.

"Stronzo," mormoro mentre i mutanti felini si spostano verso di me.

"Non sei tanto coraggioso quando le probabilità sono a tuo sfavore, eh?" Ride.

"Quindici contro uno non è un combattimento giusto," mormoro, arretrando fino a raggiungere Jordy. "Volpacchiotta, preparati a correre."

"Grizz," mi dice stringendosi a me. Il branco di giaguari si allarga, iniziando a circondarmi. Non posso permettergli di mettermi all'angolo, finché c'è Jordy.

Infilo la mano nella giacca che indossa lei, tiro fuori la mia fiaschetta, tolgo il tappo e bevo un sorso.

"Ora. Vai alla Camaro." Le do una spinta. Declan, Laurie e Parker sono già a metà del parcheggio e ci guardano. Mi proteggerebbero, ma sono più piccoli della media dei mutanti. I loro animali sono un macello, bestie distrutte. Non esattamente materiale da combattimento. Ma so che proteggeranno Jordy.

Mi giro di nuovo verso il capo dei giaguari e ringhio tanto forte da fargli fare un passo indietro. "Sai che posso farti fuori?"

"Ma non puoi farci fuori tutti." Ha gli occhi in fiamme. Cazzo, sono circondato da mutanti pazzi. "Sei il grizzly?"

Raddrizzo la schiena. "Sono un grizzly. Uno dei tanti. Siamo grossi predatori. Non esattamente una specie in pericolo di estinzione. Almeno non come i giaguari." Mostro i denti.

"Buffo. Noi siamo in tanti e tu sei da solo. Chi è la specie in pericolo di estinzione, adesso?"

Uno dei giaguari si stacca dal branco e si dirige verso Jordy. Cazzo. No.

"Lasciala stare," ringhio, proprio mentre il gatto blocca la strada alla mia volpacchiotta.

"Stai con lui?" Si china verso di lei, parandosi davanti al suo viso. "Stai con il grizzly?"

Lei mi guarda con gli occhi sgranati.

"Hai il suo odore addosso." La afferra e lei grida.

Ah, no cazzo.

"Levale le mani di dosso." Vado verso il tizio che sta strattonando Jordy. Lei sta lottando, cercando di liberarsi.

Il branco si stringe attorno a me. Afferro il primo corpo che mi trovo davanti e lo scaglio via. Vola in aria e altri tre prendono il suo posto. Con un ringhio, spingo per passare.

Loro mi spingono indietro, ma io ho un'arma segreta. Sollevo la fiaschetta e la svuoto. Il potere colpisce le mie cellule. Prima che la vista diventi nera, chiamo il mio orso.

~

Jordy

UN FRUSCIO come di vento viene emanato dalla pelle di Grizz, dove cresce all'istante una pelliccia marrone. Il suo animale esplode dal suo corpo. I giaguari schizzano via mentre le zampe giganti dell'orso colpiscono il pavimento creando un mini-terremoto nel parcheggio.

Il giaguaro che mi sta tenendo si ferma guarda i suoi amici, che si strappano le giacche e si trasformano a loro volta. Lo mordo con forza e lui ringhia, afferrandomi la gola e alzandomi in aria. Gli tiro un calcio nelle palle. Mi lascia cadere e rotolo via. Inspirando attraverso il collo livido, un po' tossendo, sgattaiolo via più veloce che posso. Non mi segue.

Tutt'attorno a me unti motociclisti cadono in ginocchio e si contorcono, lasciando emergere i loro felini. Sono più grandi di qualsiasi normale giaguaro, con denti che assomigliano alle zanne di una tigre dai denti a sciabola. Saltano addosso a Grizz.

"No," grido, quando qualcuno mi afferra un braccio.

Combatto selvaggiamente e un'altra mano si stringe attorno all'altro braccio.

"Ferma, va tutto bene, siamo noi." Declan mi tira verso la Camaro. "Siamo dalla tua parte."

"No, non posso lasciarlo." Cerco di piantare i piedi a terra.

"Non lo lascerai. Dobbiamo solo metterti al sicuro."

Dietro di noi, il grizzly tuona mentre i gatti gli saltano addosso uno dopo l'altro, e un grosso gorilla sta appeso alla rete metallica e ride.

"Dobbiamo aiutarlo!"

"Non è il nostro combattimento, bella." Declan mi trascina per i pochi metri che mancano fino alla moto e mi spinge giù. "Resta qui."

Mi mordo il labbro. Vorrei essere più forte, più veloce, più dominante. Per ora Grizz ha gettato via la maggior parte dei felini. È una follia. L'orso è in assoluta minoranza… e sta vincendo.

"Non ho mai visto niente del genere," sussurra Declan accanto a me, mentre Grizz tira colpi a destra e a sinistra, schiacciando e spingendo giaguari a terra. Un'altra mossa, troppo veloce da seguire, e altri giaguari sono k.o. Grizz lancia felini per aria come se fossero sacchi vuoti. E…

"Si muove così veloce che quasi non si capisce cosa faccia," dice Parker.

Il gorilla ringhia frustrato. Altri giaguari cadono.

"Oh oh," mormora Declan, e mi si ferma il cuore. Cinque giaguari si accucciano dietro a Grizz, aspettando di saltargli addosso. Altri due gli corrono incontro, e lui li devia senza difficoltà. Ma fa un passo indietro, finendo giusto nella trappola.

"No," gemo. Cinque felini saltano contemporaneamente addosso a Grizz. Uno gli finisce sulla schiena, affondando gli artigli e tirando indietro la testa, pronto a sferrare un morso letale.

"Lo uccideranno!" grido. "Fate qualcosa."

"Cazzo," mormora Declan e grida a Parker. "Sistemiamo questa cosa."

Il mutante dai capelli grigi è sopra alla Camaro. "Sta arrivando la polizia!" grida. Gli animali che si stanno azzuffando non se ne accorgono.

Un fischio fende l'aria. I felini gridano e io mi copro le orecchie. Avrei tanto preferito che Declan mi avesse avvertito, prima di fischiare.

Parker ripete: "Sta arrivando la polizia."

"Polizia," ripete uno dei motociclisti. Lancia un urlo e i suoi amici smettono di malmenare Grizz.

"Polizia!" ripete Declan. "Ogni animale per sé!"

I giaguari se la danno a gambe e scappano.

Grizz si ricompone. Ha la pelliccia arrossata in certi punti e sta zoppicando. Ma è ancora vivo.

Il gorilla ringhia e salta dal suo trespolo, atterrando a pochi metri da lui.

"Non lascerà andare Grizz senza combattere," dice Parker. "Non abbiamo tempo. Sta arrivando la polizia."

"Cazzo, li hai chiamati davvero?" dice Declan annaspando.

"Sì," dice Laurie dal sedile del passeggero della Camaro.

L'irlandese impreca e mi afferra. "Chiamalo," mi ordina.

"Cosa?" Lo guardo a bocca aperta.

"Chiamalo," ripete Declan, dandomi una cosa. Un casco, quello che Laurie portava prima. "Chiama Grizz. Adesso!"

"Grizz," grido. Il grosso orso sta camminando avanti e

indietro, aspettando che il gorilla attacchi. "Grizz, sta arrivando la polizia! Devi venire via! Torna da me."

Grizz si gira e inizia ad abbassarsi. Il gorilla salta, ma all'ultimo secondo Grizz ruota. Un rapido movimento e il gorilla è a terra. Si ritrasforma in sembianze umane.

"Andiamo," grida Declan mentre le sirene si fanno più forti attorno a noi. "Subito!"

L'orso corre verso di noi. La pelliccia recede dalla pelle insanguinata, e poi vedo solo Grizz che corre verso di me e la motocicletta.

"Sei nudo, amico. Tieni," gli dice Declan, porgendogli un paio di pantaloni della tuta. Mi levo il giubbotto di pelle e sussulto mentre Grizz se lo infila attorno al torso insanguinato. Infila i piedi nelle Timberland e fa roteare una gamba montando in sella alla sua moto.

"Su," ordina, e ho un brivido di pelle d'oca in risposta al suo tono dominante. Con il casco ben allacciato mi sistemo dietro a Grizz e afferro la sua giacca.

"Braccia attorno a me," dice, e ringhia quando mi sente esitare. Non voglio fargli male, ma quando tentennando stringo le braccia attorno alla sua vita, lui mi tira più vicina alla sua schiena.

"Stretta, volpacchiotta," mi ordina, e spinge sul pedale della moto. Il motore prende vita e scattiamo via, seguendo la Camaro bianca, in fuga dal capannone.

Imbocchiamo la strada principale nel momento in cui un camion dei pompieri ci sfreccia accanto a sirene spiegate, i lampeggianti accesi, in direzione del Fight Club, mentre noi scappiamo dalla parte opposta.

CAPITOLO SEI

Grizz

La moto romba mentre mi districo tra le auto, spingendola sempre più veloce. Le dita di Jordy affondano in me, ma non rallento. Devo portarla a casa, al sicuro prima che il potere abbandoni le mie vene, lasciandomi troppo debole per difenderla. Staccarmi dagli effetti della bevanda è sempre difficile.

Almeno non ci stanno seguendo. Giusto per sicurezza, cambio corsia e svolto in una stradina laterale.

Quando la moto è sulla mia montagna, l'incandescente rabbia rossa che mi scorre nel sangue si è ormai placata. Spengo il motore e mi accascio in avanti, gli arti pesanti e freddi. Lo stomaco è una massa di nodi. Quando combatto, sono fatto di adrenalina. Quando l'adrenalina se ne va, non resta niente.

La vista diventa nera per un momento. Combatto contro la poltiglia che è diventata la mia stessa coscienza, e torno alla realtà, torno alla vita. C'era una cosa che dovevo fare…

Un peso leggero si muove dietro di me e alzo la testa. Devo smontare da questa moto, portarla al sicuro.

"Grizz?" mi chiama Jordy. È in piedi accanto a me adesso. Sto perdendo secondi preziosi, sto perdendo tempo.

Sbattendo le palpebre, scuoto la testa. "Dentro. Subito."

Mi trascino giù dalla moto, faccio qualche passo e barcollo.

"Grizz!" Si preme contro di me. Mi tira su. Mi aiuta a camminare. Non è giusto. Dovrei essere io ad aiutare lei.

"Dentro. Devo portarti… al sicuro…" Ho la lingua gonfia, che mi riempie la bocca e mi fa bofonchiare.

Sento tintinnare delle chiavi e la porta si apre, il profumo familiare della mia tana mi accoglie. Ci sono quasi. Spingo avanti e cado in ginocchio prima di arrivare alla cucina.

"Grizz, cosa c'è che non va?" La voce di Jordy è acuta. "Cosa ti serve?"

"Si esaurisce l'effetto della lotta. Adesso… passa." Non so se passerà. Non sono mai stato tanto male prima.

"Va tutto bene, sdraiati." Le sue mani toccano il mio corpo. Sento come un cuscino sotto alla testa. Gli scarponi vengono sfilati dai piedi. "Grizz, mi senti? Posso portarti qualcosa?"

"Carne," gemo, leccandomi le labbra. "Acqua."

Sento dei rumori e poi torna, appoggiando alle mie labbra il bordo fresco di un bicchiere. "Bevi." Il suo respiro è affannato e accelerato. Le accarezzo la gamba. Voglio farle sapere che mi riprenderò. L'acqua mi scorre nella gola, rinfrescandomi i polmoni. Riesco a respirare. Sì, ecco fatto. Sostituisci il succo con qualcosa di puro e pulito.

"Tieni," dice Jordy. Ha una voce strana. Del sangue mi colpisce le labbra e ringhio, afferrando il pezzo di carne che ha trovato. È mezzo congelato, ma il mio orso non se ne preoccupa. Lo lacero e mastico, tornando lentamente in me. Sono sulle piastrelle, sdraiato supino, la giacca di pelle sotto alla testa. Jordy mi sta inginocchiata accanto. Mi offre altra acqua, quando gliela chiedo, e un altro pezzo di carne.

Alzo il mio braccio pesante e trovo con la mano la sua faccia. Le tocco la guancia, accigliandomi nel sentirla bagnata.

"Va tutto bene," mormoro, sempre con la lingua gonfia. "Dammi solo un secondo. Torno subito."

"Ssh." Tiene la mia mano premuta contro il proprio volto. "Va tutto bene. Sono qui." Dietro di lei c'è la mia porta di casa. Potrebbe facilmente uscire e andarsene, tornare dal suo padrone. Ma non lo fa.

"Resta con me," mormoro. Non ho l'energia per ordinarglielo.

"Certamente," sussurra, e io lascio ricadere la mano mentre perdo conoscenza.

RINVENGO GRADUALMENTE. Ho qualcosa di morbido sotto alla testa, più morbido della giacca di pelle. Un cuscino. Un corpo esile è premuto contro le mie costole doloranti. Un odore adorabile mi penetra nelle narici. Jordy. È sdraiata accanto a me e il mio orso ne è felicissimo.

Sento caldo, troppo caldo. Qualcosa è avvolto sopra di noi e sa di vampiro. Con un ringhio, strappo la coperta che ho trovato nella gabbia di Jordy e la lancio dall'altra parte della stanza. Atterra accanto alla porta. La brucerò più tardi. Non voglio più sentire l'odore di quel vampiro.

Sono sul pavimento a metà strada tra la porta e la cucina, la mia giacca appesa al suo gancio e gli scarponi sistemati ordinatamente sotto. Il mio corpo è un ammasso di feroce dolore. La cosa peggiore è un morso alla gamba e un altro sulla spalla. Dannati felini. Non appena potrò muovermi, sistemerò per bene questi morsi.

Nel frattempo, me ne starò qui a ringraziare le mie buone stelle per aver fatto quello che hanno fatto. Questi sono stati i postumi peggiori che ho sofferto dopo la somministrazione del succo. E sto guarendo più lentamente, dato che il mio corpo deve riprendersi in più di un senso. Non è un bel segno. Dovrò stare più attento in futuro.

Sono l'orso più fortunato del mondo. Non perché sono sopravvissuto al combattimento, ma per il caldo peso che mi sta accoccolato accanto. Jordy mi ha portato dentro, mi ha dato da mangiare e da bere. Mi ha preparato un giaciglio sul pavimento e si è sdraiata vicino a me.

Potrei restare qui sdraiato per sempre, al diavolo le costole doloranti.

Un piccolo rumore e Jordy alza la testa. Ha gli occhi preoccupati sotto al groviglio dei suoi capelli.

"Ehi," sussurra. Sorrido e le scosto dal volto i ciuffi color rame. "Tutto bene?"

"Molto meglio." La mia voce è profonda come se venisse da una tomba.

"Eri messo proprio male." Si morde il labbro. "Ero preoccupata."

"Non intendevo spaventarti, volpacchiotta." Merda, sono stato privo di conoscenza per un paio di ore? Decisamente l'effetto peggiore da un bel po' di tempo.

Resta ferma, accoccolata contro il mio fianco, con il viso lentigginoso rivolto verso il mio, mentre le spingo indietro i capelli. Quando lascio cadere la mano, si muove.

"Tieni." Si alza in piedi e va al lavandino, tornando con un grosso bicchiere d'acqua. Mi metto a sedere e bevo, mentre lei mi si accoccola accanto.

"Grazie."

"Vuoi mangiare qualcosa?"

Annuisco. "Sarebbe una bella cosa."

"Vuoi della carne?"

"Niente di congelato."

Mi rivolge un sorrisino da dietro la spalla, mentre torna in cucina. "Ne ho tirata un po' fuori dal freezer e l'ho messa nel lavandino a scongelare."

Mi siedo mentre lei si affaccenda in cucina, passandomi una bistecca e riempiendo di nuovo il mio bicchiere. Non commenta quando trovo nuove forze e mi alzo barcollando in piedi. Sembro un cerbiatto appena nato. Gemo e mi accascio al tavolo, come un vecchio. In silenzio, mi serve un altro piatto di carne. La sto mangiando cruda, ma va giù che è un piacere. Devo riempire di nuovo tutto ciò che il combattimento mi ha tolto. Mi sembra di avere un buco dentro.

Per tutto il tempo che mangio, non le levo gli occhi di dosso. Jordy mi prepara un altro piatto e riscalda per sé qualche avanzo. Ogni suo movimento è fluido e aggraziato, come se stesse eseguendo una coreografia di danza. Augustine la costringeva a servire così lui e il suo amico? Probabile. Il pensiero mi fa andare il cibo di traverso. Jordy si gira, gli occhi sgranati, e mando giù velocemente un sorso d'acqua, inghiottendo il boccone. Solo quando le faccio segno che va tutto bene, torna a ciò che sta facendo. Attenta, bene addestrata. Mi sa che dovrei ringraziare Augustine, ma vorrei solo ammazzarlo.

"Ti serve altro?" chiede Jordy. Aspetta che scuota la testa, poi posa il suo piatto e si accomoda sulla sedia accanto a me. Si accorge che la sto fissando e resta immobile. "Va bene così?" La sua voce morbida è dolce e musicale.

"Sì, volpacchiotta. Sei bravissima. Fai come fossi a casa tua."

Mordendosi il labbro, si guarda attorno. "Più o meno l'ho già fatto."

"Bene," dico con fermezza, accarezzandole un ginocchio. Mi piace averla vicino a me. Cavolo, vorrei prenderla in braccio, ma il mio corpo si sta ancora rimettendo in sesto.

Era tanto che qualcuno non si prendeva cura di me in questo modo.

Finisce prima di me e aspetta tenendo gli occhi bassi. Seguo la direzione del suo sguardo e mi rendo conto che ho le nocche insanguinate. Cavolo, tutto il corpo è un insieme inconsunto di tagli e lividi. Me ne rendo conto ora che mi sono rilassato. Il cibo mi sta aiutando, comunque. Sto iniziando a guarire. Una bella nottata di sonno e sarò di nuovo in piedi.

Jordy si alza e sparecchia la tavola. Indossa ancora quella ridicola salopette, che però non nasconde la curva seducente del suo culo.

"Ehi, volpacchiotta." La afferro per il braccio mentre mi passa accanto. Si ferma, ma non mi guarda. "Scusami. Per lo svenimento, dico."

Qualcosa le passa sul volto, ma scompare all'istante. Non si aspettava delle scuse. Spero che si renda conto della rarità della circostanza. In genere non mi comporto come se avessi qualcuno a cui dare risposte o spiegazioni.

Si gira del tutto verso di me. "È la lotta che ti causa questo?"

Considero per un folle secondo l'idea di dirle tutta la verità, e opto per una mezza bugia. "Sì."

"Sei stato strepitoso. Velocissimo. Parker e Declan

hanno detto che non hanno mai visto una cosa del genere." Si morde il labbro come se non fosse sicura che sia stata una buona idea dirmelo.

"Ho fatto quello che dovevo fare."

"È stato incredibile," dice. "È stato tutto così veloce che neanche abbiamo visto la metà dei tuoi movimenti. Non sembravi neanche vero."

Scrollo le spalle. "Era buio." Non proprio, ma dovrei interrompere questa linea di pensiero.

"Sei stato più veloce di qualsiasi mutante."

"Hai visto tanti combattimenti di mutanti?" dico ridacchiando.

"Sì. Stasera. Ti sei battuto contro un intero branco e hai quasi vinto."

"Non proprio. Alla fine è stata una toccata e fuga."

"In realtà no," insiste lei. "Avresti potuto batterli."

"Non puoi saperlo," dico cercando di chiudere il discorso.

"So quello che ho visto." La sua voce si ammorbidisce mentre se l'immagina. "Sei diventato sfocato. Eri talmente veloce che è diventato tutto sfocato. A quel che ne so io, le uniche altre creature che possono diventare sfocate a quel modo sono..." Non lo dice a voce alta, ma capisco comunque la fine della frase. *Le uniche creature che possono diventare sfocate a quel modo sono i vampiri.*

"Sono veloce e basta." Bugia, bugia, bugia. Dall'espressione che ha in faccia, lo sa anche lei. Ma non mi corregge. Troppo bene addestrata. Da Augustine. Ringhio.

"Grazie per la cena." Fuori è ancora buio, quindi non si può ancora considerare una colazione.

"Era roba tua. Io te l'ho solo servita."

"Ti sei presa cura di me, volpacchiotta." Mi levo la camicia di dosso e lei sussulta.

"Sei ferito!"

"Sì, volpacchiotta. Ho lottato contro un branco di gattacci." Controllo il punto dove l'artiglio mi si è piantato addosso. Non sta sanguinando, ma neanche guarisce velocemente come dovrebbe. Il mio corpo sta ancora gestendo gli effetti del succo.

"Hai bisogno di una fasciatura." Jordy si china verso di me. Sento il cazzo balzare sull'attenti mentre ispeziona la ferita, il respiro leggero sui miei addominali. Non posso fare a meno di allungare una mano per scostarle i capelli e vederle il volto.

È lì che mi accorgo della chiazza viola sopra alla clavicola, attorno al collo.

"Che cazzo è questo?" ringhio. "Hai dei lividi sulla gola." Le prendo la testa tra le mani per esaminarla meglio.

Si morde il labbro, ma resta ferma. "Grizz, per favore. Non è niente."

"A me non sembra che non sia niente. A me sembra che qualcuno abbia tentato di strangolarti."

"È stato uno dei felini. Mi ha afferrata e mi ha tipo… messo la mano attorno alla gola." Alza una mano per farmi vedere.

Il mio orso brontola in fondo alla mia pancia. Lo ucciderò. Afferrandole i capelli le ruoto la testa da una parte e dall'altra, memorizzando il punto in cui si trova il livido. La sua forma. Il gattaccio morirà con gli stessi segni attorno al suo collo.

"Sono passate ore. Perché non stai guarendo più velocemente?"

Esita. "I mutanti preda guariscono più lentamente."

Mi sento un cretino. Si è presa cura di me, e tutto quello che noto è quanto sia sexy. Quanto vorrei scoparmela. Non mi sto prendendo cura di lei come dovrei.

È ora di sistemare le cose. E subito, cazzo.

"Doccia." Lascio andare i suoi capelli, in modo che si possa alzare in piedi. "Vai prima tu."

"Tu sei più ferito," mormora. "Forse dovresti…"

Scuoto la testa. "Prima le signore. Mia madre mi ha insegnato così." Non le spiego che mi avrebbe preso a schiaffi per non essermi preso meglio cura di lei, offrendole prima questa possibilità. "Andiamo." Vado verso il bagno e apro l'acqua della doccia. Jordy aspetta vicino alla porta e le faccio segno di entrare.

"Non posso," dice con gli occhi bassi. "Per favore, lascia che ti serva."

Servirmi nella doccia… bella idea.

No! Orso cattivo!

"Spogliati," le ordino.

Porta velocemente le mani sulla maglietta ed esita, gli occhi fissi nei miei.

"Giusto," le dico, prima di girarmi e voltarle le spalle per concederle un po' di privacy. "Levati i vestiti e poi entra nella doccia." Chiudo gli occhi sentendo il fruscio degli abiti. Ricordo ogni curva del suo bellissimo corpo. Vorrei toccare tutta quella pelle di alabastro. Scoprire dove si trovano i suoi punti più sensibili. Imparare cosa la fa gemere.

È una tentazione troppo forte, cazzo.

"Vado a prenderti i vestiti." E detto questo, esco dal bagno.

Jordy

CHIUDO gli occhi e lascio che l'acqua tiepida mi scorra sul viso. Le docce sono bellissime ma rare. La maggior parte delle volte Augustine mi lavava solo con la gomma dell'acqua in giardino. Aveva davvero deciso di trattarmi come un animale domestico.

È solo ora che ho incontrato Grizz che mi rendo conto di quanto fuori di testa sia il mio padrone. Certo, alcune cose mi piacevano, ma non mi ha mai trattata come sua pari. Per lui ero una bestia. Un animale domestico. O forse neanche quello: un giocattolo, una fonte di cibo, un oggetto da usare e poi buttare via.

C'è stato un tempo in cui era più gentile. Quando avevo creduto che potessimo essere di più. Ma poi…

Le cicatrici che ho sul petto prudono, al ricordo. Vorrei sapere cos'è successo quella notte. Quanto abbia tentato ma l'abbia comunque deluso. *Inutile*, mi ha definita. Non era mai stato tanto crudele prima.

Qualcuno bussa alla porta e mi ridesta dai miei pensieri. Sobbalzo.

"I vestiti sono qua fuori, volpacchiotta."

Mi chiama 'volpacchiotta'. Non ho mai avuto un soprannome grazioso prima d'ora. Mi piace.

Chiudo l'acqua con attenzione. Non mi sono rasata, ma ho le gambe ancora piuttosto lisce.

Esco dal bagno, e Grizz sta ascoltando la segreteria del telefono di casa. È in vivavoce, ma anche se non lo fosse potrei sentire ogni singola parola. Non perché il mio udito di mutante sia tanto buono, ma perché la persona che ha lasciato il messaggio sta gridando.

"Di tutte le cose stupide da fare, cazzo… e chiami i vigili del fuoco? Non ci serve tutta questa pubblicità."

Grizz preme un pulsante e il messaggio si interrompe mentre mi avvicino. Ho cercato di muovermi in silenzio, ma non è possibile prenderlo alla sprovvista. Oppure semplicemente mi stava aspettando.

Arrossisco mentre mi squadra dalla testa ai piedi. Ho i

capelli bagnati: non ha un asciugacapelli, ma li ho tirati indietro meglio che potevo. Mi sono messa una maglietta extra-large e un paio di mutandine pulite. Qualcuno deve aver messo nello scomparto sotto al sedile della moto le cose che abbiamo comprato insieme. Uno dei buffi mutanti che abbiamo incontrato: Declan o Parker.

"Mi sono dimenticata di comprare un pigiama," dico, anche se già lo sa. Il suo sguardo mi scruta, fermandosi all'altezza del petto. Ho i capezzoli duri e si vedono attraverso la stoffa.

"Va tutto bene," dice con voce densa, e torna ad ascoltare il suo messaggio.

"Sono Garrett," dice il registratore, e poi si sente la voce che gracchia mentre Garrett si lancia immediatamente in una veemente paternale per quello che è successo nel parcheggio del Fight Club. Grizz ascolta con una smorfia in viso. Sospiro quando la voce arrabbiata si ferma e gli occhi di Grizz si posano ancora su di me.

"Ho fatto un po' di casino stanotte," dice.

"Non è stata colpa tua."

"Non ha importanza. Mi stanno comunque incolpando. Ho il telefono che sta esplodendo."

"Davvero sono arrivati i pompieri?" Esporsi agli umani a questo modo sarebbe stata una condanna a morte per il mio clan. Magari per i mutanti predatori è diverso.

"No. Laurie è uno sveglio. Ha denunciato un incendio due capannoni più in là. È passata solo una camionetta dei vigili del fuoco. Il branco è arrivato velocemente sulla scena, però, e hanno pulito tutto."

Sussulto. "C'era un sacco di sangue."

"Sangue, vestiti strappati, pelo… gli umani avrebbero sicuramente fatto domande se l'avessero trovato. È probabile che quelli del branco abbiano lavato il piazzale con la gomma dell'acqua. Probabilmente Garrett farà grattare loro il sangue per tutta la notte. A ogni modo, c'è mancato un pelo."

"Già."

Capisco perché sia preoccupato. Capisco davvero. Preme un pulsante e la segreteria annuncia: *messaggio eliminato.* "Il Fight Club è gestito da lupi, ma ha già attirato attenzioni e guai in precedenza." Scuote la testa. "Non è il massimo del periodo per essere un mutante. Nascondersi agli umani sta diventando sempre più difficile."

"Già," mormoro. "Nel mio clan lo dicevano di continuo. È per questo che mi hanno venduta."

"Ehi." Mi mette un dito sotto al mento e me lo solleva. "Non te lo meritavi."

"Grazie per averlo detto," sussurro. Sembra voler aggiungere altro, ma scuote la testa e si allontana. Senza il suo contatto mi sento persa.

Lo sento inspirare con forza mentre si sfila la maglietta nera.

"Oh no," gemo. Il suo corpo è un macello. Quell'artiglio spezzato che si è tolto era solo l'inizio.

Agito le mani in aria, non sapendo da dove cominciare.

"Kit del pronto soccorso, nel bagno," dice, e corro a prenderlo.

Lui mi segue, riempiendo il piccolo spazio con la sua stazza. Mi schiaccio in un angolo mentre lui asciuga il vapore condensato dal piccolo specchio e piega il corpo in modo da valutare i danni. Non serve a niente: lo specchio è troppo piccolo e lui ha tutto il corpo ricoperto di tagli e graffi.

Afferra una spugna e inizia a passarsela addosso come se stesse pulendo un bancone. Come se il suo corpo ammaccato fosse cemento e non carne. So che è forte, ma sussulto solo a guardarlo.

"Per favore, lascia che ti aiuti io," gli propongo.

Mi passa lo straccio di spugna, lo sciacquo e gli tampono la pelle. Lo sento inspirare con forza e mi fermo un attimo.

"Fa male?"

Tiene la testa bassa, gli occhi luccicanti dietro ai capelli. "No volpacchiotta, non è questo." Si schiarisce la gola. "Puoi essere più rude con me. Lo posso sopportare."

Continuo a pulire. Ogni centimetro del suo corpo è sodo muscolo. È una follia, come una cosa uscita da un libro di anatomia, solo che probabilmente non ci sono parole per descrivere tutti i muscoli che ha. Grandi, medi, piccoli, infilati tra quelli che conosco. Ha un addome da dodici addominali. Faccio scorrere la mano lungo il loro contorno definito e lui emette un verso che è a metà tra un gemito e un ringhio. Come il rumore delle fusa, direi, se fosse un gatto.

"Bravo orso," sussurro, e abbasso la testa, in modo da non vedere la sua espressione.

Quando arrivo al suo fianco, alza il braccio. C'è un altro artiglio piantato nel fianco, e quando glielo dico, mi ringhia: "Tiralo fuori. Fai veloce."

Lo estraggo e lavo la ferita con un sacco di acqua. Ora che tutte le macchie di sangue sono sparite, ha un aspetto decisamente migliore. Il potere di guarigione si è messo un po' all'opera e alcuni dei tagli si sono rimarginati. Sto andando davvero lentamente, muovendomi con cura, cercando di non fargli male. Ci sto mettendo un sacco di tempo, ma Grizz non sembra turbato dalla cosa.

"A volte lo faccio," dico per riempire il silenzio. Distrarlo un poco da un graffio particolarmente profondo. "Pulire i sottomessi dopo giochi di sangue."

"Al Club Toxic."

"No. C'è un altro posto dove i vampiri giocano più duro. Ehm." Alzo la testa e incrocio gli occhi lampeggianti

di Grizz nello specchio. "Fuori dalla giurisdizione del re."
Mi sento avvampare in viso: ho raccontato un segreto.

"Non gli piacerà," dice Grizz. Con gli occhi così luminosi sembra una macchina, un terminator biondo
mandato a uccidere l'umanità.

Scuoto la testa. "Non glielo dire."

"Glielo devo dire, volpacchiotta. Sono in missione per
lui."

"Non voglio mettere nessuno nei guai." Torno a
pulirlo. Perché ho aperto bocca? Augustine mi ammazza se
viene a sapere che ho spifferato.

La mano di Grizz si chiude attorno al mio collo. Resto
ferma, ma lui si limita a scostarmi indietro i capelli. "Non
sarà colpa tua."

Deglutisco. "Cosa farà il re se non approva il club
segreto?"

"Questo dipende da lui. Non sono affari nostri, volpacchiotta. Dove si trova questo locale? Lo sai?"

Chiudo gli occhi. "Posso portartici." Ho già tradito il
mio padrone. Ho fatto trenta, posso fare trentuno.

"Brava ragazza," mormora, facendomi sciogliere il
cuore. Non dovrei sentirmi così bene per avere aiutato il
nemico del mio padrone, ma è così.

Finisco in silenzio.

Quando ho terminato, aspetto che prenda lo specchio
e si controlli la schiena da tutte le angolazioni. "Grazie,
volpacchiotta. Dovrebbe guarire più in fretta ora."

Aspetto sul suo letto mentre lui si fa la doccia. Dovrei
tentare di scappare e andare ad avvisare Augustine, ma
qualcosa mi induce a restare. Dico a me stessa che sono i
suoi ordini, ma è da un po' che non me ne dà. Vorrei che
lo facesse, così potrei spegnere i pensieri che mi ronzano
come api incazzate nella testa.

Grizz entra a piedi scalzi, indossando un paio di pantaloni della tuta e nient'altro. Anche se so che è migliorato di parecchio, il petto ha un pessimo aspetto. Sussulto guardando i segni rossi.

"Come carne cruda, eh?" dice. "Non ti preoccupare: so che le mie possibilità di avviare una carriera da modello sono sfumate anni fa."

Prende i vestiti che sono sul letto, quelli che abbiamo comprato. Li ho piegati, ma non sapevo dove metterli. Inarcando un sopracciglio, libera un cassetto del suo comò e ci lascia cadere dentro i miei indumenti. Dovrei dire qualcosa, ma sono troppo stanca. I suoi movimenti sono aggraziati e fluidi, ma sembrano riempire la stanza.

Il lottatore è tornato a casa. L'eroe conquistatore. La sua presenza satura l'aria, rendendomi consapevole della mia piccolezza. Della mia femminilità. Il premio perfetto per un guerriero.

Mi porto le ginocchia al petto e ci appoggio sopra il mento. "E adesso?" chiedo.

Mi guarda, gli occhi ancora luminosi. Oh sì. Il suo orso sa quanto sia fragile questa situazione. Quanto lui mi voglia. Quanto sarebbe giusto. Appartenevo a Augustine, e lui mi ha portata via. Il forte domina il debole, e se vuoi qualcosa e sei abbastanza forte da prendertela, poi quella cosa appartiene a te. Così funziona nella giungla. E quando sono coinvolti mutanti e vampiri, questa giungla è ovunque.

"Vuoi che ti porti al club segreto?" gli chiedo, cercando di alleviare parte della tensione.

I suoi occhi si spengono come se qualcuno avesse schiacciato un interruttore. "Non stanotte. Domani. Stanotte dormiamo."

Oh.

"Non ti preoccupare, volpacchiotta: non ti farò del male."

"Non ho mai pensato che potessi farlo."

Si avvicina al letto e mi posa una mano sul collo. Una mossa delicata, ma anche un umano ne capirebbe il significato. *Potrei spezzarti il collo, ma non lo farò.* È un modo come un altro di dichiarare il possesso. Essere tanto potenti da potersi dare alla violenza, ma mostrarsi invece delicati.

Rabbrividisco.

"Dormi, volpacchiotta. Tutto qua."

Mentre mi sdraio e lui spegne la luce, non so capire se mi sento delusa o sollevata.

CAPITOLO SETTE

Jordy

IL SOGNO INIZIA appena chiudo gli occhi, come se mi stesse aspettando. Un mostro scuro nella mia testa, che fa schioccare le mandibole, pronto a inghiottirmi tutta intera. Mi trovo nel club segreto dei vampiri. Augustine è lì, una presenza minacciosa. Non va bene così: dovrebbe essere confortante. Mi sforzo di ricordare quando in passato è stato un conforto per me. Ma nel tempo e nello spazio di questo sogno, Augustine non è benevolo. Non è mio amico. È solo il mio padrone.

"È lei?" chiede un altro vampiro. Augustine conferma con un sì. Le loro voci sono attutite dalla condizione del sogno, ma so che stanno parlando di me. Delle mani iniziano a strisciare sulla mia pelle, accarezzandomi e palpandomi, prendendosi delle libertà. Dovrei stare ferma – Augustine mi ordina di farlo – ma non ci riesco. Lotto e vengo bloccata per i guai che sto causando. Non mi legano con delle funi, ma mi tengono con mani forti.

"Che esserino vivace," commenta l'altro vampiro.

"Di solito non lo è," sbuffa Augustine. La sua voce trasuda disgusto. So che disprezza i mutanti, e in questo momento non fa alcuno sforzo per nascondere i suoi sentimenti. Mi sento piccola, addirittura inferiore, mentre le mani che mi stanno addosso lordano la mia pelle. "Stai ferma," sibila di nuovo il mio signore.

"Lascia che faccia io." Il vampiro sconosciuto affonda le dita nella mia pelle. Inarco la schiena e cerco di gridare, ma la mia gola è una tomba. L'aura di questo predatore è così forte da risultare soffocante. L'aria è troppo densa per poterla respirare. "Ecco fatto," dice il vampiro, con tono falsamente rassicurante. "Fai la brava." Le sue dita sono artigli ora, e mi stanno lacerando la pelle. Il sangue scorre. "Stai ferma e dammi quello che vogliamo." Le sue labbra trovano il mio petto. Ho uno scossone, poi resto ferma. Non è un sogno. È successo davvero. "Brava ragazza," mi dice con tono suadente il vampiro con un occhio solo e, abbassando la testa sul mio seno sinistro, inizia a nutrirsi.

～

Grizz

STO SDRAIATO NEL BUIO, cercando di riposare. Jordy sta respirando in maniera strana, con sbuffi leggeri contro il mio petto nudo. Non mi aiuta. Ogni volta che tento di rilassarmi, lei piagnucola e si schiaccia contro di me, ed è finita. Salto come una molla.

Con un sospiro, ruoto mettendomi supino. Ho il cazzo duro e dritto come l'asta di una bandiera, che tende le lenzuola. Sì, sì. Questa ragazzetta mi piace, è vero. Basta così, però. Costringo l'uccello ad abbassarsi.

Sento un leggero colpo di tosse e apro gli occhi di scatto. Jordy si scuote al mio fianco, le sue piccole dita che si piantano nel mio petto già graffiato, ma non me ne frega niente.

C'è qualcosa che non va. È agitata. Ha il volto tutto corrucciato, la bocca aperta come se stesse tentando di gridare.

"Volpacchiotta." Le accarezzo la guancia con il pollice, e le sue convulsioni sono così forti che quasi mi colpisce sotto al mento. Che cazzo succede?

"Volpacchiotta, su, svegliati. Jordy. Jordy!"

Jordy

Qᴜᴀʟᴄᴜɴᴏ ꜱᴛᴀ ᴄʜɪᴀᴍᴀɴᴅᴏ il mio nome. Seguo la voce lungo la galleria buia, arrancando verso la luce.

"Jordy!"

Apro gli occhi di colpo e inspiro di scatto, come se fossi stata a lungo sott'acqua.

"Porca puttana, volpacchiotta, cos'è successo?"

"Ho fatto un sogno," piagnucolo, e sussulto appena lui accende la luce. "Un sogno brutto."

"Per forza era brutto. Ti stavi dimenando tutta e piangevi." Mi prende il mento, mi esamina il volto.

"Tieni." Allunga una mano e afferra un bicchiere d'acqua dal tavolino, porgendomelo. "Vuoi raccontarmi cos'era?"

"No," dico con onestà. Non voglio riviverlo. Non voglio parlare di quella notte. Non voglio ricordarla. Mai.

Lui aspetta, trepidante. Sono riconoscente per il fatto

che mi abbia svegliato, per avere la possibilità di riportare alla normalità il battito del mio cuore.

Apro la bocca. Potrei dirglielo. Ho già spifferato tanto. Ma questo sarebbe il tradimento finale. *Augustine mi ha portato dal vampiro con un occhio e loro…*

No. Non posso.

Grizz mi guarda accigliato, la fronte corrugata come se stesse tentando di leggermi nel pensiero. Mi lecco le labbra. Potrebbe ordinarmi di raccontarglielo.

Ma non lo fa. "Ok, volpacchiotta," dice, e spegne di nuovo la luce. Mi ha dato una scelta.

"Vieni qui." Mi tira a sé.

Mi stacco dal suo petto livido. "No. Ti faccio male così!"

La sua risata mi riempie le orecchie, oscura e allo stesso tempo vellutata. "Non potresti mai farmi male. Sei troppo piccola."

"Non sono così piccola," protesto, ma lui mi tira a sé.

"Sei piccola." Mi sistema accanto al suo corpo. "Ma perfetta." Le sue labbra ferite mi accarezzano l'orecchio.

"Non so se posso rimettermi a dormire," lo informo, un po' senza fiato.

Fa una pausa. "Vuoi che ti aiuti?"

Un'altra scelta. Ci rifletto su. "Sì," decido. Anche se fosse solo un ordine, lo voglio. Scelgo.

Ma non mi dà alcun ordine. Mi sposta invece tra le sue braccia, in modo da mettermi sdraiata addosso a lui, i fianchi accoccolati contro i suoi. Con la testa non arrivo neanche al suo mento, ma credo si abbassi un poco, perché sento il suo respiro tra i capelli.

"Allora, cosa dovrei farti per aiutarti a dormire?" La sua mano inizia a scorrere in su, strisciando sulla mia gamba e portando con sé la maglietta extra-large.

"Quello che vuoi," sussurro. Perché è vero. Il mio

corpo giace addosso al suo, morbido e arrendevole. La mia mente potrebbe sempre ribellarsi, ma lui possiede il mio corpo. La mia volpe è pronta ad accogliere la sua pretesa di possesso.

"*Tu* cosa vuoi, piccola volpe?" Amo il profondo rombo della sua voce contro il mio orecchio.

Piego in su una gamba, il ginocchio verso il soffitto, per concedergli accesso.

Ringhia soddisfatto e spinge giù le coperte. L'eccitazione divampa ovunque: sulla mia pelle, tra le mie gambe. È un'eccitazione diversa da quella a cui sono abituata. La sottomissione mi eccita sempre, ma questa sembra essere dieci volte più intensa. Sento il mio sesso sciogliersi, il cuore che batte sempre più forte. Sono fremente e febbricitante, e non mi ha neanche ancora toccato intimamente. Sapendo che sta per prendermi – probabilmente in maniera rude – non provo emozione solo io, ma anche la mia volpe. Ecco la cosa diversa. Ciò che lo rende così giusto.

Striscia in basso e afferra la coscia che ho alzato. "Mi stai invitando qua sotto, volpacchiotta?"

Sono scossa dal primo scatto della lingua. Cielo, è come un fulmine che mi attraversa il clitoride e arriva a toccare ogni terminazione nervosa del mio corpo. I miei capezzoli diventano duri come diamanti, le unghie affondano nel suo cuscino vuoto, accanto a me.

Percorre l'interno delle mie grandi labbra, ruota attorno al clitoride. Mi dimeno, spingendo involontariamente le ginocchia contro la sua testa. "Ah ah, volpacchiotta. Resta aperta, mentre lecco questa tua dolce fica."

Rabbrividisco e il mio sesso si contrae nel sentire il suo ordine. Nessuno mi ha mai leccata lì. Augustine mi ha torturato il clitoride un sacco di volte, certo, con sculacciate, pizzicate, mollette fissate sopra. Ma non ci ha mai appoggiato la bocca. Non ho mai sentito la superficie liscia e vellutata di una lingua sui miei punti più erogeni.

Non vorrei farlo – non è per niente una cosa da schiava – ma allungo una mano e gli afferro i capelli, tirandolo verso di me.

Ride. "Proprio così, piccola volpe. Prenditi il tuo piacere."

Mi prendo il mio piacere.

Che pensiero terribile e malvagio. Ma me l'ha detto lui. Era un ordine, giusto?

Mi arrendo alla sensazione: della sua lingua, dei suoi ringhi profondi e dominanti, dell'imperiosa stretta delle sue mani enormi sulle mie cosce. Sollevo il centro portandolo alla sua bocca, mi dimeno e oscillo.

Mi ruota mettendomi supina e spinge indietro anche l'altro ginocchio, allargandomi al massimo. Quando mi lecca dall'ano al clitoride, lancio un grido. Torna alla mia apertura, penetrandomi con la lingua. Non mi basta, non intendo ordinare niente, ma lo faccio: santo cielo, lo faccio. Gli afferro la testa e spingo la sua bocca contro di me, sollevando il mio sesso. Lui lascia andare una delle mie cosce e mi infila dentro due dita, di colpo.

Lancio un gridolino di piacere, gli occhi che ruotano indietro. "Grizz!" urlo, pervasa dal panico che viene prima di un orgasmo.

"Giusto così, volpacchiotta. Chi ti fa gridare?"

La mia mente riesce a malapena a elaborare la domanda, sto per venire. "Ehm... *tu!*" grido, mentre lui colpisce ripetutamente il mio punto G con le grosse dita. "Grizz mi fa gridare! Oh Grizz, ti prego!"

"Non devi implorare, *prendi e basta*," ringhia.

Vengo come un'esplosione. Uno scoppio devastante. Una reazione che allo stesso tempo mi riempie e mi svuota. Il mio corpo freme sotto alle sue dita esperte e alla sua lingua, le gambe tremano, il pube scatta in avanti. I muscoli interni si stringono e rilassano a intermittenza. Smette di muovere le dita e si mette invece ad accarezzare il punto G con i polpastrelli, mentre mi succhia e lecca il clitoride.

Il terremoto passa e io gemo, accasciandomi sul letto. Le ginocchia restano divaricate, il corpo privo di sostegno.

Grizz alza la testa e si lecca i miei succhi dalle labbra. "Sai di miele."

Una risata sciocca mi esce dalle labbra e allungo le braccia verso di lui, stringendogliele attorno al collo. "Dice l'orso."

Mi mordicchia il collo. "Gli orsi adorano il miele."

Tento di spingerlo indietro, in modo da potergli restituire il favore, ma è una mossa impossibile, avendolo sopra di me. Prendo il suo sesso tra i nostri corpi. È enorme e grosso e duro. Lo stringo, ma il suo ringhio mi fa fermare.

Lascio subito andare, gli occhi sgranati.

"Ssh." Mi accarezza la guancia. "Ti sto aiutando a dormire."

"Posso succhiarti l'uccello, per favore?" Mi veniva quasi da dire *dominarti l'uccello*, come mi hanno addestrato a fare, ma mi sono corretta in tempo.

Grizz socchiude comunque gli occhi. "No," ringhia, e si sistema accanto a me, tirandomi contro di sé in una posizione a cucchiaio. Il suo corpo è grande e caldo, e mi avvolge del tutto. La mia volpe sospira soddisfatta. Dopo un momento di silenzio, in cui mi chiedo dove posso aver sbagliato, mormora nel mio orecchio: "Dormi, piccola volpe. Sei al sicuro qui. Non permetterò a nessuno di farti del male. È una promessa."

Ora anch'io sospiro.

Mi accarezza un braccio. "Andrà tutto bene. Sei sempre al sicuro con me, volpacchiotta."

La felicità – un sentimento pericoloso – cala su di me, e io ci affondo dentro. Permetto alla pienezza del mio orgasmo e alla sicurezza dell'abbraccio e delle parole di Grizz di cullarmi, portandomi verso un sonno profondo e privo di sogni.

CAPITOLO OTTO

Jordy

"Giorno, volpacchiotta." La voce roca di Grizz mi vibra dentro.

Mi premo contro il caldo muro del suo gigantesco corpo e il suo ringhio misto a un suono di fusa mi pervade di piacevoli vibrazioni. Inarco automaticamente la schiena, strusciando il sedere contro le sue sode anche. Il suo ringhio si fa più profondo e frustrato. Grosse mani mi allargano le gambe. Trattengo il fiato e la sua mano destra inizia a esplorare.

Fuori dalla camera, un suono crudo e ridondante spezza il silenzio. Sobbalzo tra le braccia di Grizz e il suo corpo si irrigidisce.

"Va tutto bene. È solo il telefono."

"Dovresti andare a rispondere," sussurro, mentre il telefono continua a suonare.

Mi risponde con un ringhio.

Un segnale acustico, e la segreteria telefonica scatta.

111

"Giù dal letto, è una bellissima giornata," trilla una parlata irlandese.

Grizz ringhia, mentre Declan continua a lasciare il suo messaggio. "Ho delle notizie per te, quindi magari chiamami."

"Gli hai detto…" si sente un'altra voce intromettersi nel messaggio.

"Giusto, giusto, glielo dico," riprende Declan. "Cristo santo, datti una calmata."

"Era solo per dire…" ribadisce la seconda voce, e i due iniziano a discutere finché la segreteria non segnala il termine del tempo massimo per lasciare un messaggio.

Un secondo dopo, il telefono ricomincia a suonare.

"Oh santo cielo," geme Grizz.

La suoneria trilla fino alla segreteria e una nuova voce lascia un messaggio. "Sono Parker. Siamo al Burger Joint. Stai alla larga dal Fight Club."

"Dammi il telefono," abbaia Declan.

"No. Gli ho detto…" I due ricominciano a discutere e la chiamata si interrompe.

Grizz emette un affaticato sospiro, mentre io premo il volto contro il suo petto e rido.

"Mi sa che dovremo andare da questi idioti," mi sbuffa nell'orecchio.

"Sai che sei l'unica persona al mondo che abbia ancora un telefono fisso?" gli dico.

"Sono all'antica."

"O solo antico." Arriccio il naso guardandolo.

Il secondo successivo mi trovo sul suo grembo.

"Adesso ti faccio vedere l'old style." Tira su la maglietta e mi dà una manata sul sedere nudo.

"No!" Scalcio, anche se la sculacciata è stata leggerissima. "Non volevo! Ritiro tutto!"

"Certo, ora che ti sei guadagnata la tua punizione,"

dice, e io stringo le gambe tra loro, sentendo un brivido lungo la schiena. Sta scherzando, ma il suo riferimento giocoso a una punizione mi fa diventare tutta bagnata.

Un secondo dopo, la sua mano scivola tra le mie gambe e sente la mia condizione eccitata.

"Santo cielo," mormora.

Mi rilasso, arrendendomi felicemente, mentre esplora le mie pieghe fradice. Sa benissimo come toccarmi: in modo fermo ma deciso. "Ti piace che ti sculacci il culo, eh, volpacchiotta?"

"Sì," ammetto.

"Perché?

"Non chiedermi perché. Non c'è un perché. È tutta la vita che cerco di capire questa cosa di me. Perché le punizioni mi eccitino. Perché mi piaccia essere dominata. Non c'è una risposta. Sono semplicemente nata così. È la cosa positiva che è venuta fuori dalla mia schiavitù sotto a Augustine. Ho scoperto un mondo di soddisfazione sessuale. E ho anche scoperto di non essere sola nei miei desideri. Ci sono dozzine di altri sangue dolce che giocano al Toxic, ancora più amanti del dolore rispetto a me."

"Ne vuoi ancora?" La sua voce è brusca e la sento carica di preoccupazione, come se fosse addirittura insicuro se porre o meno la domanda.

"Sì, per favore," gli rispondo, dolcemente come so fare io.

Il suo enorme palmo cala sul mio sedere, sculacciando una natica e poi l'altra per un paio di volte. Sente ancora quanto sono bagnata. Gemo di piacere. Si schiarisce la gola. "Quanto forte?"

"Più forte, per favore."

"Vuoi che ti faccia male?"

"Sì," ammetto. Mi piace la sensazione del dolore. Il fremito caldo che ne deriva poi. L'eccitazione di cui ho bisogno prima di arrivare alla soddisfazione dell'orgasmo nel sesso.

Le mie orecchie da mutante colgono il battito del suo cuore, più forte del normale. È eccitato? O sinceramente nervoso riguardo all'idea di farmi male?

Mi tira i polsi dietro alla schiena e li tiene fermi lì con una mano. "Ok, piccola volpe. Ora ti beccherai la tua sculacciata. E poi mi dimostrerai la tua gratitudine."

Sorrido tra le coperte, perché è un dominatore già di natura. Inizia a sculacciarmi forte e velocemente, e io mi dimeno sul suo grembo. È una sculacciata perfetta. La sua mano è enorme come una pagaia, e mi colpisce con tanta forza da farmi davvero ardere. Conto le sculacciate mentalmente per tenere la testa occupata, per trattenermi dal dimenarmi nel tentativo di liberarmi, a causa dell'intensità. Me ne assesta trenta, poi si ferma e mi massaggia il sedere dolente con il palmo calloso.

"Andava bene?" Ha la voce roca.

"Sì, sign… Grizz." Ricordo in tempo di non chiamarlo signore.

Mi assesta altri quattro colpi, concentrandosi sul retro delle cosce, dove il bruciore è più intenso. Sì, è del tutto naturale. "E adesso cosa ce ne facciamo di questo?" si chiede, facendo scivolare due dita in mezzo alle mie gambe. Allargo le cosce e piego in su il sedere, offrendomi a lui.

"Brava ragazza," mormora, scopandomi con due dita.

Grido di piacere. Inizia a pompare con le dita, il pollice che struscia in mezzo alle natiche, appoggiato sopra al mio ano. Nel momento in cui inizia a fare pressione lì, comincio a cavalcare selvaggiamente il suo grembo. È imbarazzante quanti pochi stimoli mi bastino da parte di questo maschio per arrivare all'apice, ma non so farne a meno. Il mio corpo è pronto per lui dal momento in cui ho sentito il suo profondo ringhio.

"Cazzo, volpacchiotta," ringhia, pompando con le dita dentro e fuori di me. Duro soltanto altri trenta secondi e poi gli vengo sulla mano: le mie pareti interne si irrigidiscono e rilassano a intermittenza, i miei succhi colano sull'interno coscia.

"Bene." Sembra quasi scosso. "Ancora non capisco, ma..."

Mi giro per guardare dietro, al suo volto. "Ma?"

"Ti assicuro che anche a me è piaciuto."

Un sorriso mi tende le guance così tanto da farmi quasi male. "Ma non ti ho ancora mostrato il mio apprezzamento." Mi sposto dal suo grembo e mi riposiziono per fargli un pompino, ma lui geme e scuote la testa.

"Bisognerà rimandare a un'altra volta. Giornata impegnativa oggi. Meglio andare da loro." E detto questo si alza, la sua grossa forma che prende tutto il calore dal letto.

Gemo, ma mi affretto a seguirlo.

Scompare nella doccia e io mi preparo e corro a preparare la colazione. Il caffè è appena pronto quando lui entra a grandi passi in cucina. Glielo servo mentre lui inizia a spadellare della carne. Oggi mi sono messa un vestitino, quello che ha scelto lui. Mi ondeggia attorno alle ginocchia e io cammino aggraziata per la cucina, sentendomi bella mentre preparo la tavola.

Appena Grizz si è scolato il suo caffè, sono pronta al suo fianco, sorridente, con la caraffa pronta, per riempirgli la tazza. Vado a prendere dei piatti, e improvvisamente Grizz è dietro di me e mi schiaccia contro la credenza. Le sue grandi braccia mi cingono la vita e mi tengono intrappolata.

"Non c'è bisogno che mi servi," mi mormora nell'orecchio.

"Mi piace," gli rispondo.

Sbuffa e sento i brividi dietro al collo. Non so bene se è soddisfatto o irritato, quindi mi volto per guardarlo in faccia. Ha gli occhi chiari e sposta la parte mediana del corpo contro di me. Sento la sua erezione contro la pancia. Non è arrabbiato. Solo frustrato. Beh, è colpa sua.

"Posso servirti," dico. "Tanto quanto vuoi." Non sono tanto ardita da prendere tra le mani la sua erezione, ma mi appoggio a lui.

"Ho un sacco di cose da fare stamattina," dice.

"Me l'hai detto, sì."

"Non ho tempo di riportarti in camera e occuparmi di te."

"Non c'è bisogno di un sacco di tempo," gli propongo.

"Io penso di sì. Mi servirebbe almeno un giorno. Forse due."

Gli sorrido e lui si scosta da me, sistemandosi i jeans.

"Piantala di essere così graziosa," mi ordina con un sorriso. Abbasso la testa.

Mi posa una mano sul fianco e mi accarezza attraverso il sottile tessuto a fiori. "È il vestito che ho scelto io?"

"Sì. Ti piace?" gli chiedo, improvvisamente coraggiosa. La gonna ondeggia. Ops, un po' troppo. Ha sicuramente visto uno scorcio di ciò che c'è sotto. Almeno mi sono messa le mutandine.

Ha gli occhi luminosi. "Attenta. Non farlo con nessuno, se non con me."

Annuisco.

"Avanti, prepara la tavola," mi ordina con gentilezza, dandomi un colpetto sul fianco.

Obbedisco, cacciando indietro un sorriso.

Dopo la colazione, ascolta di nuovo tutti i messaggi e li cancella. Ha il volto serio, in modalità lavoro.

"Pronta a uscire?"

Annuisco e gli porgo un sacchetto di plastica. "Ho preso delle bottiglie d'acqua. Non sono rimasti snack; penso li abbiano mangiati i marmittoni."

"I marmittoni?" chiede Grizz, inarcando un sopracciglio.

"I tre mutanti…" abbasso gli occhi. Ho insultato i suoi amici.

"A dire il vero è un bel nome per definirli," sbuffa Grizz. "Marmittoni mutanti. In effetti sono tre."

"Non li chiamerò così davanti a loro," dico con ansia.

"Io sì. La prenderanno sul ridere." Grizz prende il casco per la motocicletta e mi fa segno di andare. "Prendi la tua roba per colorare. Ho delle commissioni da fare e potresti annoiarti."

Vorrei protestare che non mi annoierei mai con lui, ma prendo comunque la mia roba.

Mentre la moto sfreccia giù dalla montagna, mi appoggio a Grizz a ogni curva. Sono passati tre giorni da quando mi ha portato via da Augustine, e mi sembra naturalissimo stare con lui. I tempi in cui stavo con il mio padrone mi sembrano sempre più lontani. Ma Grizz non mi ha detto cos'ha intenzione di fare con me. Non posso rilassarmi troppo.

Siamo fermi a un semaforo, quando si volta verso di me.

"Dov'è il club segreto?"

Mi lecco le labbra, guardando il semaforo. È ancora rosso, ma potrebbe cambiare da un momento all'altro.

"Dimmelo veloce, volpacchiotta," mi ordina.

Gli spiffero il nome della via. "Non sono sicura dell'indirizzo corretto, ma c'era un ristorante vicino, con un'insegna blu." Gli descrivo la zona.

Sbuffa e ritorna a guardare avanti proprio quando il semaforo diventa verde.

Sospiro e mi stringo alla sua schiena, mentre la moto attraversa l'incrocio. Grizz è il nemico del mio padrone. Non me ne posso dimenticare. Anche se mi fa sentire bene.

Ci fermiamo nel parcheggio del locale dove ieri pomeriggio abbiamo comprato gli hamburger. La Camaro bianca ci sta aspettando.

Smonto dalla moto, tirando giù il vestitino, mentre Grizz scende e tira fuori dallo scomparto sotto alla sella le mie cose.

"Aspetta qui," mi dice, porgendomi il libro da colorare e i pastelli. Me li stringo al petto mentre lui si avvicina ai tre marmittoni. Uno di loro indossa una coppola d'altri tempi, di quelle che si vedono portare dagli uomini nei film in bianco e nero che guardavo durante il giorno, quando Augustine me lo permetteva. I tre mutanti sono tutti appoggiati alla loro auto, ansiosi di dire qualcosa a Grizz.

Giocherello con il bordo della gonna e sposto il peso da un piede all'altro, finché Grizz si volta verso di me e mi dice di avvicinarmi.

Mi viene incontro a metà strada, proprio quando la brezza solleva il bordo del vestito, facendolo svolazzare attorno alle cosce. Lo spingo giù e mi appunto mentalmente di mettermi un paio di pantaloncini da ciclista la prossima volta. Anche se l'espressione sul volto di Grizz mentre i suoi occhi mi scrutano mi fa quasi sentire Marilyn Monroe.

Mi fermo davanti a lui. Mi posa una mano sulla schiena, tirandomi più vicina a lui e piegandosi in modo che il suo volto arrivi a livello del mio.

"Stai bene con il tuo vestito, volpacchiotta." Ha gli occhi lampeggianti.

"Grazie," sussurro. Ho i capezzoli che premono contro il tessuto a fiori. Non indosso il reggiseno, quindi il suo effetto su di me dev'essere evidente. Un lento sorriso tende le sue labbra segnate dalle cicatrici. Aspetto che faccia altro, ma fa invece un passo indietro.

"Dovrò lasciarti con questi tizi per il pomeriggio. Non ti preoccupare: sono fuori di testa, ma sarai al sicuro con loro."

"Voglio venire con te."

"Non si può fare, volpacchiotta. Potrebbe essere pericoloso."

Faccio per protestare e lui mi posa un dito sulle labbra, zittendomi. "Ti dico una cosa. Ti vengo a prendere prima che faccia buio e ceniamo insieme."

"Va bene. Cucinerò per te," mormoro.

"Mi farebbe piacere."

Mi dà un bacio sulla fronte, una pacca sul sedere e, dopo aver ringhiato ordini ai tre marmittoni mutanti dicendo "controllatela e proteggetela a costo delle vostre vite", monta in sella alla moto e corre via.

Grizz

Il mio orso ringhia mentre sfreccio con la mia moto. Ma non posso farci niente. Prima o poi Augustine si renderà conto che Jordy è sparita, se già non è successo. E quando accadrà, si incazzerà da morire. Ai vampiri non piace che gli altri usino i loro giocattoli. Anche se loro li maltrattano. È una dinamica di potere.

119

E mentre parte di me gode della possibilità di affrontare Augustine e dargli una lezione, resto uno stupido per essermi fatto coinvolgere in questa storia. Appena questo lavoro sarà finito, tornerò a caccia del vampiro che ha ucciso mia madre. Mangio, dormo e sogno pensando alla vendetta: non è una vita per Jordy. Lei si merita molto di più.

Almeno mi ha detto dove si trova il club segreto dei vampiri. Posso continuare a raccontare a me stesso che averla accanto è una cosa preziosa.

L'insegna blu del ristorante sfreccia alla mia destra. Rallento e faccio ancora un po' di strada, prima di parcheggiare in un vicolo. Jordy non ha saputo darmi l'indirizzo esatto, ma non c'è di che preoccuparsi. Posso annusare in giro proseguendo a piedi.

Mi ci vogliono meno di cinque isolati per sentire l'odore. L'odore freddo e terroso dei vampiri, sotto a un altro odore di carne.

Faccio irruzione nell'edificio usando un piede di porco e dando una bella spallata.

È una specie di vecchia sala da ballo, completa di palcoscenico. Mi dirigo da quella parte. Sembra perfetto per un'asta.

E nel seminterrato... bingo. Dev'essere qui che tengono le gabbie.

Sangue, sudore, lacrime. A me sa tanto di sede per aste di mutanti, dall'odore.

Ma ho un'altra commissione da fare, prima di tornare da Jordy. Spero che se la stia passando bene con i tre marmittoni, come li chiama lei. Cielo, è davvero carina.

Faccio un altro giro dell'edificio, controllando in ogni angolo e nicchia. Un posto inquietante ma niente di troppo sinistro, almeno finché non entro nella stanza dietro al palcoscenico. Il camerino, lo chiama la gente di teatro. C'è del mobilio qui: sedie antiche in velluto e dei divanetti, perfetti per una diva. Sa di vampiro. Ma non è questo a farmi venire la pelle d'oca.

Al centro della stanza c'è una grossa macchia marrone sul pavimento. Mi accuccio, ma non ho bisogno di annusare o toccare per capire cos'è stato assorbito così a fondo dalle assi del pavimento.

Sangue. Tanto, tantissimo sangue.

Jordy

I TRE MARMITTONI sanno attorno alla Camaro e si riempiono di hamburger. Sono appena le undici. Il tizio con i capelli grigi, Parker, ha aspettato con me mentre gli altri due facevano la fila davanti alla porta, fino a che un dipendente non li ha fatti entrare. Sono tornati con abbastanza sacchetti di cibo da poter nutrire un branco intero.

Quello con i capelli scuri, Declan, si volta verso di me e dice qualcosa con la bocca piena.

"Come, scusa?" gli chiedo.

"Ha chiesto se vuoi un hamburger," dice Parker tra un boccone e l'altro del suo panino.

Rifiuto, sempre stringendomi al petto il libro da colorare. Non riesco a fare a meno di tenere d'occhio la strada, sperando che Grizz torni indietro con la sua moto.

Declan manda giù un boccone. "So cosa sei."

Mi volto verso di lui e guardo confusa il suo dito puntato.

"Animaletto liscio, rannicchiato, spaurito."

"Declan…," sospira Parker.

"È una poesia," dice il terzo mutante, un uomo alto e magrissimo che sa di piume.

"So che è una poesia," dice Parker. "È del Bardo."

"Non del Bardo, idiota," dice Declan, accigliato. "Questo è Shakespeare."

"Come ti pare." Parker agita una mano, accartoccia il suo sacchetto e lo getta nel bidone dell'immondizia. "Tutti i poeti bianchi di una volta sono uguali per me."

"Ma è in cadenza," protesta sommessamente l'uomo che sa di piume, mentre Declan e Parker iniziano a discutere a voce alta. Li guardo confusa. Qualsiasi cosa mi aspettassi dai tizi con cui Grizz mi ha lasciato, certo non era una discussione sulla poesia. Alla fine, Declan sgraffigna il cappello a Laurie e lui e Parker quasi fanno a pugni. Brandiscono i sacchetti dei loro hamburger e li usano per picchiarsi a vicenda.

Quando si calmano, mi avvicino, nascondendo un sorriso dietro al mio libro.

"Dai, vieni a sederti un po' qui." Declan sorride e si sposta per fare spazio sul cofano della Camaro. Mi siedo con attenzione, tenendo basso il vestito.

"Allora, animaletto liscio, raccontaci cosa ci fai con un orso come Grizz."

"Lo sto aiutando," rispondo con fermezza.

"Ah sì?" L'irlandese inarca un sopracciglio. "Perché sai che lui avrebbe bisogno soprattutto di…"

"Declan," dice Parker cercando di metterlo in guardia, ma senza minimamente spaventare il mutante irlandese.

"…una bella scopata."

Parker dà a Declan un colpo tanto forte da farlo barcollare, ma lui continua e mi fa l'occhiolino. "Ne ha bisogno, e di brutto."

"Ah, ma è così che l'aiuto," bofonchio prima di riuscire a mordermi la lingua.

"Sul serio? Lui è un orso grizzly grande e grosso e tu sei una cosina piccolina e minuta. Non hai paura di lui?" Declan lo dice nella sua maniera scherzosa, ma i suoi occhi scuri scrutano con attenzione il mio volto.

"No. Non ho paura di Grizz. È grosso e spaventoso, ma non per me. Per me mai."

"Declan, taci." Parker spinge il cappello di Declan, abbassandoglielo sugli occhi, e poi si volta verso di me. "Mi scuso per la sua maleducazione." È così formale che non posso fare a meno di sorridergli mentre arrossisco.

"Nessun problema. Non mi dà il minimo fastidio." Agito una mano in aria.

"Vedi, le piace." Declan si ritira su il cappello e dà una spinta a Parker. "Ovviamente ha gli arnesi giusti, se sta affrontando Grizz."

"Ma non dirglielo," continuo. Ho probabilmente il viso del colore del gingerino. "È una sorpresa."

"Una sorpresa?" Le folte sopracciglia di Declan scattano in alto, nascondendosi sotto al cappello. Poi mi rivolge un sorriso smagliante e mi dà una pacca sulla schiena così forte da farmi barcollare in avanti. "Fantastico. Hai più fegato di quanto pensassi, ma mi piace il tuo coraggio."

"Ok. Grazie."

"Felice che sia tutto sistemato," dice Parker, alzando gli occhi al cielo. "Non mi ero reso conto che avessi così a cuore la vita sessuale degli orsi."

"Non di orsi qualsiasi. Quella del nostro lottatore vincente."

"L-lottatore vincente?" chiede l'uomo alto e magro, balbettando. Quando lo guardo, non incrocia il mio sguardo, quindi è ancora più sottomesso di me. Un mutante debole, probabilmente un uccello. Spiegherebbe l'odore di piume.

"Già," dichiara Declan allegramente.

"Oh cavolo," sbuffa Parker, afferrando il cappello di Declan e sistemandoglielo sulla testa a un'angolazione spiritosa. "Non avrai mica scommesso grosso su un lottatore pazzo?"

"Esatto. Siamo tutti coinvolti. Dobbiamo solo evitare che il branco di Tucson ammazzi il nostro investimento."

Mi irrigidisco. "Lo vogliono uccidere?"

"Oh sì. Fin da quando si è messo dalla parte dei vampiri."

"Non si è messo dalla parte dei vampiri," dico, mordendomi il labbro. Non so quante informazioni posso rivelare.

"Benone, allora dobbiamo solo convincere i lupi. Altrimenti potrebbero tentare di farlo fuori prima del combattimento. Non vincerebbero: l'hai visto contro tutti quei gattoni. Ma potrebbero ferirlo e minare le sue probabilità di vittoria nel match."

"Dimmi che non hai scommesso," geme Parker spingendogli il cappello sugli occhi.

"Oh, sicuro che ho scommesso," annuncia Declan. "Venerdì sera saremo ricchi."

"Sempre che Grizz non perda," dice Parker.

"L'hai visto combattere." Declan prende un hamburger e lo agita in aria. "Che cos'era? Dieci, quindici contro uno?"

Parker alza il cappello ma non sembra felice. "Perché non c'è nessun altro motivo per cui Grizz potrebbe perdere. Tipo, magari, gettare all'aria il combattimento per i vampiri."

Declan scarta il panino e lo manda giù in tre bocconi. "Sarebbe orribile. Se non passa, non raccolgo tre milioni di dollari."

Parker geme di nuovo. "Non mi dire che hai preso soldi in prestito per la scommessa."

"Certo che sì." Declan si lecca il ketchup dalle dita.

"Le ultime parole famose," mormora Parker, e va a sedersi in macchina, abbassando il sedile dal lato di guida e sdraiandosi con il cappello sopra alla faccia.

"Allora," dice Declan voltandosi verso di me. "Dove hai conosciuto il nostro grizzly?"

"Ehm." Mi si scalda la pelle, facendo avvampare le lentiggini. "In un locale."

"Che locale, bellina? Il Fight Club o il club dei balordi vampiri?"

"Il... ehm," balbetto, "quello dei vampiri."

Declan si china in avanti per parlare con il terzo marmittone, quello più taciturno: "È graziosa quando arrossisce. Mette in risalto i capelli rossi."

"La-lasciala stare," risponde il tipo alto e magro.

Gli sorrido riconoscente. "Va tutto bene."

"Cosa ci faceva una ragazza carina come te in un postaccio come quello?"

"Ero lì con il mio padrone vampiro."

Declan sbatte rapidamente le palpebre e incrocio il suo sguardo a testa alta.

"S-s-sei una sangue dolce?" balbetta il mutante dinoccolato.

"Sì. Beh, lo ero." Non so cosa farà Grizz di me quando avrà finito, ma dubito che mi farà tornare da un padrone vampiro.

"Non lo sei più? Il vampiro ti ha dato via?" chiede Declan.

Mi mordo il labbro e scuoto la testa.

"Allora perché stai con Grizz?"

"Grizz ha fatto irruzione in casa sua e, ehm, mi ha presa."

Declan si sgonfia. "Cristo santo." Salta giù dal cofano

della macchina e si mette a camminare avanti e indietro. Dentro all'automobile, Parker si mette a sedere.

"Che problema c'è? Laurie, dimmi."

Laurie mi indica. "Grizz l'ha r-r-rubata da un vampiro."

"Oh cielo," impreca Parker, uscendo velocemente dall'auto.

Declan continua a camminare avanti e indietro davanti alla macchina, la testa bassa, mormorando di tanto in tanto una parolaccia.

"Hai scommesso su un lottatore che ha fatto incazzare un vampiro. Che ha rubato a un vampiro." Parker si volta verso di me. "A che vampiro hai detto che appartenevi?"

"Augustine."

Declan si ferma e mi guarda accigliato. "Un tizio alto? Che sembra un modello? Continuamente in giacca e cravatta?"

Parker dà una gomitata nelle costole all'irlandese. "Hai appena fatto la descrizione perfetta di ogni singolo vampiro."

"Non è vero!"

"Ah no? E quale vampiro non assomiglia a un modello?"

Declan ci pensa su. "C'era quello piccoletto e magro, ricordi? Benqualcosa."

"Benedict?" suggerisco.

Declan schiocca le dita. "Quello. Il buon vecchio Benny. Pare che faccia parte di una band tutta al maschile."

Accanto a me Laurie ride sommessamente.

Declan mi sorride. "Dimmi che mi sbaglio."

"Non ti sbagli," gli rispondo ricambiando il sorriso. Dopo il modo in cui mi ha trattato al club la volta scorsa,

Benny non è il mio vampiro preferito. Non che abbia vampiri preferiti.

"Congratulazioni," dice Parker con tono mesto. "Sai chi non assomiglia a un modello o a un componente di una band? Frangelico." Sentendo il nome del re dei vampiri, il sorriso di tutti si smorza. "Cosa ne pensa Frangelico del fatto che Grizz rubi ai vampiri?"

Scrollo le spalle, sentendo una stretta al cuore.

"Non penso che gliene freghi tanto." Declan si massaggia il mento. "È piuttosto rilassato quando si tratta della sua progenie, dei vampiri che ha creato lui. Ma Augustine... quella è un'altra storia."

Mi stringo le braccia addosso, sentendo improvvisamente freddo. Augustine s'incazzerà con Grizz, se scopre dove mi trovo. Me n'ero completamente dimenticata.

"C-cosa farà A-Augustine?" chiede Laurie.

"A un mutante che lo ha derubato?" Parker scrolla le spalle. "Chiunque può azzardare delle ipotesi."

"Tu cosa pensi?" chiede Declan.

"Non lo so." Parker agita una mano. "Gli darà la caccia per staccargli la testa?"

Tutto l'ossigeno scompare dai dintorni. Barcollo e mi accascio addosso a Laurie, che mi mette un braccio attorno alle spalle.

Declan corre alla portiera dal lato del guidatore e va a sbattere contro Parker, che lancia un grido e tenta di spingerlo via. Iniziano ad azzuffarsi, agitando le braccia.

"In macchina!" grida Declan. "Dobbiamo trovarlo!"

"Stai bene?" sussurra Laurie, e annuisco. Mi gira ancora la testa. Devo andare da Grizz. Devo accertarmi che stia bene.

"Calmati, svirgolato," ringhia Parker, spingendo via Declan. L'irlandese sfreccia verso l'auto e si lancia al posto di guida.

"Dobbiamo andare a salvarlo! Dove sono le chiavi?"

Parker gliele mostra. "È pieno giorno. Non ci sono vampiri svegli."

"Giusto," dice Declan, scostandosi i capelli dalla faccia. "Giusto."

"Ma tu gli hai dato informazioni sugli schiavisti di mutanti e l'hai mandato sulle loro tracce," dice Parker incrociando le braccia sul petto.

"Cristo santo, perché l'ho fatto?" Declan si passa una mano sulla faccia.

"Non saprei... in modo che non ti uccidesse per poi mangiarti?" Parker si accuccia a raccogliere il cappello schiacciato a terra, porgendolo poi a Laurie.

"Oh, santo Cielo!" Declan si posa una mano sul petto, ansimando. "Non posso sopportare tutta questa violenza."

"Avresti dovuto pensarci prima di scommettere su un combattimento," dice Parker, alzando gli occhi al cielo.

CAPITOLO NOVE

Grizz

LE INFORMAZIONI che Declan mi ha dato prima mi portano a un'area di sosta abbandonata, poche miglia fuori città. Ci ronzo attorno con la mia moto, finché sono sicuro che non ci sia nessuno in giro, poi parcheggio per dare un'annusata. Ancora una volta non sento niente, eccetto per qualche zaffata di pelliccia o qualche piuma qua e là. Di certo qualcuno sta spostando mutanti dentro e fuori da questo posto. La domanda è: perché? I vampiri di Frangelico hanno dato tutti un assaggio al sangue di mutante?

Gironzolo qua e là, ma non trovo molto altro. Solo un pezzo di carta stropicciato che pubblicizza un'asta di mezzanotte, con 'mercanzia fresca'. Non c'è nessun indirizzo, ma una foto: il vecchio edificio dove sono appena stato.

Coincidenza? Penso di no.

Metto in tasca il volantino. Il sole è ancora piuttosto alto in cielo, ma non lo sarà ancora per molto. Devo chiamare Jordy. Non sarò a casa prima del buio: ho un'altra commissione da fare. Sono passati un po' di giorni, e ho trovato sufficienti indizi per poter fare rapporto al re dei vampiri. Non abbastanza perché lui possa pronunciare una sentenza, ma di certo vorrà sapere del club segreto, delle aste, del sangue sul pavimento del camerino.

Si incazzerà se verrà a saperlo in altro modo.

Un coyote passa trotterellando e i suoi occhi gialli mi scrutano. Non sembra però innervosito dalla mia presenza.

Sopra alla mia testa c'è un gufo che vola in cerchio e bubola.

Sento il sudore freddo colare dietro al collo. Qualcosa mi dice di andarmene da qui.

Torno alla moto con una leggera corsa. Quando sono in autostrada, diretto verso città, il mio orso si rilassa.

Finché sorpasso l'indicazione familiare di un parco nazionale. Sono stato così consumato dalla caccia, che mi sono addentrato nel territorio dei lupi. Di solito non è un problema, solo che adesso non sono esattamente la persona preferita dei lupi.

Infatti, quando passo accanto a una stazione di rifornimento, due moto si accendono e si immettono in strada, dietro di me.

Appena arrivo in un'area di servizio decente, il mio telefono impazzisce, vibrando come se stesse tentando di scavare un buco nella tasca dei miei jeans. È una scocciatura, fino a che non mi viene in mente che l'unico a conoscere il mio numero è Declan. Il mio corpo si irrigidisce. Jordy.

Accosto e lo tiro fuori. "Jordy sta bene?" ringhio.

"Grizz, sei tu?" chiede Parker.

"No, è il Papa, cazzo," dico a denti stretti. La vista si offusca e devo allentare la presa sul telefono, per non sbriciolarlo tra le dita. "Dov'è Jordy?"

"È qui," dice Parker rapidamente. "Sta bene."

"Passamela." Non posso pensare a mente lucida, fino a che il mio orso non saprà che è al sicuro.

"Grizz?" La sua voce mi accoglie, ansimante e preoccupata. "Va tutto bene?"

Il mio corpo si rilassa. "Bene. Che succede? Perché mi sembri spaventata? Ti hanno fatto male?" Tremo, un ringhio mi sale dalla gola.

"No, Grizz." Mi rilasso sentendola sollevata. "Sto bene, sul serio. I tuoi amici sono fantastici. Sono solo preoccupata per te."

"Per me? Io sto bene. Non c'è nessun problema," mento. Le due moto si sono fermate alle mie spalle.

"Declan dice che Augustine sarà arrabbiatissimo perché mi hai rubata a lui. Ti farà del male."

"Va tutto bene, volpacchiotta. Nessuno mi farà del male." Fanculo a quei marmittoni per averla spaventata.

Dietro di me, i due motociclisti non si sono mossi. Gli ordini che hanno devono essere di controllare e fare rapporto. Li saluto con un cenno della mano.

"Torna presto," mi dice Jordy.

"Prestissimo, volpacchiotta. Ho solo un'altra tappa, ma subito dopo il buio arrivo, ok? Fai la brava."

"Ok. Vuoi che ti ripassi Parker?"

"Sì." Aspetto che Parker dica il mio nome e ordino: "Portate Jordy al cinema. Guardate due film di fila e compratele tutto quello che vuole. Poi vi ripago." Riaggancio, prima che possa darmi una risposta.

Dietro di me, un lontano rombo di motori si sta avvicinando. Accendo la mia moto, ma è troppo tardi. Un gruppo di motociclette rombano alle mie spalle. Nel giro di pochi secondi la mia moto è circondata. Sono incastrato. Hanno tutti le nocche tatuate con le fasi della luna. Lupi.

Metto la mano in tasca per prendere la fiaschetta, ma mi viene in mente che è vuota.

Da ogni lato, i motociclisti allargano i giubbotti, mostrando le pistole.

"Portate le pistole a un combattimento d'artigli?" dico sbuffando. "Scorretto."

"Tutto è corretto in guerra," mormora un motociclista.

"Siamo in guerra?" chiedo.

Davanti a me, Trey punta i suoi occhi chiari su di me. "È qualsiasi cosa tu voglia che sia, grizzly. Il nostro alfa vuole che vieni da lui per una chiacchierata. Possiamo accompagnartici con le buone o con le cattive. Dipende da te."

Rimetto in equilibrio la motocicletta. Mutanti dappertutto, in tre file. Sono almeno dodici. Sempre meno del branco di gatti, ma questi tizi non sono un mucchio di fighette.

"Ebbene?" mi chiede Trey. "Che dici?"

Mi guardo a destra e a sinistra, facendo i miei calcoli.

"Oh, per favore," mormora il motociclista alla mia destra. "Ti prego, scegli le cattive."

Lupi del cazzo. Sempre pronti a fare lotta, soprattutto quando sono in branco. Potrei batterli, so che potrei farlo, soprattutto se avessi il succo. Ma l'ho finito.

"Immagino di avere il tempo per una chiacchierata," dico a Trey. Volevo comunque parlare con Garrett.

Il grosso lupo annuisce. "Allora bene. Andiamo."

Li seguo al quartier generale del loro branco, un night club che si chiama Eclipse, sulla Congress Street. Non è ancora aperto al pubblico, il che significa che i lupi possono usarlo come clubhouse. Parcheggio la mia moto insieme alle loro e seguo Trey all'interno. Quando i miei occhi si abituano alla scarsa illuminazione, un lupo del cazzo mi viene addosso, colpendomi alle costole.

"Che cazzo fai?" gli grido addosso. Mi aspettavo un incontro con il loro capo, Garrett, non una cazzo di imboscata.

Un altro lupo mi colpisce, e poi un altro.

Rispondo ai pugni, difendendomi e saltellando in cerchio.

Non vogliono farmi seriamente male. Lo capisco perché gli attacchi sono lenti, misurati. Uno alla volta. Sembra più un combattimento per sport. Per farmi incazzare.

Bene. Possono farmi incazzare, se è ciò di cui hanno bisogno. Possono anche pisciarmi addosso mentre facciamo a chi ce l'ha più lungo.

Colgo la vampata di un odore che mi fa venire la pelle d'oca, ma non vedo da dove viene perché sono troppo impegnato a difendermi.

"A me non sembra tanto grosso." Il rumore di passi pesanti sul pavimento mi fa voltare in direzione dell'odore.

Orso.

Un uomo enorme e con i capelli scuri avanza nella mia direzione: è più alto di me ed è una vera e proprio montagna, completa di barba. Il mio orso rizza il pelo, perché l'uomo ha gli occhi del colore del suo animale. Come se stesse facendo fatica a tenerlo sotto controllo. Come se fosse per metà animale.

Incasso altri due pugni nelle costole.

"Basta." Il ringhio di Garrett arriva dalla porta. Lancia un'occhiata cauta all'altro orso e gli fa un cenno con la testa. "Caleb."

"Garrett." L'orso dimostra pari cautela.

"Questi sono affari del branco."

Caleb scrolla le spalle. "Non avevo intenzione di chiedere di partecipare alla festa." Mi rivolge un'altra occhiata e se ne va dalla stessa porta da cui è entrato.

"Hanno portato qui quell'orso pazzo apposta per te, Grizz."

Fisso lo strano orso. "Che cazzo dici?" Non ho idea di cosa stia parlando.

Garrett piega la testa di lato. "È quello con cui ti batterai venerdì sera."

Ovvio.

Scrollo le spalle. "Ha fatto l'antirabbica?"

Garrett incrocia le braccia sul petto. "Che sta succedendo, Grizz?"

Assumo la sua stessa posa. "Non ho niente contro i lupi."

"Stai lavorando per i succhiasangue. Ti sei infiltrato nel nostro branco come loro spia. Io ce l'ho decisamente con te."

Resto calmo, ma tengo i muscoli sciolti, pronto all'attacco. I lupi non vedono l'ora di combattere, ma so che Garrett è un tipo ragionevole. E non ho fatto nessun passo contro il suo branco, indipendentemente da quello che pensa lui. "Non sono una spia. Non ho mai spiato. Lavoravo per tutti e due, tutto qua."

"Cos'ha Frangelico che ti interessa, Grizz? Qual è il grosso segreto che non ci stai raccontando?"

Scuoto la testa. "Nessun segreto." È una bugia, ma il mio segreto non li riguarda.

"Che sporco lavoro stai facendo per il re dei vampiri al momento?"

Mantengo il volto impassibile. "Lo sai già. Sto indagando sulle scomparse dei mutanti."

"E?"

Scrollo le spalle. "Ho alcune piste."

Garrett incrocia di nuovo le braccia. "Che sarebbero?"

Cazzo. Non voglio passargli le mie informazioni. Mi metterebbero solo i bastoni tra le ruote. Però è anche vero che non uscirò da qui con il corpo tutto intero, se non gli do qualcosa.

"Ho trovato il posto dove tengono delle aste di mutanti schiavi. Non so ancora chi ci sia dietro."

"Tu cosa pensi?"

"Non ha importanza."

Garrett mi afferra la maglietta e mi spinge indietro, contro il tavolino più vicino. Non è il mio alfa, ma non contrattacco. Non ora che ha tutto il suo branco a coprirgli le spalle. Se ha bisogno di dare una piccola dimostrazione di forza davanti ai suoi scagnozzi assetati di sangue, capisco. Conosco le dinamiche dei lupi. "I tuoi segreti non mi piacciono, Grizz," ringhia Garrett con voce bassa. "Non mi piace che giochi da entrambe le parti. E di certo non mi piace non sapere cos'hai in mente."

"Sto cercando il vampiro responsabile del commercio di schiavi mutanti. E quando l'avrò trovato, mi occuperò di lui."

Garrett deve vedere il luccichio di sincera risolutezza nei miei occhi, perché mi scruta un secondo e poi mi lascia andare. "Quando lo trovi, voglio saperlo."

"Non per fare il cazzone, ma non lavoro più per te. I tuoi lupi mi hanno licenziato," gli ricordo. Il suo Trey, il proprietario del Fight Club, ha dato di matto con me qualche mese fa quando ha scoperto che stavo lavorando anche per i succhiasangue.

Garrett mi dà un pugno nello stomaco. "Se vuoi mostrare la tua cazzo di faccia in giro in questa città, quando ti chiedo qualcosa, lo fai. Siamo intesi?"

Sbuffo, in parte perché il colpo mi ha tolto il fiato, e non voglio darglielo a vedere.

"Quindi?"

"Va bene."

"Ottimo." Garrett fa un passo indietro, come a volermi

far passare. "Mi aspetto gli stessi resoconti che darai a Frangelico, se non addirittura di meglio."

I suoi lupi si stringono attorno a me da ogni lato, ansiosi di mettere alla prova anche i loro pugni.

"Va bene," ripeto, non per paura di Garrett e del suo branco ma perché devo tornare da Jordy e assicurarmi che stia bene. Non ho tempo per una gara del cazzo con questa gente.

"Lasciatelo andare," mormora Garrett, e i lupi si fanno indietro per lasciarmi passare. Altri due mi tirano dei pugni al mio passaggio, ma li lascio andare a segno ed esco, scuotendo la testa.

Dal retro sento il ruggito feroce dell'orso.

Non so che diavolo di storia abbia, ma non ho paura di lottare contro di lui. Se non riesce a mantenere il controllo sul suo animale, non dovrebbe essere per niente di difficile.

CAPITOLO DIECI

Grizz

Arrivo a casa di Frangelico proprio al tramonto. È una villa nuova di zecca che si erge su un lotto privato in fondo a un lungo viale, in cima a una collina. Le colonne di marmo in stile italiano hanno un aspetto strano con lo sfondo del deserto. Il cancello ai piedi della collina si apre lentamente per farmi passare. Non c'è nessun segno di sicurezza, ma non mi lascio ingannare. Questo posto è brulicante di guardie, sia umane sia droni.

Parcheggio dietro a una Lamborghini rossa e a una Tesla Roadster bianca e resto seduto per un po', guardando il sole che scende dietro alle montagne. Ho le dita che fremono per il desiderio di chiamare Jordy, ma mi trattengo. È al sicuro con Declan e Parker. Il loro comportamento strano permette alla gente di considerarli senza speranze, e quindi passano per lo più inosservati.

Mi dirigo verso la casa, avanzando in mezzo alle colonne di marmo bianco fino alla porta d'ingresso.

Due tizi emergono dai lati opposti della casa e mi fermano. Mi levo lentamente il giubbotto di pelle, allargando le braccia in modo che possano perquisirmi. All'interno, attraverso un arco che so contenere un metal detector nascosto. I vampiri sono dei fottuti paranoici, e il loro re è il più paranoico di tutti. È questo che l'ha tenuto in vita finora.

Frangelico entra in salotto senza tanta fanfara. Per quanto gli piaccia la pomposità, è piuttosto diretto e un bravo socio, quando siamo soli. O forse semplicemente non mi vuole in casa sua per troppo tempo.

"Broderick. Benvenuto."

Scuoto la testa sentendo nominare il mio vero nome. Non so come Frangelico sia venuto a saperlo. L'ultima persona che mi ha chiamato Broderick è stata mia madre. Il re mi chiama così solo per farmi innervosire, ma non mi abbasserò a dirgli di smetterla. È un gioco di potere che non potrei mai vincere.

Frangelico va al bar e si versa un bicchiere di vino. Rifiuto la sua offerta di un drink e aspetto mentre lui alza il bicchiere, esaminandolo alla luce e facendo roteare il liquido all'interno, prima di portarselo al naso e annusarlo, eccetera eccetera. Fa di tutto fuorché assaggiarlo, prima di prenderne un sorso. "Mi pare di capire che tu abbia qualcosa di cui fare rapporto…"

Gli racconto tutto quello che ho scoperto, con un'eccezione: Jordy. Non faccio alcuna menzione a lei. Solo perché io e il re siamo alleati, non significa che non sia pericoloso. Preferisco tenere Jordy alla larga dal suo radar.

"Quindi le tue fonti ti hanno detto dei movimenti degli schiavisti mutanti, e da lì tu sei risalito al luogo in cui si trova la casa d'aste?"

"Ho trovato questo." Tiro fuori il volantino del teatro e

lo liscio prima di porgerlo al re. Lui lo scruta brevemente, prima di ridarmelo.

"Prima ho avuto una pista che mi ha portato al teatro," ammetto, in caso Frangelico mi abbia fatto seguire.

"Una pista?"

"Riservata." Piego il volantino e me lo rimetto in tasca. "Ma ovviamente corretta. I tuoi vampiri se la stanno spassando alle tue spalle."

Frangelico sospira e va verso le porte a vetri che si affacciano sul patio di pietra. Le porte si aprono quando lui si avvicina. Esce. Lo seguo, restando qualche passo dietro di lui, mentre si appoggia a una colonna. La sua gola lavora, mentre lui manda giù il vino.

Mi ascolta mentre gli dico tutto del club segreto. "Pare che ci sia un contingente di tuoi vampiri che ha un certo gusto per i mutanti sottomessi. Un nuovo tipo di sangue dolce."

"Ah sì." Fa roteare il bicchiere. "Sottomessi mutanti. Uno dei miei vampiri ha detto che la sua sangue dolce è scomparsa. Una volpe, mi pare di aver capito."

Resto immobile, cercando di mantenere uno sguardo impassibile.

"Tu non sai niente al riguardo, vero?" Sorride non sentendomi rispondere. "Ammetto di essere stato di manica larga con i miei figlioli. Li vizio. Sai, è difficile creare un vampiro. Quindi tendo a mantenerli in vita, anche quando mi si rivoltano contro." Il suo sorriso, per metà nascosto dietro al bicchiere di vino, è raggelante.

"È da un po' che ricevi segnali di una possibile ribellione."

"Ah sì. Il piccolo Nerone e la sua gara alla conquista dell'impero." Frangelico tamburella il dito contro il bicchiere. La luna si è alzata, illuminando le montagne di una luce spettrale. Le colonne lisce del suo porticato incorniciano perfettamente la veduta sul deserto. La villa è in cima a una collina e si affaccia verso est, come a voler aspettare il tocco delle prime luci dell'alba.

Mi chiedo da quanto questo vampiro non veda un'alba. Frangelico è vecchio, più vecchio di chiunque altro io conosca. Io mi consumerei, tutti quegli anni al buio.

Mentre il silenzio si dipana, resisto all'impulso di muovermi o tossire per ricordare al re dei vampiri che sono qui. Solo perché Frangelico è immobile come una statua, col profilo contornato dalla luce grigio-argento della luna e impietrito come il volto di un imperatore romano su una moneta, non significa che si sia dimenticato della mia presenza.

Alla fine si raddrizza. "Sottomettere un vampiro è un processo incredibilmente difficile," mormora, sempre senza guardarmi. Ho la sensazione che stia parlando fra sé e sé, piuttosto che con me. "Un sacco di tempo e un sacco di sangue. E quando finalmente funziona…" Sospira e china la testa. "Devi comunque sostenerli. Svezzarli. È un processo delicatissimo, produrre qualcuno della mia specie. Gli umani sbattono le palpebre e si trasformano in mocciosi. Ecco perché alla fine vinceranno. Ci stermineranno."

Si volta e io distolgo lo sguardo.

"Una volta pensavo che fosse giusto che il nostro cibo fosse fornito in tale abbondanza. Che fosse così prolifico." Un sorriso di scherno gli curva le labbra e resisto all'impulso di arretrare. Non c'è niente di più spaventoso di un vampiro che sorride. "Pensavo che creando abbastanza vampiri avrei portato equilibrio nel mondo. Come portare dei lupi allo Yosemite per eliminare i troppi cervi." Poi mi guarda. "Deve divertirti sentire che paragono la mia specie ai lupi."

No, non mi diverto. Mi terrorizzo, cazzo. Non capisco

perché Frangelico stia facendo tutto questo discorso nostalgico e lagnoso, ma non voglio neanche saperlo. Meglio che certi mostri siano lasciati al buio.

A ogni modo, Frangelico torna in salotto, e il momento viene interrotto. "Pare che la mia progenie stia insorgendo contro di me," dice con freddezza. "Non solo Nerone, ma un grosso contingente. Molto presto potrebbero verificarsi degli eventi… spiacevoli."

Eventi spiacevoli. Un altro modo per dire 'un completo massacro dei miei nemici'. Un altro segno che dimostra da quanto lavoro per Frangelico è che colgo perfettamente quanto bene capisca le cose.

Frangelico continua: "Capisco se vorrai rinunciare al completamento di questo lavoro."

"No," dico. "Andrò fino alla fine."

I tratti del volto di Frangelico hanno uno scatto. "Non mi aspettavo che dicessi questo. Pensavo saresti stato sollevato di tornare alla vendetta della caduta della tua famiglia."

"Oh, a quella non intendo certo rinunciare," dico con tono truce. "Non appena avrò finito questo lavoro, tornerò a caccia di quel bastardo assassino."

"Per quanto vorrei che ti concentrassi sul lavoro che ti assegno, ammetto di essere impressionato dalla tua dedizione. Vorrei poterti aiutare di più nella tua impresa." Prima che possa dirgli come può aiutarmi, lui continua. "Hai parlato con quel vampiro, prima. Ti sei avvicinato a scoprire la sua identità? A quel punto potrei essere in grado di aiutarti."

"L'unica cosa che so è che è maschio. Alto. Grande."

"Con un occhio solo, mi avevi detto."

"Sì, un occhio solo. L'altro l'ha perso… in una lotta." La lotta che ha ucciso mia madre.

"Non conosco un vampiro del genere."

141

"Potresti averlo conosciuto quando aveva entrambi gli occhi."

"Vero." Frangelico posa il suo bicchiere. "Mi spiace non poterti aiutare a identificarlo."

"Non mi serve il tuo aiuto per questo. L'unico modo che hai per aiutarmi è darmi più sangue."

Frangelico sospira. "Ah sì. Mi chiedevo quando me l'avresti domandato."

"Mi serve."

"Ti è mai passato per la mente che gli effetti collaterali derivati dal bere il mio sangue potrebbero essere… di completa svolta per la tua vita?"

"Non intendi in senso di trasformazione, vero?"

"Oh no." La voce del vampiro si fa fredda. "Nessuna tramutazione. Non ti darei il mio sangue, se ci fosse la probabilità di una tramutazione. Un mutante che si trasforma in un vampiro… sarebbe un abominio."

Mi si rizzano i peli sulle braccia per il suo tono di voce.

"No," continua Frangelico, andando al bar e portandosi dietro al bancone per aprire il mini-frigorifero. "Non ti concedo questo sangue perché desidero dominarti. Se ci fosse una minima possibilità che tu diventassi un vampiro, ti ucciderei adesso e brucerei il tuo corpo."

"Bene." Posso solo mormorare, mentre il mio stomaco si contorce. "Mi taglierei io stesso la gola, prima di diventare un vampiro."

"E io ti staccherei la testa," conferma Frangelico, con tono che si fa liscio e amichevole. "È per questo che lavoro con te. Siamo sulla stessa lunghezza d'onda."

"Fantastico, cazzo," dico. Odio la mia trepidazione, mentre il re impila diverse sacche di sangue sul bancone. La prima volta che mi sono costretto a bere il sangue, l'ho fatto solo perché sapevo dell'euforia che mi avrebbe dato.

Dopo la decima volta, ho smesso di avere i conati di

vomito. Dopo la dodicesima, ho assaporato il potere che mi scorre nelle vene.

Ora, dopo un centinaio di dosi e diversi vampiri uccisi, vivo per questo, per lo sballo che mi dà.

Mi guarda, e deve leggermi in volto parte del bisogno che provo. "Sei sicuro di volerlo?"

Mi volto. "Non si tratta di volere. Ne ho bisogno." È una bugia solo in parte.

"Non ho mai sentito di un mutante che ne assuma così tanto e sopravviva. La maggior parte dei vampiri non lo permetterebbe. Io lo faccio soltanto perché insieme lavoriamo bene."

"E perché io sono disposto a fare il tuo sporco lavoro."

"Anche questo, sì. Ma potrebbe arrivare il giorno in cui ci troveremo alla fine del nostro affare. Faresti bene a considerare il costo che questo sangue avrà su di te, prima di allora."

Lo fisso, non negli occhi, ma su un punto del viso. Se pensa che intenda dirgli degli effetti che il sangue ha su di me, di quanto ogni sballo mi lasci debole e privo di conoscenza subito dopo, si sbaglia di grosso. Non ho bisogno della sua commiserazione, né dei suoi consigli.

Non ho bisogno che mi dica che un giorno berrò questo sangue per l'ultima volta. Né che la dose mi ucciderà o mi lascerà talmente debole che sarà il mio nemico a completare il lavoro. Non me ne frega niente. Devo solo fare fuori il vampiro con un occhio solo prima che questo accada.

Il re finisce di impilare le sacche sul bancone. "Buona fortuna per la tua caccia," dice sottovoce, e se ne va. Aspetto che se ne sia andato davvero, prima di dirigermi verso l'uscita. Finalmente posso tornare da Jordy.

Ma prima vado al bancone a prendere il sangue. Devo. Senza di esso, non posso affrontare un vampiro e vincere.

Ho bisogno del sangue per avere il potere per combattere. Ho bisogno del sangue per dare la caccia al vampiro che ha ucciso mia madre, e completare finalmente la mia vendetta.

∼

GRIZZ

LA CAMARO STA nello stesso posto dove l'ho lasciata, qualche posteggio più in là. È più tardi di quanto avrei voluto ed è buio già da un po'. Avevo un'altra commissione da fare, dopo aver lasciato la casa del re dei vampiri.

Arrivo con la moto accanto all'auto parcheggiata, strizzando gli occhi davanti ai suoi fanali accesi. Non vedo nessuno. Poi una figura sfreccia davanti alla macchina e tutto il mio corpo si irrigidisce. Jordy.

Mi corre incontro, le piccole sneaker bianche che quasi fanno luce al buio, l'abitino che le ondeggia attorno alle ginocchia. I fanali della Camaro contornano la sua figura, ma l'alone di luce attorno a lei non è radioso quanto il suo sorriso.

"Ehi," dice senza fiato. La sua bellezza dolce e senza pretese mi prende allo stomaco. È un fiore che sboccia in un parcheggio pieno di immondizia. Una stella che brilla nella notte.

Dimentichiamoci di questa giornata di merda. Dimentichiamoci dei lupi, dei vampiri e congediamo i marmittoni. Devo portarla a casa. Adesso.

Cazzo, non riesco a parlare. Le porgo il casco. Dopo che se l'è allacciato, controllo il cinturino e le faccio un cenno con la testa perché monti a bordo. Le sue braccia mi cingono la vita e la tiro più vicino a me, perché sono un masochista. La sensazione che mi dà il suo corpo premuto contro la schiena, insieme alle sue mani intrecciate sui miei addominali, mi fa venire il cazzo tanto duro che potrebbe trapassare una porta d'acciaio.

Stringendo i denti, faccio un cenno di saluto con la mano ai tre marmittoni. Li chiamerò più tardi per dir loro le novità e ringraziarli. Sto raccogliendo favori in tutta la città. Jordy si appoggia a me, la testa premuta contro la schiena, e penso: *Ne vale la pena.*

Il viaggio fino alla mia montagna dura un'eternità, cazzo.

Lei salta giù e mi precede, appoggiandosi alla parete della casa mentre io apro la porta. Appena sono dentro, mollo a terra i sacchetti che ho in mano e accendo le luci, prima di prendere Jordy. La sollevo tra le braccia e lei me lo permette, senza nessun gridolino di protesta, mentre la stringo a me e le do un bacio deciso.

"Mi sei mancata, volpacchiotta."

"Mi sei mancato anche tu." Un sorriso le curva le labbra. La stringo a me e lei inarca la schiena come un gatto e si strofina contro la mia erezione. Cazzo, mi ci potrei abituare. Ecco perché Augustine la teneva in gabbia e con il collare al collo.

Il pensiero del vampiro è come una secchiata d'acqua gelida sull'uccello. Allento la presa e la lascio scivolare a terra.

"Grizz? Cosa c'è che non va?"

"Niente. Hai fame?"

"Un po'," dice con esitazione.

"Preparo qualcosa al volo." Vado al frigo e inizio a tirare fuori diverse cose, sbattendole sul bancone.

Lei mi gironzola attorno. "Ho fatto qualcosa di male?"

"No," abbaio, e poi ammorbidisco il tono. "No. Tu sei perfetta. È solo che… è stata una lunga giornata."

"Certo." Si passa le mani sul vestito. "Però... fammi sapere cosa vuoi che faccia." Si allontana, e inizia ad affaccendarsi in cucina. Cerco di tornare a preparare la cena, ma ho ancora il suo odore nel naso, il suo sapore sulla lingua. Le sono saltato addosso appena ha varcato la soglia di casa, ma non ha protestato. L'ho baciata e me l'ha permesso, come se mi stessi semplicemente prendendo ciò che mi è dovuto. Sarebbe ugualmente disposta a offrire il suo fascino al vincitore conquistatore?

Devo pensare con mente lucida e farle sapere qual è la sua posizione. Qualsiasi cosa proviamo l'uno per l'altra, qualsiasi strada abbiamo imboccato in questo senso, non può durare.

Il pensiero mi fa venire voglia di ululare.

"I sacchetti, volpacchiotta. Vai a tirare fuori la roba," le ordino. Sono talmente sintonizzato con ogni suo movimento, che sento il fruscio dei sacchetti e poi il suo respiro che si ferma. Si volta verso di me con un grosso quaderno da disegno in mano.

"È per me?"

"Io non sono certo un artista, no? E poi ti avevo detto che te l'avrei preso."

"Non dovevi, ma grazie."

"Nessun problema." Getto tutto in una pentola a cottura lenta e la metto sul fuoco basso. "Abbiamo un po' di tempo prima della cena. Mettiti comoda."

Vado in bagno a darmi una lavata. Mi levo la maglietta e mi osservo nello specchio sudicio. I fottuti lupi hanno messo a segno qualche cazzotto, ma i lividi sono quasi scomparsi. I graffi dei gatti invece sono ancora lì. Solo poche lacrime rosse dove sono arrivati a piantarmi gli artigli. Non mi sorprenderebbe se venissi a sapere che avevano intinto le unghie in qualcosa capace di rallentare la guarigione di un mutante.

La porta si apre e Jordy si presenta sulla soglia, gli occhi sgranati mentre fissa il mio petto nudo.

"Sei quasi del tutto guarito," dice, avvicinandosi e toccandomi la schiena. Le sue dita danzano sulla mia pelle, leggere e delicate. Resto immobile, e deve prenderlo come un segno di incoraggiamento, perché fa scorrere entrambe le mani sulla mia distesa di muscoli, poi stringe le braccia attorno alla vita e preme il corpo contro il mio. Il suo respiro mi solletica la schiena mentre mi abbraccia. Santo cielo.

Non ha idea di quanto sia vicino a ruotare su me stesso e attaccare, allargarle le gambe e piantarle il cazzo in quella sua dolce fichetta fino a farle gridare il mio nome.

Faccio un respiro profondo e calmante. "Certo che sono guarito," dico con tono burbero. "Ho solo preso un paio di pugni."

"E graffi e morsi," completa lei, con un accenno di rimprovero nel tono. Mi giro e le prendo il viso tra le mani. "Non ti piace vedermi combattere, volpacchiotta?"

Mordendosi il labbro, scuote la testa.

Le stampo un bacio sulla fronte, proprio dove i capelli rossicci incontrano la pelle lentigginosa. "Meglio che ti ci abitui, perché sono un lottatore. È questo che sono."

"Lo so." La sua voce è soffocata contro il mio petto nudo. Le sue dita scivolano sopra ai miei pettorali, seguendo il segno di una ferita. "Hai tantissime cicatrici…"

"E non hai visto com'è ridotto quell'altro."

Non sorride. "Come ti sei fatto questi segni? Non erano lottatori mutanti."

"No."

Mi guarda accigliata. Le sue dita roteano ancora sulla mia cicatrice, incasinandomi i pensieri. Una potente tortura a cui non riesco a resistere. Ancora qualche minuto e le spifferò tutto, per poi portarla a letto. Devo dire qualcosa per deviare da questo argomento pericoloso.

"Facevi anche ad Augustine così tante domande?"

Il suo piccolo corpo si irrigidisce. Cazzo, perché ho parlato del succhiasangue? Jordy fa per staccarsi da me, ma la tengo stretta.

"Ehi, non volevo."

"Lo sai bene di no," dice con voce tremante. "Non era quello il tipo di relazione che avevamo. Lui era il mio padrone. Io dovevo solo obbedire."

"Jordy, scusa."

Piegando la testa di lato, mi scruta con i capelli che per metà le coprono gli occhi. "Tu non sei il mio padrone."

"No, non lo sono." Caccio indietro qualsiasi altra cosa potrei aggiungere. Non voglio essere il suo padrone. Giusto?

È accigliata, pensierosa, gli occhi socchiusi che scrutano il mio corpo dalla testa ai piedi. Mi sta valutando, soppesando. Ho la sensazione che veda ogni parte di me. Per la prima volta in vita mia, non sono fiero di ciò che sono.

Anche se volessi possederla, lei non dovrebbe permettermelo. Non sono all'altezza.

"Jordy…" Il suo nome è dolce sulla mia lingua. "Non sono un brav'uomo."

Il suo cipiglio si fa più intenso.

"Ho… fatto delle cose. Non che non ne vada orgoglioso, è solo che ciò che sono, ciò che faccio, non sta bene nel mondo normale. Nel mondo in cui vivi tu. Nel mondo che tu meriti." Cielo, non lo sto spiegando bene. "Non sono un tipo normale."

I suoi occhi si caricano di comprensione. "Io non voglio la normalità."

Sospiro, tanto forte da spingerle indietro i capelli. La

mia mano trova il suo volto. Chiude gli occhi. È come un quadro: le mie mani rudi e tatuate ai lati delle sue dolci guance piene di lentiggini. È così perfetta e innocente… la mia pelle sembra sporca accanto alla sua. Non voglio toccarla. Non voglio rovinare ciò che lei è.

Ma lo farò. Se resterà qui.

"Dovrei mandarti via."

"Dove mi manderesti?"

"In un posto sicuro," mormoro contro i suoi capelli. "In un posto lontano… da me."

"Non voglio andare via." Le sue mani cercano la mia guancia. "Non voglio essere in nessun posto, se non qui. Con te."

"Non puoi saperlo. Non sai cos'ho fatto. Che piano ho…"

Si gira e si sfila il vestito dalla testa. Resto immobile e stupefatto, mentre lei lascia cadere a terra il vestito e mi sorride da dietro la spalla. Le sue anche ondeggiano e tutto il sangue mi esce dal cervello, andando dritto al mio uccello.

"Ebbene?" Fa una pausa sulla soglia della mia camera da letto. "Vieni o no?"

CAPITOLO UNDICI

Grizz

"CIELO," mormoro, e vado verso di lei velocissimo, gli occhi sgranati. La prendo tra le braccia e la butto sul letto tanto rapidamente che la sento sussultare.

Mi fermo. "Ti ho fatto male?"

"No." Sta ridendo. "È quello che volevo." Le sue mani scorrono sul mio corpo, e quando trovo la sua bocca e me ne impossesso, si inarca per farsi baciare.

Poi si contorce per scendere lungo il mio corpo.

"Volpacchiotta…?" Faccio per afferrarla e tirarla su, ma ha le mani impegnate con i miei jeans e mi fermo.

"Ssh," dice. "Rilassati e goditi il momento."

Sbuffo. "Questa è una battuta mia. Non serve che tu…"

"Lo so. Ma voglio farlo." Mi sbottona i jeans, tira giù la cerniera e li apre come se stesse scartando un regalo. È buio, ma sento la venerazione nel suo tocco. Il suo fiato caldo mi colpisce la pelle.

"Aspetta." Non posso credere che la sto fermando, ma la possibilità di guardarla è troppo perfetta per perdersela. "Voglio vederti."

Allungo la mano e accendo la luce.

Mi osserva sbattendo le palpebre. Mi sdraio e le permetto di sistemarsi sopra di me, allungando una mano per accarezzarle il viso.

"Non permettermi di fermarti."

"Mmm," commenta facendo le fusa, e strofina il volto contro il mio uccello. Inizia a baciarlo, gli occhi chiusi come se avesse raggiunto il Nirvana. Santo cielo, non ha intenzione di succhiarmi il cazzo, ma di adorarlo.

Abbassa la testa e gemo mentre mi lecca le palle, facendo roteare la lingua come se stesse leccando un cono gelato. Frastornato per il piacere, lascio che proceda con assoluta calma. Come ho fatto a beccare una tale fortuna?

"Jordy… piccola… ti devi fermare."

Tira su la testa di scatto. "Non ti piace?"

"Sai che mi piace un sacco. Ma sto per esplodere."

Sorride e vedo la volpe nella sua espressione.

"Malandrina," ringhio. "Succhiami il cazzo."

"Sì, signore."

Cielo, ora esplodo. "Adesso," ordino, e lei si tira su, affondando la testa immediatamente.

È lì che me ne accorgo: una massa bianca di cicatrici sul seno sinistro.

"Che cazzo è quello?"

Tira su di scatto la testa, la fronte corrugata per la preoccupazione.

Tocco la carne cicatrizzata, protuberanze bianche dove la pelle è stata ferita e poi si è rimarginata. Come ho fatto a non accorgermene prima?

"Non è niente," dice lei, l'espressione spenta. Un

cambiamento enorme, rispetto alla sua consueta solarità. Come se si fosse spenta la luce.

"Ti ha dilaniato, cazzo." Premo la mano sulla cicatrice, così arrabbiato che non riesco a ragionare.

Jordy china la testa. "Non ne voglio parlare."

"Chi ti ha fatto questo? È stato Augustine?" Riesco a pronunciare il suo nome solo in un ringhio.

Con gli occhi chiusi, scuote la testa. Le afferro i capelli e la tengo stretta. "Chi?"

"Non lo so. Era un altro vampiro. Non so chi fosse. Augustine mi ha data a lui come… ricompensa. Sai come funziona la mia relazione con lui. Ho fatto come mi ha detto di fare."

"E lui ti ha fatto del male." Non è una domanda. Penetrandola a quel modo con le zanne… deve averle fatto un male cane.

Si scosta da me di scatto e si siede sul lato del letto, chiudendosi in se stessa. Mi arriva una ventata del suo odore. Non paura, non rabbia.

Vergogna.

La mia rabbia scompare.

"Ssh, va tutto bene. So che ti ha marchiata. Va tutto bene."

"No invece," dice, con una vocina che mi ammazza.

Mi avvicino a lei, e quando la vedo ritrarsi metto le mie gambe ai lati del suo corpo e la stringo tra le cosce, avvicinandola a me. Le cingo i fianchi con le braccia, giusto in tempo per sentirla emettere un lieve singhiozzo.

Oh, cazzo.

"Ehi," dico disperato. "Ehi, va tutto bene. Non volevo reagire così. È solo che…" Cerco delle parole per descrivere la rabbia che mi ribolle nel petto. "Il pensiero di saperti ferita a quel modo… mi fa venire voglia di distruggere il mondo intero."

"È colpa mia," dice.

"Jordy, no. Non è per niente colpa tua."

Tiene la testa china.

"Cos'è successo? Vuoi parlarne?"

Scuote la testa.

"Ok, non è necessario che ne parli." Cielo, che sto dicendo? Le metto davanti l'avambraccio. "Vedi questo?"

Annuisce.

"Cosa vedi?"

"Tatuaggi. Un sacco."

"Una manica intera."

"Sì."

"Senti con le mani, Jordy. Tocca."

Mi tocca il braccio e stringo i denti. Il contatto con lei me lo fa diventare duro un'altra volta. Aspetto che arrivi alla parte che preferisco del tatuaggio, un'enorme sequoia. Fa scorrere le dita sul tronco e si ferma. Ecco.

"Lo senti?" chiedo, affondando la faccia nei suoi capelli. Addirittura il suo odore è perfetto. "Sai che cos'è?"

"Una cicatrice."

"Sì. Grossa. Sono stato beccato da un coltello."

"Ma come…" Si interrompe. Sa cosa lascia le cicatrici su un mutante.

"Sangue di vampiro. Ho cercato di impalare quel cazzone. Sono rimasto colpito dal sangue, e così la ferita da taglio ha lasciato la cicatrice."

Si gira sul mio grembo, gli occhi sgranati in risposta alle mie parole. "Hai lottato contro un vampiro."

Più di uno, ma non serve che lei lo sappia. Sembra assolutamente scioccata, e capisco. Perché ho lottato contro un vampiro e sto ancora respirando.

"Non è possibile," sussurra.

"Senti il mio braccio."

Lo fa, con maggiore esitazione. La cicatrice scorre

fino al cuore del tatuaggio a forma di sequoia e diventa come un'onda in un oceano. La Grande Onda di Hokusai. Più su, attorno al braccio, in acque più tranquille, una nave naviga all'orizzonte. "Come hai fatto a cavartela?"

"Fortuna." È una parziale verità. "Non posso raccontarti molto."

"Non ricordi?"

Scrollo le spalle. Qualcosa nei suoi occhi mi fa porre la domanda: "Tu ricordi?" Tocco ancora la sua cicatrice, delicatamente, ma lei sussulta.

"No." Il suo volto si fa di nuovo distrutto. "Non del tutto."

"Deve aver versato del sangue di vampiro sopra di te per lasciarci la cicatrice. Un sacco di sangue."

"Lo so," dice sottovoce.

Non voglio chiedere. Che cazzo di vampiro malato squarcia la sua vittima e la imbratta poi del suo stesso sangue solo per lasciarle una cicatrice?

Non c'è da stupirsi che Jordy abbia gli incubi.

"E tu invece come hai fatto a trovarti con la cicatrice?" mi chiede.

Non voglio percorrere questa strada, ma se è un modo per allontanarla dal sentiero oscuro, lo farò. "Come te. Sangue di vampiro. Un sacco."

"Ha sanguinato sopra di te?"

"Non per sua scelta. Ha bruciato da morire, ma l'ho preso, alla fine."

Resta in silenzio, pensierosa, le dita che ancora mi accarezzano il braccio. Stacca poi la mano e torna all'argomento a cui non voglio assolutamente che pensi. "Combatti come un vampiro. So che lo fai. Ti ho visto."

"Jordy…"

"Come fai? Com'è possibile?"

Scuoto la testa. Premo le labbra tra loro. Non possiamo parlarne.

"Declan e Parker ne parlavano. I vampiri sono più grossi, più veloci, più forti. I mutanti sono tutto questo, ma testa a testa i vampiri battono i mutanti ogni volta."

"E dicono bene. Per quanto ne so, sono l'unico mutante ad aver mai battuto un vampiro. C'è un modo di farlo, ma solo io so come si fa." Cielo, perché glielo sto dicendo? Se un qualsiasi vampiro venisse a sapere quello che sa lei, la sua vita sarebbe a rischio. Per non parlare della mia.

"Come?"

"È un segreto. Non posso dirtelo."

Si porta la mano al petto. "A volte lo sogno. Il vampiro che mi ha fatto questo."

"Lo so, volpacchiotta." L'ho tenuta stretta durante quegli incubi. "Lo ucciderò."

"No. Vorrei essere più grande, più forte, più veloce. In modo da potermi difendere. Ma non lo sono. Sarò sempre piccola." Sembra così triste. Vorrei confortarla, e non ho idea di come. "E ora ho le cicatrici. Brutte cicatrici. Augustine era così arrabbiato dopo... quando mi ha vista. Non mi ha più trattata allo stesso modo, dopo quella volta."

"Avrebbe dovuto proteggerti," ringhio. "Non è stata colpa tua."

Chiude gli occhi, le lacrime che sgorgano, mettendo in risalto le lentiggini.

"Volpacchiotta, dolcezza..." La tiro più vicina a me. "Non piangere. Mi stai spezzando il cuore. Se fossi stato lì, ti avrei protetta."

"Lo so."

"Ora sono qui. Nessun vampiro ti toccherà mai più."

Scuote la testa. "Devo tornare. Lo so. Non si ruba a un vampiro."

"Non ti rimetterà più le mani addosso," ringhio.

I suoi occhi vanno verso la porta.

Le afferro i capelli. "No. Non si scappa. Ora siamo in questa storia, insieme. Se pensi di tornare da lui dopo questo…"

"Grizz, ti prego."

"No, Jordy." Le tiro su il viso. "Non merita di averti."

Apre gli occhi e mi guarda. "E allora chi? Chi dovrebbe avermi?"

"Nessuno."

"Non voglio non appartenere a nessuno."

"Tu appartieni a te stessa."

"Lo so. Ma voglio anche donarmi a qualcuno."

Non dovrei chiederlo, ma non riesco a trattenermi. "A chi?"

Si lecca le labbra. "A te."

"Jordy. Non posso…" Questa cosa mi sta ammazzando. Il coltello nel braccio, il bruciore del sangue di vampiro. Sono cose che fanno meno male.

"Lo so." Appoggia le piccole dita sulle mie labbra segnate. "Ssh, lo so."

"Scusami, non è giusto nei tuoi confronti, volpacchiotta. Dovrei permettertelo, ma non posso. Non fino a che…" Non fino a che non troverò qualcuno di migliore a cui affidarla. Dovrei dirlo, ma non ci riesco.

Con un leggero cenno della testa, si scosta. La lascio andare. Ma poi inizia a scivolare di nuovo tra le mie ginocchia.

"Cosa stai facendo?" La mia voce è un miscuglio di speranza e panico.

"Mi hai salvato da lui." Posa le mani sulle mie ginocchia, il volto rivolto al mio inguine. "Lascia che ti ringrazi."

"Voglio più della tua gratitudine," ringhio, tirandole indietro la testa per i capelli.

"Cosa vuoi, allora?" I suoi occhi color whiskey mi trafiggono, aperti e innocenti e assolutamente devastanti. Mi spogliano, abbattono ogni muro io abbia mai eretto tra noi.

"Te, volpacchiotta. Voglio te. Ma non posso averti..." La mia voce si fa insicura e roca, mentre lei tira contro la mia mano e posa le labbra sul mio membro eretto.

"Solo per stanotte, allora. Solo per stanotte."

Se le tirassi i capelli con più forza, le farei male, quindi la lascio andare. Vuole succhiarmi il cazzo? Merda, non potrei mai fermarla. A malapena riesco a pensare, con i suoi capelli ramati sparpagliati sulle mie cosce, le sue labbra che seguono il contorno del mio uccello.

"Sì, cazzo. Volpacchiotta, piccola..."

"Amo come mi chiami. Volpacchiotta," dice, il suo fiato che soffia sulla mia verga turgida. "Il tuo cucciolo di volpe." La sua lingua sfreccia fuori e mi lecca. Cazzo, sto per esplodere.

"Volpacchiotta, per favore."

Ha un sorriso compiaciuto. "Mi piace essere la tua piccola. Mi fai sentire piccina e graziosa."

"Sei piccina."

Arriccia il naso.

"Sei anche graziosa, ma non solo questo." Le tiro indietro i capelli con le dita callose. "Sei bellissima."

Con un sorriso piuttosto soddisfatto, apre la bocca e inghiotte il mio uccello. Dei lampi si accendono nel mio cervello, scatto in su con il bacino, scopandole la bocca. Lei segue il movimento, alzando e abbassando la testa, la bocca che mi succhia perfettamente. Mi prende fino alla radice: roba da pazzi, considerato quanto ce l'ho grosso e quanto lei è piccola.

Sta canticchiando – santo cielo – e sento le vibrazioni, tanto intense che mi esploderanno le palle.

"Jordy," le dico tirandola indietro. "Ti voglio." Voglio venire dentro di lei, ma non c'è tempo. "Sto per venire." La voglio. Lei succhia più forte e mi svuota di ogni goccia di sperma.

Con un ringhio, spingo più forte nella sua bocca, e lei ne prende ogni centimetro.

Lo sperma gocciola dal lato della sua bocca. Osceno. Dovrei sentirmi arrabbiato per averla sporcata, e invece voglio scoparla, farla gridare, sconquassarla e devastarla sul mio letto. Poi tenerla tra le mie braccia e coccolarla, dicendole quanto sia preziosa per me. Me lo lascerebbe fare. Mi lascerebbe fare qualsiasi cosa depravata mi venisse in mente, e resterebbe sdraiata lì, sorridente, con la sua innocenza intonsa.

Stringendo la mano tra i suoi capelli, la tengo ferma e la bacio tanto forte da farle male. La mia barba rada graffia la sua pelle morbida, ma se le fa male non ne dà cenno alcuno. Si dimena sotto di me, le gambe strette attorno ai miei fianchi, mentre mi tira a sé, implorando di averne ancora.

Bacio il suo corpo, mi soffermo sopra al suo cuore, sui seni feriti, le mani imploranti.

"Ti prego Grizz, ti prego, oh sì…"

Mi metto le sue gambe sulle spalle e affondo la faccia nella sua fica. Santo cielo, ha un sapore buonissimo. "Ti mangio, piccola. Voglio leccare ogni goccia." Con la lingua ruvida e larga, lecco quanto più posso della sua tenera pelle. Lei si dimena, ma le sue mani si aggrappano ai miei capelli, tenendomi con forza.

Così piccola, lasciati andare. Con una mano trovo il suo seno e lo palpo, lo stringo. Porterà i segni della mia barba ruvida, delle mie mani conquistatrici. Le allargo le gambe e attacco di nuovo la sua dolce fica con la lingua, senza ferocia ma tanto forte da lasciare il segno.

Lei inarca la schiena e spinge il sedere contro di me. "Più forte," mi ordina. "Ancora."

"Non sei tu a dare gli ordini qui." Infilo le dita nella fica fradicia. Sarebbe rude se non fosse così bagnata.

"Cazzo, volpacchiotta, sei così pronta. Mi vuoi?"

"Sì," geme, la testa che ricade sul letto. "Sì, ti prego."

"Mi scoperò questa fica. Ma non stanotte. Stanotte mangio." Mi sdraio supino e la faccio mettere a cavalcioni. Lei sbatte le palpebre, frastornata, i capelli che le ricadono sul viso mentre mi guarda da sopra. I capezzoli sono sull'attenti. Il suo profumo mi circonda.

Le mani tengono ferme le anche. Cerca di spostarsi da me e io la tengo più stretta. "Adesso ti mangio. Strofinati sulla mia faccia, piccola. Prenditi il tuo orgasmo, prendilo tutto." La tiro più giù e le ringhio dritto nella fica. "È un ordine."

Abbassa i fianchi e fa come le ho ordinato, dondolando avanti e indietro, strusciandosi sulla mia faccia. Apro la bocca e gliela mangio, la lingua che entra nel suo buco stretto, le dita che affondano tra le calde natiche del suo culo. Lei annaspa e si strofina con più forza, un forte gemito le sale da dentro. Stringe le cosce ai lati della mia testa. Cazzo, vorrei prendermi l'uccello in mano e farmi una sega, ma se la lascio andare si rovescia.

Il suo orgasmo colpisce come un fulmine e faccio fatica a tenerla dritta, mentre il suo corpo è attraversato da una serie di spasmi. Le mie braccia la tengono stretta mentre lecco più a fondo che posso, adorando la sensazione dei muscoli interni che si stringono attorno a me.

"Cazzo, sarai perfetta sul mio uccello."

Con un ultimo grido, si piega in avanti e la lascio andare, alzandomi per sistemarla bene sul letto. Mi chino su di lei: un guerriero conquistatore che controlla il suo bottino. Ha la fica morbida e bagnata, arrossata dalla mia barba. Sarebbe pronta a prendere il mio uccello, ma non stanotte. Stanotte la marchio come mia.

Mi faccio una sega sopra al suo corpo riverso. Con occhi pigri, allunga una mano per aiutarmi e io ci poso sopra la mia, muovendole entrambe sul mio uccello finché il mio seme non spruzza su tutto il suo corpo. Le afferro il polso. "Toccalo. Spalmatelo sopra." Aspetto che abbia spalmato il mio sperma su tutta la sua pelle segnata dai brividi.

Non so come andrà a finire questa storia, ma stanotte è mia. Quando l'ho baciata vicino alla porta, l'ho messa giù. Lei ha deciso di seguirmi in bagno. Di spogliarsi in corridoio e farmi segno di seguirla in camera da letto. Aveva la possibilità di evitarlo, e ha scelto me.

Nel bene e nel male, il suo destino è sancito. Ma non sembra darle fastidio.

Quando ha finito di dipingersi la pelle con il mio sperma, si porta le dita alla bocca. E le lecca per pulirle.

Santo cielo. Sono finito.

JORDY GIACE DOLCE e sazia nel mio letto. Prendo un panno e la pulisco, ammirando ogni segno che le ho fatto sul corpo. Ovviamente questo mi porta a baciare ogni centimetro della sua carne arrossata, dalle guance avvampanti al culo ben sculacciato. Finisco con il riposizionarmela in grembo, mentre con le dita la lavoro per darle un ultimo orgasmo.

Quando il timer della pentola a cottura lenta si mette a suonare, fatico a riportarla alla realtà. "Volpacchiotta. Piccola, è ora di mangiare."

È così stanca e sonnacchiosa, che devo tenerla in grembo e portarle alla bocca piccoli bocconi di cibo, dandole da mangiare un po' alla volta. Cosa che mi va benissimo. Tra un boccone e l'altro, la bacio, sentendo il sapore del sugo. Appena le ho dato abbastanza cibo, si tiene seduta da sola, il viso ancora arrossato per i diversi orgasmi.

"Orso cattivo," mormora, disegnandomi il contorno della bocca con un dito. Glielo mordicchio.

"Volpe cattiva, che viene nella mia casa, mi mangia tutta la carne e dorme nel mio letto."

Fa il broncio guardando la pentola. "Questa carne è troppo calda." Guarda il pezzetto che ho in mano. "Questa è troppo fredda." Si dimena sul mio grembo, e nonostante sia venuto due volte mi viene duro. "Questa carne è perfetta."

"Volpe cattiva," ringhio, e le porto la mano alla bocca. "Apri."

Obbedisce, aspettando che le metta il pezzo di carne in bocca.

"Ti darò da mangiare carne ogni volta che posso."

"Mmm."

Porto un altro pezzetto alle sue labbra, e lei scuote la testa, deviandolo verso la mia bocca. Mangio la porzione che era preparata per lei, e quando la vedo allungare la mano verso la pentola, lascio che continui a imboccarmi, come io ho fatto con lei. La vizio, leccandole il sugo dalle dita.

"Basta," dico, succhiando un dito e poi l'altro. La sollevo e la riporto verso il letto.

"Devi mangiare ancora."

"Preferirei mangiare te."

"Già fatto."

"Ne voglio ancora."

Ride.

"Più tardi. Forse." La poso sul letto e le sistemo dietro i

cuscini. "Adesso devo dare una pulita. Tu resta qui," le ordino, quando vedo che fa per seguirmi. "Voglio che ti rilassi."

"Ok, Grizz," dice felice. Le porgo l'album da disegno e lei mi ringrazia ancora.

"Disegnerò qualcosa per te."

"Preferirei che disegnassi qualcosa per te."

Piega la testa di lato. "Tipo cosa?"

Tendo il braccio e fletto il bicipite sotto alla manica tatuata. "Ti piace il mio tatuaggio?"

Ha gli occhi socchiusi, carichi di desiderio. Cielo, che eccitazione...

"Puoi farti un tatuaggio anche tu, sai. Se vuoi, puoi coprire le cicatrici."

"Pensi che dovrei farlo?" Si morde il labbro.

"Io penso che tu sia bellissima così come sei. Ma se la cosa ti dà fastidio, sì, volpacchiotta. Disegna qualcosa da farci tatuare sopra. Sono parte di te ora. Tanto vale trasformarle in qualcosa di bello."

"Va bene," dice sottovoce. "Vedrò cosa posso disegnare."

"Brava ragazza."

La lascio al suo disegno, le ginocchia piegate, l'album davanti a lei, la lingua che spunta dalle labbra mentre si concentra. Graziosa volpacchiotta.

Pulisco la cucina, cazzeggiando, meravigliandomi che questa possa essere la mia vita. Occuparmi delle faccende domestiche mentre una dolce e piccola volpe mi aspetta nel mio letto.

La segreteria telefonica lampeggia per la presenza di un messaggio, ricevuto appena dopo le diciannove. Premo il pulsante Play e torno ai piatti. Si sente emergere una voce roca, una voce che riconosco a malapena. Resto immobile.

"Grizzly." Mi fermo e l'altoparlante ansima irruento e arrabbiato. Si sente uno schiocco di denti: un vampiro che digrigna le zanne. Mi si rizzano i peli su tutto il corpo. "Hai una cosa mia. La rivoglio." Il messaggio finisce.

Quindi Augustine ha capito chi si è preso la sua volpina. La rivuole.

"Molto male," dico alla segreteria. Se quel succhiasangue fosse qui, io…

Un rumore leggero mi fa ruotare su me stesso. Jordy è sulla soglia della cucina, gli occhi sgranati. Incrocia il mio sguardo con espressione inorridita.

"Torna a letto," le dico, senza pensarci poi tanto per renderlo un ordine. Voglio tornare indietro nel tempo e cancellare il messaggio. O meglio ancora, voglio tornare a prima che la sua famiglia la vendesse, così da poterla trovare, sedurla e portarla via.

"Era…" Le sue labbra tremano. Più di ogni cosa vorrei abbracciarla.

"Sì." Vado a premere il pulsante per cancellare e lei ferma la mia mano. Preme il Replay ed entrambi riascoltiamo il messaggio. Stavolta, quando faccio per cancellarlo, non mi ferma.

"Aveva il tuo numero?"

"No. Deve averlo recuperato dai registri del Toxic." Cerco di apparire annoiato. Le mie informazioni sono nelle cartelle del re, come quelle di tutti gli altri. "Va tutto bene. Il mio indirizzo non è indicato."

"Verrà a prendermi."

"Non sa dove sei. Va tutto bene, volpacchiotta. Ho tutto sotto controllo."

Vado alla porta e controllo le serrature, giusto per sicurezza. Il fatto che questo posto sia la mia tana impedisce a ogni vampiro di arrivare alla mia soglia, ma non può tenere alla larga altri ladri. Per fortuna saranno probabilmente tutti umani. Sono l'unico mutante che sa chi lavora con un vampiro.

Degli umani mi posso occupare.

Quando mi volto, Jordy è ancora accanto al telefono, impietrita.

"Va tutto bene," le ripeto.

"Devi lasciarmi andare," sussurra.

"No, cazzo." Vado da lei e me la tiro al petto. Si dimena, ma stringo più forte. "Mai e poi mai."

"Grizz, per favore." Di solito mi piace quando mi implora, ma non ora. "Sa che mi hai. Non si fermerà."

"Non ti riprenderà…"

"Ti ucciderà," blatera. Ha le pupille dilatate. Panico completo.

"Ci può provare." La tiro su, scuotendola un poco. "Calmati, volpacchiotta."

"È un vampiro!"

"E io li uccido, i vampiri," le ringhio in faccia. Resta ferma per lo shock. Cazzo, il mio segreto è svelato. "Uccido i vampiri," ripeto, con voce più calma. Non sono arrabbiato con lei. Sento un po' di prurito alla mano, vorrei prendere la bottiglia con il succo. Ho abbastanza sangue e rabbia in questo momento. Potrei lottare contro il mondo e vincere.

"Hai appena detto che ne hai ucciso uno. Che è stata fortuna."

"Il primo contro cui ho lottato non l'ho ucciso. Me la sono cavata, ed è stata fortuna," ammetto. "Ha ucciso qualcuno a cui volevo bene." Deglutisco. Non l'ho raccontato a nessuno, eccetto Frangelico. E gliel'ho detto solo per fargli capire quanto fossi serio riguardo alla nostra alleanza.

Jordy sta ferma e in silenzio, in attesa. O forse sta solo cercando di elaborare quello che le ho detto.

La porto al letto e mi siedo, tenendola in grembo.

"È successo quando ero adolescente. Subito dopo la mia tramutazione. Un vampiro era… a caccia. Gli piacevano i mutanti, o forse mia madre l'ha solo colto di sorpresa."

"E tu eri lì?"

"Sono arrivato solo quando era ormai troppo tardi. L'ha uccisa." Per un momento la realtà scompare. Vedo una piccola cucina, un tavolo di legno, sangue che cola dal muro e gocciola sul corpo che sta abbandonato dietro alla sedia. "L'ho rintracciato e l'ho scampata bella per un pelo. È successo prima che imparassi come si sconfiggono i vampiri." Non ho ucciso il vampiro assassino, ma ho versato il suo sangue. Più tardi, leccandomi le ferite, ho sentito la vibrazione e l'esplosione di energia, e ho capito come avrei potuto ottenere vendetta.

"Mi spiace," dice Jordy sottovoce. Il suo volto appare davanti a me.

"È successo tanto tempo fa. Da allora non ho più visto quel bastardo."

"Ma lo stai ancora cercando."

"Sì. Appena avrò finito questo lavoro, tornerò a occuparmi della mia caccia."

"Sa…" esita.

"Chiedi."

"Frangelico sa che stai dando la caccia a un vampiro?"

"Sì. È per questo che sono in accordo con lui. Conosce il mio passato. Supporta la mia impresa. È per questo che non posso possederti, volpacchiotta. Devo lasciarti andare. Non intendo… non posso avere una relazione."

"Quindi mi libererai."

"Non ancora," dico, ringhiando più forte di quanto vorrei. "Almeno non finché non mi sarò occupato di Augustine. Punendolo per quello che ti ha fatto."

"Grizz." La sua piccola mano mi accarezza il viso. "Non puoi tenermi qui."

"Ti terrò al sicuro."

"Verrà a cercarti. Non voglio che ti faccia male per colpa mia. Non ne vale la pena," dice, l'odore pregno di tristezza.

"Per me vali un sacco. Non osare ripetere una cosa del genere. Tu vali tutto. Ti darei il mondo intero."

"Grizz." Chiude gli occhi.

"Non intendo restituirti a quel succhiasangue," impreco selvaggiamente. "Ti ha usata e ha abusato di te. Non ti riavrà. Mai."

"Non puoi impedirmi di correre da lui."

"Figurarsi se non posso." Il mio orso sta ringhiando, bisognoso di sangue di vampiro. Mi alzo in piedi e me la butto in spalla.

～

Jordy

MI TIRO su per vedere dove Grizz mi stia portando. Va verso i suoi cassetti e rovista in giro. Una sua grossa mano è stretta sul mio sedere, mentre mi dimeno per liberarmi.

"Stai ferma."

"Grizz, andiamo. Sii ragionevole." Mi sottometterei se non fossi così terrorizzata per lui. In qualsiasi momento Augustine potrebbe arrivare e attaccare.

"Non può entrare, volpacchiotta. Ho una soglia. Questo posto è casa mia."

"Può mandare della gente al posto suo."

"Umani," sbuffa, come se questo dicesse tutto.

"Potrebbero avere delle pistole."

167

"Posso guarire prima che un proiettile mi uccida."

"Non con un proiettile in testa," controbatto. Orso cocciuto. Torna a grandi passi in camera e mi getta sul letto. Cosa posso dire per fare in modo che si prenda cura della sua sicurezza? "E io? Potrei finire coinvolta nella lotta."

"Sì. A questo ho già pensato." Ha una fune in mano.

"Cosa stai facendo?"

"Ti lego al letto." Mi afferra un polso e inizia a fissarlo alla testiera.

In condizioni normali, il pensiero del grande e bellissimo Grizz che mi lega mi manderebbe in estasi. Stasera voglio solo ululare. "Non funzionerà," ribatto. Non sono mai stata tanto audace in vita mia. Grizz mi sta dando ai nervi. Mi si avvicina al viso e gli mostro i denti. Se mi lega, morsicherò la corda fino a spezzarla, pur di venirne fuori.

"Bene," dice a denti stretti. Con il volto impassibile come pietra, si alza e ruota la corda attorno al suo polso.

"Cosa stai facendo?" Non mi sta tenendo giù, ma sono troppo curiosa per correre via.

"Ti lego a me." Fa per prendermi e sgattaiolo via. Riesco ad arrivare alla porta prima che mi afferri. È veloce come un vampiro. Ovvio che può prendermi. Tenendomi un braccio stretto attorno alla mia vita, mi riporta indietro e mi fa sdraiare prona sul suo grembo.

"Che stai facendo?" dico con voce gracchiante.

"Punizione, volpacchiotta."

"No," grido, ma mi ha già sculacciata. Non troppo forte, neanche si è avvicinato all'idea di forte. Se stessimo giocando, gli direi che potrei sopportare molto di più. Il suo palmo non sta facendo altro che eccitarmi.

Orso cattivo!

Mi schiaffeggia il sedere e io scalcio, ululando.

"Pensavo fossi una sottomessa," dice ridacchiando. Mi

sfiora il sesso con le dita e grido più forte. "Non importa. Sei gocciolante."

Mi ritira su. Prima che possa protestare, ha legato insieme i nostri polsi. Non so come faccia a stringere un nodo usando una mano sola, ma quando ha finito, tiro e tiro e non succede niente. Lui tira indietro il braccio, sorridendomi in faccia.

"Adesso sei incastrata."

"Come farai a lottare contro un vampiro, stando legato a me?"

"Non serve che lotti contro un vampiro. Augustine non ci troverà stanotte. Da come vedo la cosa, posso semplicemente tenerti legata a me in modo da poter riposare un po'. Se continui a ribellarti, volpacchiotta, posso scoparti, per farti accettare le mie condizioni."

Inspiro di scatto. *Come se fosse un deterrente.* Vorrei dirlo. Ma devo essere forte. "Pensi che funzionerà?"

"Sì." Mi mette una mano in mezzo alle gambe. "Penso di sì."

Molto, molto irritante… ma non si sbaglia. Le sue dita mi massaggiano e io resto immobile. Non voglio che si fermi.

Ma si ferma, e io sospiro, cercando di ricordare di cosa stavamo discutendo.

Alza le nostre due braccia legate.

"Puoi masticare la corda. Ma potresti farmi male. E se te ne vai stanotte, Jordy, e scappi da me, mi ferirai."

Mi si mozza il fiato in gola, mentre il dolore mi trafigge il cuore. Non posso per niente scappare da lui adesso.

Resto sveglia a lungo, dopo che lui spegne le luci, la mente un vortice di idee, anche mentre mi tiene stretta, al sicuro e al caldo. Mi chiedo se sappia la verità a cui sono giunta anche io: la fune attorno al mio polso è il legame minore tra noi due.

CAPITOLO DODICI

Grizz

L'ODORE di pancetta sfrigolante mi arriva al naso e mi sveglio di scatto. All'istante allungo il braccio per cercare qualcosa, toccando il posto accanto a me nel letto. Jordy. Il lenzuolo è ancora caldo, ma la mia mano non trova nulla. Qualcosa mi colpisce in volto e agito le braccia fino a che non mi rendo conto di cos'è. La fune. Quella che avevo legato attorno ai nostri polsi. Cazzo.

Sono in piedi e già a metà corridoio, prima di collegare l'odore di pancetta all'assenza di Jordy. Arrivo in cucina e freno. È in piedi davanti al fornello, vestita con nient'altro che una delle mie magliette, e sta friggendo la pancetta. Si è liberata, ma è rimasta con me.

"Ehi." Ruota la testa verso di me e ogni goccia di sangue che possiedo defluisce verso l'uccello. Mi appoggio a una credenza, stringendo i denti in risposta alle richieste della mia erezione mattutina.

"Hai dormito bene?" Copre la padella e si volta

171

completamente verso di me. Gli occhi si spostano sulla mia verga eretta. "È per me quello?" Assume una leggera e dolce tinta di colore, mi si avvicina e si inginocchia ai miei piedi. Tira indietro la testa e il suo sorriso mi fa quasi cadere in ginocchio a mia volta. "Lascia che mi occupi di te."

Oh cavolo, sì.

Afferra la base del mio uccello per tirarlo meglio verso di sé e fa roteare la lingua attorno alla cappella.

Un brivido di piacere mi pervade, arrivando a colpirmi la base della spina dorsale. "Cazzo, volpacchiotta." Intreccio le dita tra i suoi capelli e stringo il pugno. Solleva gli occhi sui miei, mentre me lo prende tutto in bocca, facendolo affondare fino alla gola. Devo sforzarmi di non pensare al cazzone che le ha insegnato a fare così. Dovrei essergli riconoscente, perché è il migliore pompino della mia vita. Niente è paragonabile alla sensazione che lei mi dona mentre me lo mangia.

Uso il pugno tra i suoi capelli per indirizzare il movimento, tirandola indietro e spingendola avanti sul mio uccello. Le cosce iniziano a tremare, le palle si stringono. Tra le sue mani, le labbra e un fantastico uso della lingua, le vengo in bocca prima che la pancetta sia pronta.

Anche la colazione è buona.

"Cavolo, volpacchiotta, sai anche cucinare."

Sorride guardando il suo piatto. "Sono contenta che ti piaccia."

"Sì, cazzo," dico imprecando con veemenza e facendola ridere. "Nessuno cucinava più per me da quando…" Esito, e i suoi occhi si alzano sul mio volto. "Da quando lo faceva mia madre," le dico onestamente. "Non avevo neanche più mangiato insieme a qualcuno."

"Mi spiace." Allunga un braccio e mi stringe la mano. La afferro e la giro con il palmo all'insù, coccolandola tra le mie dita rovinate dai combattimenti. È come tenere in mano un uccellino. Piccolo, morbido, fragile. Senza macchia.

"Neanch'io."

Dopo un momento, scivola sul mio grembo. Il cazzo sta già rispondendo, ma aspetto per vedere cosa farà. Tenendomi il viso tra le mani, posa la fronte alla mia. Strofina il volto contro il mio e, cazzo, mi sembra un'assoluzione. La pressione che mi schiaccia il petto si allenta un poco.

Cavolo, se mi ammorbidisce.

"Hai mangiato abbastanza?" chiedo bruscamente, e quando annuisce le ordino di alzarsi. "Vai a vestirti. Usciamo."

Non fa domande, obbedisce e basta, e io la guido fuori dalla mia tana e la faccio montare a cavallo della moto.

Ancora niente domande, neanche quando parcheggiamo davanti a una struttura dalla facciata nera e rovinata con un'insegna rossa che dice 'Tatuaggi personalizzati'. Smonta dalla motocicletta e si lascia guidare avanti, mentre le tengo una mano sulla schiena.

"Questo tizio qui lavora sui mutanti. È stato lui a fare questo." Le mostro il braccio con la cicatrice, quello interamente tatuato. "È quello che fa i tatuaggi a tutto il branco dei lupi." Tiro fuori dalla giacca il suo album da disegno. "Abbiamo qualche ora. Ho pensato che potevi disegnare e fartelo fare, se volevi."

All'interno, la presento a Dick, l'artista. Quando si è messa a suo agio, mi scuso e mi allontano. Le ho detto chiaramente che non deve farsi niente, se non vuole, ma se le viene qualche idea, sarò io a pagare. Esco per lasciarle spazio. Un tatuaggio è una cosa personale, e io sono solo uno che ha conosciuto qualche giorno fa. Si terrà addosso questo tatuaggio per sempre.

In piedi sul marciapiede, faccio qualche telefonata. Prima a una delle società che prende in affitto il teatro, per vedere se lì riesco a trovare una pista. La linea suona e suona. Niente. Vedrò se Frangelico può fare delle indagini.

Il telefono vibra per una chiamata in arrivo. Declan non dice neanche ciao, e si lancia nel suo discorso. "C'è un combattimento stasera. Non te lo dimenticare."

"Non me lo sono dimenticato. Tu ci sarai?"

"Non me lo perderei per niente al mondo."

"Ottimo. Ho bisogno che sorvegli ancora la volpacchiotta."

"Non ti preoccupare. Non dà problemi."

Stringo i denti. "A dire il vero, dei problemi potrebbero pure esserci. Augustine sa che sono stato io a prenderla."

La notizia viene accolta da una serie di imprecazioni. "Rubare ai vampiri. Ti farai ammazzare."

"Lo so. Ci sto lavorando."

"Stai lavorando per farti ammazzare?"

"No," ringhio. Sto lavorando per farla liberare. "Voglio sapere chi ha fatto la soffiata che lei sta con me."

"E che ne so. Probabilmente uno dei mutanti contro cui ti sei azzuffato e che voleva renderti pan per focaccia. Hai dei nemici, Grizz. E i vampiri sanno procurarsi le informazioni. Hanno spie dappertutto."

Uff. Vicolo cieco. Declan non sa nulla. "Va bene. Ma mi aiuterai a sorvegliare la volpacchiotta. Non tornerà da Augustine. Questo è definitivo."

Declan sospira. "Altro?"

Gli racconto quello che ho scoperto sulla stazione di servizio e sul teatro. "Ho bisogno di occhi su entrambi i posti. Pago. Pensi di poterlo fare?"

"Sì. Ti costerà."

"Ok. Mi sta bene." Girerò il conto a Frangelico.

Come se potesse sentire i miei pensieri, Declan dice: "È pericoloso lavorare per il re dei vampiri."

"Lo so. Non lo farei se non vi fossi costretto." Devo essere pazzo, a fornire una tale informazione. Stare con Jordy mi ha ammorbidito. Mi ha reso più disposto a mettermi in contatto con gli altri. Se non mi do una controllata, inizierò a regalare braccialetti dell'amicizia e chiederò ai marmittoni di intrecciarmi i capelli.

"Non so cosa porti un mutante a mettersi in società con un vampiro," dice Declan con attenzione, "ma so questo. I vampiri sono pericolosi, e il re è il più pericoloso di tutti. Stai nuotando in acque infestate dagli squali, Grizz."

Sospiro. "Come se non lo sapessi."

"Assicurati di non farti male."

Passo qualche altro minuto a fare telefonate. Sto per rientrare in negozio per vedere cosa vuole Jordy per pranzo, quando la porta si apre e lei viene fuori.

"Pronta da andare?"

"Sì."

"Non hai voluto farti fare niente?"

Con mani esitanti, tira giù la maglietta e mi mostra la fasciatura fatta con garza bianca, fissata sopra al seno sinistro. Si è fatta tatuare qualcosa per coprire l'ammasso di cicatrici sul cuore.

"Molto bene, volpacchiotta." Nascondo la mia delusione per non poter vedere di cosa si tratti. Se vorrà condividere, lo farà. Non sta a me sapere, né chiedere. "Vamos."

～

Jordy

. . .

Io e Grizz passiamo la giornata insieme, facendo tutto quello che ci pare. Dopo una breve sosta per prendere dei tacos, gli dico che adoro la sua moto e lui mi porta a fare un lungo giro per la città. La sua Harley risale pigramente i tornanti della 'A' Mountain – quella con la A gigante bianca, che sta per Università dell'Arizona – e mangiamo sul belvedere. Poi mi porta in un piccolo parco e passeggiamo lungo un sentiero tra i cactus, tenendoci per mano come una coppietta. Ceniamo in una tavola calda, dove Grizz lascia di stucco le cameriere con la quantità di cibo che ingurgita.

"Devo combattere stanotte," mi spiega. "Ho bisogno di mettere dentro il carburante."

"È per questo che oggi ti sei rilassato? Per prepararti al combattimento?"

"No." Appoggia la forchetta e mi posa le mani sulle guance. "Volevo passare del tempo con te."

Non posso fare a meno di guardarlo raggiante. È una cosa stupida e poco elegante. Dovrei fare la difficile. Ma ogni volta che sono con lui, è come se si accendesse una luce dentro di me. Sorrido raggiante e mi sento tutta calda e a mio agio, come se mi fossi mangiata il sole.

"Mi piace vederti felice, volpacchiotta," mi dice.

Sono felice, vorrei dirgli. *Ma solo con te.*

Più ci avviciniamo al calar della sera, e più lui diventa serio. Il sorriso scompare dalle sue labbra, svanendo pian piano, al passo con il calare della luce. Gli ultimi raggi muoiono dietro alle montagne e lui si alza in piedi, gettando una banconota da cento dollari sul tavolo, tra i piatti vuoti.

"È ora di andare."

Mi tengo stretta a lui, mentre ci dirigiamo verso la zona industriale della città. Dietro di noi, due altre moto imboccano la strada e ci affiancano, raggiungendoci quando ci fermiamo a un semaforo rosso. Grizz si irrigidisce tra le mie braccia, ma tiene la testa rivolta avanti. Il semaforo diventa verde e la moto romba, sfrecciando via, ma gli altri due ci seguono, anche loro coi motori rumorosi e rabbiosi. Quando arriviamo alla svolta che porta al Fight Club, altre moto ci hanno raggiunto.

"Chi sono?" chiedo, quando siamo di nuovo fermi a un semaforo.

"Lupi. Il branco di Tucson."

Mi volto a guardare e uno dei motociclisti mi saluta. Un tizio grosso, grande quanto Grizz. Ha le fasi della luna tatuate sulle nocche. Ce le hanno tutti quanti.

Il mio stesso tatuaggio mi prude sotto alla fasciatura. Non ha fatto tanto male. Ho fatto appello al mio addestramento da sottomessa, respirando profondamente e arrendendomi all'ago. La cosa peggiore è stato il bruciore per il sangue di vampiro, usato per mantenere il tatuaggio permanente. Mi chiedo se i lupi sappiano del sangue di vampiro, che è il modo più rapido per lasciare una cicatrice su un mutante. Per impedirne immediatamente la guarigione.

Parcheggiamo e Grizz aspetta che smonti dalla moto. La sua mano mi copre la schiena mentre avanziamo verso la porta del Fight Club. Ci sono dei gruppi di mutanti che aspettano, un sacco di motociclisti e brutte facce. Quasi inciampo quando riconosco alcuni dei felini che hanno attaccato Grizz.

"Va tutto bene," mi sussurra, mettendomi un braccio attorno alle spalle. "Stasera siamo al sicuro. I lupi non permetteranno a nessuno di toccarmi. Almeno fino a quando non sarò salito sul ring."

In effetti i lupi motociclisti ci stanno seguendo. Quando arriviamo alla porta, ci hanno completamente circondati. Faccio un respiro profondo e impongo alla mia volpe di non andare nel panico. Non le piace trovarsi circondata da tutti questi predatori. Se non fossi con Grizz, sarei molto più spaventata.

Una volta dentro, i lupi si dileguano e Grizz mi accompagna al bar. Il locale è molto più carino di quanto mi fossi immaginata. I tavoli e il bancone in legno grezzo, le lampadine senza particolari ornamenti, il pavimento in cemento, addirittura i gruppi di rudi mutanti sono intonati con questo ambiente dal fascino ruvido.

Grizz ordina e il barista ci porge due bicchieri. Facendo tintinnare il suo contro il mio, lo manda giù in un sorso. Io assaggio il mio e lo sputo.

"Scusa, volpacchiotta. Avrei dovuto avvisarti." Grizz mi massaggia la schiena, anche se gli occhi luccicano divertiti.

"Nessun problema" dico tossendo. "Non bevo molto, comunque. Prendilo tu."

Lo manda giù quasi senza pensare, gli occhi che scrutano il locale. "Il combattimento sta per iniziare. Tu starai seduta qui," mi spiega, accompagnandomi in un angolo. "E resta in silenzio. Resta alla larga dai guai."

"E tu?"

"Io sarò nel ring." È decisamente divertito.

Allungo il collo per guardare dietro alle masse di mutanti, verso la gabbia illuminata da un riflettore al centro del magazzino. "Non posso mettermi più vicina?" Non riesco a nascondere la delusione per la lontananza.

"No," dice Grizz con gentilezza, accarezzandomi la schiena. "Mi devo concentrare. E non ci riuscirò se non sono certo che tu sei al sicuro."

"Farò il tifo per te," gli dico, e lui avvicina il viso al mio.

"Sicura, volpacchiotta? Sarai l'unica."

"Sì," dico decisa, e lo tiro verso di me per baciarlo. Si

stacca lui per primo, scrutando ancora il capannone. Con così tante potenziali minacce nei paraggi, non è in grado di rilassarsi. Il locale è pieno di predatori. Dovrei essere agitata, ma non lo sono. Mi crogiolo nella sua protezione fino a che tre volti familiari non appaiono alle sue spalle.

"Ehilà, volpacchiotta. Ti siamo mancati?"

"Un po'." Mi chino in avanti e abbraccio Declan, poi Laurie. Un ringhio ci fa separare di soprassalto. Grizz incombe su di noi, gli occhi luminosi che indicano la presenza del suo orso. Grizzly geloso. Quasi mi viene da ridere.

"Va tutto bene," dico. "Siamo solo amici." Ma con Parker ci scambiamo un amichevole pugno contro pugno, anziché abbracciarci.

"Sei pronto?" chiede Declan.

Grizz scrolla le spalle. "Sono sempre pronto. Hai dettagli sul combattimento?"

"Li ha Parker." Declan indica con un cenno della testa il mutante dai capelli grigi, che annuisce e parte verso il centro del capannone, in direzione della gabbia.

"Brutte notizie," mi dice Grizz, il tono alleggerito da una sfumatura di umorismo. "Per tutta la serata dovrai stare appiccicata a questi tizi."

"Orso delle brutte notizie," gli dico, accigliandomi per scherzo.

"Già." Fa per chinarsi a darmi un altro bacio, ma un'ombra cala su di noi. Grizz si raddrizza, il volto impassibile.

Uno dei grossi lupi che ci ha seguiti si è portato accanto a noi, due del suo branco alle spalle, come rinforzo. "Grizz."

Grizz annuisce, ma non li guarda.

"Quindici minuti."

"Mi devi accompagnare alla gabbia?" Grizz sorride,

ma con un'espressione fredda e dura che non contiene nulla del calore che di solito rivolge a me.

Il lupo scrolla le spalle. "Non vorrei che inciampassi e cadessi per strada."

Mi si rizzano i peli su tutto il corpo quando vedo entrare i giaguari, che si uniscono al resto della folla. Rivolgono i loro occhi gialli e luminosi a Grizz.

"Sono commosso dalla tua preoccupazione." Grizz raddrizza la schiena. "Fai la brava," mi dice, e mi dà un buffetto sotto al mento.

Alcuni dei lupi mi guardano incuriositi.

"Nessuno tocca la mia gente," dice Grizz al grosso lupo, che annuisce. Due dei lupi restano indietro, un po' in disparte rispetto a noi, come delle guardie. Sarei loro grata se non mi bloccassero la visuale.

Fischi e grida risuonano attorno all'ampio spazio. Altri mutanti si riversano dalla porta, affollandosi attorno al bancone e circondando la gabbia.

"Solo qualche minuto ancora," mormora Laurie.

Mi asciugo i palmi delle mani sui jeans.

"Andrà tutto bene," dice Declan. "Grizz è il migliore. Infatti…" Un ringhio si leva accanto alla gabbia e ci giriamo tutti a guardare.

"Ci vedi?" chiede Declan a Laurie, ma il mutante volatile scuote la testa.

Declan salta in piedi sul suo sgabello e impreca: "Oh, merda."

"Cosa c'è?" Mi spingo fin dove posso arrivare, ma la stanza è troppo gremita di enormi mutanti. Le loro teste mi impediscono di vedere la gabbia.

"Un pre-combattimento," mormora. "Vogliono che prima si batta contro qualcun altro."

"Chi?" Allungo il collo, poi mi arrendo e mi metto anch'io in piedi sul mio sgabello. Un brivido mi scorre lungo tutto il corpo, mentre il nuovo lottatore entra nella gabbia. È il gorilla.

"Mi sa che stasera deve fare due combattimenti."

"È permesso?"

"Prima regola del Fight Club dei mutanti," dice Declan con una smorfia, scuotendo la testa.

"Qual è?" Mi chino verso Laurie e sussurro: "Qual è la regola?"

"N-n-non ci sono regole."

~

Grizz

Sono di fronte al primate che ha istigato il combattimento che ha portato al mio blackout.

"Lotti per tuo conto stasera? Non hai un mucchietto di fighette che fanno il lavoro sporco al posto tuo?"

Le labbra del gorilla si aprono, mostrando denti piatti e ingialliti. "Ti farò perdere sangue, Grizzly."

"Va bene. Niente scherzi da scimmia."

Il gorilla mi ringhia addosso, ma la folla ride. Non gli piaccio, ma adorano il mio atteggiamento.

"Vai, Grizz." In mezzo ai fischi, sento una sola voce che mi incita. "Ce la puoi fare."

Jordy. La distinguerei in qualsiasi folla. È quasi come se qui ci fossimo solo io e lei.

Mi levo di dosso il giubbotto di pelle e lo appallottolo per nascondere la fiaschetta. Lo porgo con attenzione a Parker. "Fagli la guardia."

Annuisce. Sa che ho con me una fiaschetta, ma non ha idea di cosa contenga. Nessuno lo sa.

Affronto il gorilla, dando una scrollata alle spalle. Non

ho bisogno del succo per lottare contro questo cervello di banana. Lo posso sconfiggere.

"Pronti?" grida un lupo da bordo campo. Annuisco e lui fischia l'inizio.

Un piede esce da nulla. Quasi non faccio a tempo ad abbassarmi. Il gorilla atterra e ruota su se stesso. Blocco un altro calcio con gli avambracci sollevati, barcollando indietro, sotto al suo enorme peso. La folla grida. Sono contenti che sia stato preso alla sprovvista.

Abbasso le braccia e guardo il gorilla nei suoi occhi folli. Questo stronzo è scalzo, indossa solo un paio di pantaloncini larghi neri. Avrei dovuto beccarlo immediatamente.

Mi do una scrollata e lo faccio ruotare sulle mie spalle. Arti marziali miste? Perché no, cazzo? Avevo proprio voglia di un po' di karate.

Stringo un pugno e lo premo contro l'altro palmo, chinandomi in avanti ma senza abbassare la testa né lo sguardo. Il gorilla digrigna i denti di nuovo e mi rivolge un sorriso-ringhio. Si lancia in un altro salto, venendo verso di me con i piedi in avanti. Lo schivo, gli afferro una caviglia e lo faccio roteare contro la parete della gabbia.

Le grida di esultanza della folla si interrompono come se qualcuno avesse premuto un interruttore.

Lo scimmione si riprende, si dà una scrollata e mi attacca di nuovo. A quattro zampe, come un animale. Mi colpisce allo stomaco e cadiamo tutti e due a terra. Gli do una serie di pugni alla testa, finché non riesce a rotolare via. Mi metto a sedere senza usare le braccia e mi alzo in piedi. Quando mi attacca un'altra volta, mi abbasso e allo stesso tempo gli afferro il braccio, facendolo rotolare sopra la mia schiena e lanciandolo contro la parete della gabbia. Rimbalza indietro e si rimette in piedi, proprio quando io sferro un calcio. Il piede lo colpisce in faccia.

La folla è in piedi, e tutti gridano e fischiano. Sembrano più animali che umani. A me sta bene. Sono il predatore più grosso qui. Il mio orso si mette sull'attenti. Mi metto a quattro zampe, lottando contro l'istinto di tramutarmi. Apro la bocca e ringhio. Alcuni mutanti si coprono le orecchie. Altri abbassano lo sguardo.

Proprio così, teste di cazzo. C'è Grizz qui.

Lo scimmione si mette a sedere. Dietro di lui, fuori dalla gabbia, Parker sta gridando qualcosa. Cosa c'è?

"Dietro di te…"

Il gorilla sorride. Ruoto su me stesso mentre un grosso orso cattivo entra nella gabbia, levandosi il giubbotto di pelle e sorridendo, mostrandomi i canini più grossi che abbia mai visto.

Tutt'attorno alla gabbia, i lupi iniziano a ululare.

CAPITOLO TREDICI

Jordy

"COSA C'È? COSA STA SUCCEDENDO?" Tiro la gamba di Declan. Quando il combattimento è iniziato, è stato così veloce, così meraviglioso e brutale che non sono riuscita a guardare senza le lacrime agli occhi. Sono scesa dallo sgabello per lasciare a Laurie il suo turno. Ma ora, sentendo la folla che grida sangue e vedendo le espressioni truci sui volti dei due marmittoni, so che c'è qualcosa che non va.

"Grizz." Mi volto verso la gabbia. Il mio orso è lì, sta girando lungo il perimetro, ruotando la testa da una parte e dall'altra, spostando lo sguardo da un avversario all'altro.

Due contro uno?

"Cazzo," mormora Declan.

"Grizz," sussurro inorridita. L'ho già visto lottare contro più di un avversario, ma qui la situazione sembra di gran lunga peggiore. I rischi sono maggiori. I mutanti attorno alla gabbia ridono e gridano.

Mi devo avvicinare di più.

Mettendomi le mani ai lati della bocca, grido la cosa a Declan e i suoi occhi si sgranano. "Volpacchiotta, no…"

Sto già correndo verso la gabbia, facendomi strada tra i gruppi che aspettano al bancone. I mutanti non si fanno da parte per farmi passare, e per una volta sono contenta di essere piccina. Mi spingo in mezzo alla folla, strizzandomi tra i corpi e scivolando via prima che qualcuno possa afferrarmi.

Arrivo vicino a una delle tribune. Se ho fortuna, nessuno mi noterà.

Grizz fa un cenno di saluto al secondo lottatore e ordina un time-out.

Con calma, il mio grosso orso va a lato della gabbia e intreccia le dita sulla maglia della rete.

"Parker," ringhia. "Il succo."

Parker rovista nel giubbotto di pelle e ne tira fuori una fiaschetta. La solleva verso la gabbia e ne spinge il collo attraverso la rete. Grizz ne prende una sorsata, premendo il viso contro la parete della gabbia. La sua gola lavora per un secondo buono, poi si stacca e fa cenno a Parker di rimetterla via. Una goccia rossa gli cola dalle labbra, prima che si passi una mano velocemente sopra alla bocca e si volti per affrontare i suoi due avversari.

"Facciamo questa cosa," dice, a tutti e a nessuno.

"Secondo round," grida il grosso lupo, e soffia nel fischietto. "Combattete!"

~

GRIZZ

. . .

Cammino lungo il perimetro della grande gabbia, mantenendo entrambi i miei avversari nel raggio della mia vista periferica. Devo fare in modo di non voltare mai le spalle a nessuno dei due.

Due contro uno? Non ho grosse probabilità, ma ho affrontato di peggio.

Il sangue di vampiro mi sfrigola nelle vene. Frangelico non ha fatto economia su questa dose. Questo è sangue di cuore: il più potente. I postumi saranno roba tosta, ma adesso mi darà abbastanza energia per durare qualche ora.

È ora di dare inizio al combattimento.

Mi muovo per primo, placcando il gorilla. Lui salta sulla parete della gabbia, praticamente levitando. Io lo tiro giù e gli faccio assaggiare un mio pugno.

Dietro di me il grosso orso cammina avanti e indietro. Bene, non è abbastanza feroce da combattere in modo così disequilibrato. Aspetta il suo turno, il che mi concede tempo per dare a questo scimmione una bella lezione.

Il gorilla combatte con calci e pugni, che io blocco con facilità. Gli colpisco la coscia con uno dei miei calci. Vicino all'inguine. Sì, è un brutto colpo, ma io non sono un lottatore corretto.

"Ti nascondi ancora dietro a dei lottatori migliori, vedo," lo canzono. Un grido di rabbia e il gorilla si lancia in aria verso di me. Lo schivo e lascio che si schianti a terra, arrivando subito con un calcio alla testa.

"K.o.," grida Parker. La folla dimentica l'astio che prova per me, e canta il mio nome, mentre io rizzo la schiena soddisfatto.

Uno a terra. L'altro ancora da sistemare.

"Sentiti libero di ritirarti," dico all'orso.

"Non mi fai paura, cazzo," ringhia in risposta Caleb. Si lecca il sangue del gorilla dal braccio, la lingua che gli scorre sulle labbra, come se gli piacesse il sapore. Cazzo, questo è davvero fuori di testa.

Aspettiamo che i lupi entrino nella gabbia e portino fuori il gorilla trascinandolo per i piedi. Il primo lottatore lascia una lunga scia di sangue sul pavimento.

~

Jordy

I DUE LOTTATORI rimasti si affrontano camminando in cerchio, uno davanti all'altro, fissandosi. Grizz ha la schiena eretta, mentre l'avversario resta ingobbito, quasi piegato in avanti, a quattro zampe. L'enorme lottatore sembra più animale che umano. Grizz saltella sul posto, ruotando le spalle e sciogliendo il collo. Alla fine smette di fingere di fare riscaldamento. Si picchia il petto e allarga le braccia. "Partiamo? O restiamo a ballare tutta la serata?"

Il lottatore avversario arretra appoggiandosi al bordo della gabbia. Spinge indietro sempre di più, tendendo la rete. Il metallo cigola e i pali iniziano a piegarsi. La folla fa silenzio.

"Se rompi la gabbia, la paghi," lo avvisa Grizz. Qualche spettatore inizia a gridare. Il lottatore alza la testa e ringhia. Un brivido mi percorre la schiena e tutti i mutanti restano immobili.

Si sente risuonare una risata. Grizz allarga le braccia e digrigna i denti in un sorriso selvaggio. "Fatti sotto."

L'orso scatta in avanti e si lancia contro Grizz, pratica-mente a quattro zampe. All'ultimo istante Grizz si sposta di lato, ruota e salta sopra alla schiena della creatura. Le sue braccia tatuate si stringono attorno al collo dell'orso.

"Sì, sì, sì," grida qualcuno. Declan. È più vicino al mio

nascondiglio, probabilmente mi sta cercando. Ma in questo momento è in pausa, ipnotizzato dal combattimento.

Il lottatore barcolla sotto al peso di Grizz. Tira indietro la testa e per un momento sembra che il combattimento sia finito.

Poi la pelle del lottatore si increspa.

"Bene così!" esclama qualcuno, ridendo. Uno dei lupi del branco, che sta guardando con un'espressione malvagia in volto. "Prova a batterlo adesso, traditore."

"Cosa sta succedendo?" sussurro.

"No," grida Declan inorridito.

"Sì," lo correggono i lupi. "Si sta tramutando."

"Va contro le regole!" Parker sta battendo contro la gabbia.

"Qui non siamo a San Diego. Nessuna regola."

Ricordo che Grizz mi ha raccontato che i mutanti devono mantenere la forma umana durante i combattimenti, pena la squalifica. A quanto pare qui non è il caso.

"Regola numero uno del Fight Club dei mutanti?" grida un lupo, e il branco ringhia in risposta: "Non ci sono regole!"

"Oh no," sussulto. Nella gabbia, Grizz lotta per tenersi aggrappato al collo dell'orso.

"Puoi farcela," grido, la mia voce sottile nel denso silenzio. Metto le mani ai lati della bocca. "Grizz! È tutto tuo!"

Un secondo mi sto avvicinando pian piano alla gabbia, un attimo dopo un braccio mi viene quasi strappato dal corpo. Mi giro di colpo e mi trovo a fissare gli occhi di un vampiro.

"Beccata," sibila attraverso le zanne. *Benedict.*

"No," annaspo, il rumore della folla che inghiotte il mio piccolo verso.

Augustine non vede l'ora di metterti le mani addosso," dice Benedict con un ghigno.

Ricordo troppo tardi che non dovrei guardarlo negli occhi, e tutto diventa nero.

～

Grizz

Fottuto orso nero, malato di mente. Allento la stretta mentre la pelliccia affiora sotto alle mie braccia. L'orso è in piedi sulle zampe posteriori ora, e si dimena anche mentre le sue ossa schioccano e si allungano. Affondando i denti nel pelo imbrattato, serro la presa. Triplicherà anche di dimensioni, ma non intendo dargli vita facile. Dopo un secondo, smetto di morderlo e sputo pelo nero. Santo cielo, quand'è stata l'ultima volta che quest'idiota si è fatto un bagno?

La trasformazione si completa, l'orso gigante nero atterra a quattro zampe e fa vibrare il pavimento. Devo assomigliare a una formica, appeso così alla sua schiena. Aspetto il momento giusto e salto via, portandomi in un angolo lontano. Devo uscire di qui. Devo andare da Jordy. E lì il succo fa effetto, e tutto si offusca. Quanto sento la folla sussultare, capisco di essermi spostato più velocemente di quanto chiunque penserebbe mai possibile. I lupi ululano, e il rumore tentenna mentre salto attorno alla gabbia.

"Traditore! Animaletto dei vampiri!" I lupi iniziano a fischiare, e il resto della folla segue il loro esempio.

Corro addosso al mio avversario, mi sposto leggero evitando le sue zanne gigantesche, e gli assesto due colpi al corpo, spingendolo indietro. Appena avrò finito questo combattimento, sfiderò qualche lupo. Gli insegnerò io a chiamarmi animaletto dei vampiri.

C'è qualcosa che mi stuzzica al limitare della mente. Mi prendo un istante per scandagliare la folla. Dove cazzo è Jordy? Lì, vicino alle tribune. O almeno prima era lì.

Un lampo di rosso e mi si gela il sangue. È lì, accasciata sulla spalla di qualcuno. Colgo il volto pallido del vampiro prima che esca come un razzo dalla porta.

Cazzo, Jordy, no!

Il mio orso è proprio qui, pronto a saltare fuori. Lo spingo indietro. Se mi tramuto adesso, non avrò l'istinto della caccia.

Corro verso la porta della gabbia, ma è chiusa a chiave. Afferro i pali e tiro. Dei denti mi si piantano dietro al collo e ringhio, ma non mi giro. Me lo strappo di dosso, facendo spruzzare il sangue, e corro a velocità inumana dall'altra parte della gabbia, dove mi arrampico sulla rete, la scavalco e atterro dall'altra parte.

Devo prendere Jordy! Mi devo muovere!

I mutanti si levano dai piedi. Quelli che non lo fanno, li spintono via io.

"Grizz," mi chiama qualcuno disperatamente. Declan.

"Seguimi," gli ordino, e lui, Laurie e Parker mi corrono dietro. Sono quasi fuori. Quasi libero.

Un lupo mi si para davanti prima che possa arrivare alla porta.

"Se te ne vai, ti arrendi," grida Trey. Continuo ad avanzare, e lui si sposta. Con un ruggito che fa vibrare il capannone, colpisco la porta e la faccio volare. La cornice scricchiola e io ci passo attraverso, lasciando la folla a fissare un buco a forma di Grizz.

Fanculo tutto. Devo andare da Jordy.

La ghiaia vola da sotto i miei piedi mentre corro nella direzione in cui il vampiro l'ha portata.

191

Quel testa di cazzo non è andato tanto lontano, neanche con la sua velocità. Lo posso rintracciare. Accelero e lo raggiungo proprio mentre Benny arriva al torrente.

Lo scheletrico vampiro si gira, sgranando gli occhi. Perde la sua untuosa tranquillità e inciampa mentre mi guarda avanzare a velocità disumana verso di lui.

Vedo tutto a rallentatore: il volto pallido, la forma floscia di Jordy, le labbra di Benny che si muovono. "Impossibile…" dice. Gli sono quasi addosso, quando mette giù Jordy.

Ringhio, e lui scompare. Cazzo, lo devo prendere.

Dei passi rapidi e forsennati mi fanno girare. Parker e Declan che corrono verso di me. Rallentano, annaspando e stringendosi le mani sul petto.

"Succo," ordino prima che possano parlare.

Parker infila la mano nella sua giacca e mi porge la fiaschetta. La svuoto. Poi ne sentirò gli effetti collaterali, ma ora ho bisogno di tutte le mie forze per arrivare a prendere Benny. Ha preso la mia ragazza. Lavora per Augustine. Non me ne frega niente di chi sta dietro alla cerchia di schiavisti dei mutanti: hanno tentato di rapire Jordy, quindi li ammazzerò tutti. Questa storia finisce ora.

Jordy giace accasciata ai miei piedi. La tiro su e le controllo il polso. È forte e regolare, ma le palpebre sfarfallano e non si sveglia. È totalmente in preda al buio. Fottuti vampiri. La afferro e la lancio a Declan e Parker. "Portatela via di qua."

"Dove?" chiede Declan, mentre lui e Parker già la stanno riaccompagnando in direzione del locale.

"In un posto sicuro." Do loro il mio indirizzo.

"Aspetta," grida Parker mentre mi preparo a partire. "Tu dove vai?"

Ringhio la mia risposta alla luna, prima di scattare alle calcagna di Benny. "A caccia di un vampiro."

Raggiungo Benny a Marana, una zona morta vicino al centro tatuaggi dove ho portato Jordy oggi. Lo stronzo sta probabilmente tornando al teatro. Mi fermo il tempo che basta per strappare una Parkinsonia Florida, levigando una sezione del tronco per trasformarlo in un bel paletto.

Ho in corpo tanto succo da poter abbattere un intero branco di vampiri, ma non tutti. L'oscurità è in agguato al limitare della mia visuale, e minaccia di farmi perdere conoscenza. Non posso soccombere, non ancora. Devo acciuffare Benny, assicurarmi che Jordy sia al sicuro. Poi potrò tornare da lei.

Benny si ferma in un vicolo. Siamo da qualche parte nei pressi del teatro, ma non sono sicuro di quanto vicino sia. Si appoggia a un muro. Ai suoi piedi ci sono dei gradini che conducono da qualche parte, probabilmente alla porta di un seminterrato. Logico: è lì che si riuniscono i vampiri. Benny mi ha condotto dritto al loro covo segreto.

Si è fermato lì e sta aspettando. Avanzo nell'ombra, mentre lui si accende una sigaretta. Non la fuma, ma la tiene tra dita tremanti. I vampiri amano il fuoco. È un po' come giocare con ciò che potrebbe causare la loro tragica fine.

Benny non otterrà una morte così rapida. Non quando gli pianterò il paletto a metà, lo legherò e lo trascinerò da Frangelico. Lo interrogheremo, e il re gli tirerà fuori le risposte. Arriveremo in fondo a tutta questa storia. Jordy sarà salva e io potrò tornare alla mia missione finale.

Il pensiero di tornare alla mia ricerca di vendetta non mi fa sentire bene come dovrebbe, però. Vorrei che ci fosse un modo per poter tenere Jordy con me, mentre continuo la mia caccia. All'inizio era solo una distrazione, ma averla al mio fianco oscura tutto il resto. Ho bisogno di lei nella mia vita. Ho bisogno di una persona piccolina, per mantenere l'equilibrio giusto.

Le ombre ondeggiano attorno alle mani di Benny. Tiene ferma la sigaretta. Sembra essersi calmato. È il momento di fare la mia mossa.

Di nuovo, mi muovo così velocemente che Benny non ha tempo di reagire. Lo mando a sbattere contro l'edificio. Che soddisfazione. Lo faccio di nuovo.

"Beccato," dico.

La sigaretta cade a terra. "È…"

"Impossibile? No." Poso la parte affilata del mio paletto sul suo cuore. "È ora di dire buonanotte, Benny."

Privi di conoscenza, i vampiri pesano più di quanto si penserebbe. Anche i tizi scheletrici come Benny sono come delle lastre di cemento, cazzo. Quando torno al Fight Club, ormai è quasi l'alba. Se Augustine pensava di poter piantare le sue zanne nel corpo di Jordy stanotte, non ha avuto fortuna. Devo solo mettere da parte questo corpo, prima che la luce salga dalle montagne.

Un contingente di lupi si è raccolto attorno ai cassonetti sul retro. Alcuni ringhiano quando mi vedono, ma arretrano quando trascino Benny fino al lato dell'edificio.

Trey esce dalla porta, gli occhi che lampeggiano. "Ma che…"

"Ho bisogno di un favore," dico. "Devo mettere da parte questo tizio per interrogarlo più tardi." Do un calcio a Benny. Potrebbe essere benissimo una sacca di sangue, per la facilità con cui l'ho battuto.

I lupi si fanno indietro e mi guardano nervosi. Li guardo sorridendo. *Non avevate mai visto un mutante battere un vampiro, vero, belli?*

Trey non batte nemmeno le palpebre. Potremo avere le nostre differenze, ma è un tipo tutto d'un pezzo.

"Qui," dice Trey, e apre il coperchio del cassonetto. Se ben chiuso, la luce non ci entrerà e non friggerà l'idiota prima dell'interrogatorio.

"Perfetto."

Dopo aver abbaiato ordini al suo branco perché facciano sgomberare il club, Trey mi aiuta a caricare il vampiro nella sua bara puzzolente.

"Grazie." Mi spolvero le mani. "Sono in debito con te," gli dico.

Scrolla le spalle. "Abbiamo vinto un sacco di soldi, scommettendo contro di te nel combattimento. Porterai il vampiro a Frangelico?"

"Sì. L'ho beccato a curiosare attorno a un posto frequentato dagli schiavisti di mutanti. Intendo devastare quella cerchia."

"Bene." Gli occhi di Trey si accendono. "Allora siamo pari."

Mi giro, faccio due passi e inciampo. Le mie mani colpiscono la ghiaia.

"Ehi, piano." Trey è al mio fianco. Mi aiuta ad alzarmi in piedi. "Che cazzo c'è, amico? Sei ubriaco?"

"No," dico con voce biascicante.

Trey socchiude gli occhi. "Hai preso qualcosa."

La lingua mi riempie la bocca. "Devo andare," bofonchio.

"Spiacente, amico. Non vai da nessuna parte in queste condizioni." Si mette il mio braccio attorno alle spalle e apre la porta del Fight Club con un calcio. Il retro del locale è vuoto, quindi nessuno vede la mia penosa sfilata. Il mio orso si fa piccolo all'idea di mostrare tale debolezza. Poi so solo che mi trovo in un fresco e buio stanzino – l'ufficio – e che Trey è chino su di me. "Tieni." Mi offre dell'acqua. "Rilassati."

"Devo andare. Devo andare da Jordy…" Almeno è quello che tento di dire. La mia voce è troppo confusa per uscire in chiare parole. Gli afferro le spalle e lui posa la mano tatuata sopra alla mia, ricoperta di cicatrici.

"Nessuno verrà qui," mi assicura, fraintendendo la mia preoccupazione. "Non serve che nessuno sappia. Non prendo a calci un orso, quando è a terra."

"Jordy…" riprovo a dire, ma Trey non capisce. La mia stretta sulla sua spalla si allenta e cado indietro, scivolando nell'oscurità.

~

Grizz

Jordy! Devo andare da Jordy. La mia femmina sarà terrorizzata. Inspiro con fatica e cerco di orientarmi. Il ricordo di Trey che mi accompagna dentro al Fight Club mi torna alla mente mentre mi alzo.

Fedele alla sua parola, Trey ha chiuso tutto a chiave. Sgattaiolo fuori, fermandomi solo sulla soglia, quando una luce mi colpisce in viso.

Che cazzo…

È pieno giorno. A giudicare dal sole, dev'essere passato da un po' mezzogiorno. Significa che sono rimasto privo di conoscenza per dodici ore. E mi sento ancora come se fossi stato travolto da un autoarticolato.

Devo andare da Jordy e assicurarmi che stia bene. Prego che i tre marmittoni l'abbiano portata sana e salva a casa mia.

Cazzo, prego che sia riuscita a risvegliarsi da quel sonno indotto dai vampiri in cui Benny l'ha fatta cadere.

Incito i miei arti affaticati e mi trascino fino alla mia moto. Mi ci vuole qualche tentativo, ma quando sono in sella e in equilibrio, il mio corpo si ricorda come funziona e infrango ogni limite di velocità, sfrecciando verso casa.

CAPITOLO QUATTORDICI

Grizz

Nell'istante in cui entro in casa mia, l'orso si calma.

Jordy sta aspettando al tavolo, vestita da giorno con una gonna e una camicetta che abbraccia la curva dei suoi seni. Si alza in piedi, il volto composto.

"Volpacchiotta."

"Grizz." Sta in piedi accanto alla sedia e mi guarda. "Stai bene?"

"Adesso sì." Allargo le braccia. Diverse emozioni si susseguono sul suo volto – preoccupazione, sollievo, piacere – e infine smette di pensare e corre da me. Appena il suo peso colpisce il mio corpo, il suo odore mi entra impetuoso nelle narici e mi sento a casa.

La sollevo tra le braccia, stringendola a me.

Non stavo correndo a casa perché Jordy poteva essere preoccupata. Stavo correndo a casa perché avevo bisogno di vederla. E avevo bisogno di sapere che stava bene.

Ho bisogno di lei.

Questa consapevolezza non scuote il mio mondo. Lo fa girare nel verso giusto, mantenendolo perfettamente sul suo asse, al suo posto.

"Ero davvero preoccupata," sussurra.

"Va tutto bene, piccola. Sono qui. Adesso sono qui."

Restiamo abbracciati a lungo, e anche se ce l'ho duro come la roccia non riesco a metterla giù per baciarla. Deve sapere quanto abbia bisogno di lei, e finché non lo saprà non potrò lasciarla andare.

Finalmente, alza la testa. Il suo dolce sorriso è più potente di un pugno. "Ho cucinato per te."

Lascio che si liberi dalle mie braccia, stringendo i denti per la nuova ondata di eccitazione che mi pervade. Mi prende per mano e mi tira fino alla sedia. La cucina sa di fresco e di limone, e il ripiano brilla quasi. Mi ha aspettato. Ha cucinato. Ha pulito.

"Jordy." La ritiro a me e mi impossesso della sua bocca. Me la mangio, tutta la sua dolcezza che mi si scioglie sulla lingua come zucchero, ma quando le afferro i fianchi e la premo contro la mia erezione, ride e mi rimprovera bonariamente. "Non adesso."

"Sì, adesso," ringhio.

"No." Scivola via. Dannata volpe che si divincola ovunque. La inseguo e lei corre attorno al tavolo. Se non fosse pieno di cibo preparato da lei, lo ribalterei per poi trascinarla a terra e farla mia. È mia. Non c'è motivo di aspettare oltre.

"Hai bisogno di mangiare."

"Certo che mangio. Te."

Sorridendo e arrossendo, scuote un dito. "No. Hai bisogno di cibo vero. Sei rimasto privo di conoscenza a lungo. So quanto ti è costato."

Inizio a ringhiare e lei si posa le mani sui fianchi. "Un piatto. Almeno quello."

"Ti voglio adesso."

"Mi avrai," dice con tono calmante. "Ma prima devo sapere che stai bene." Mi scosta la sedia. "Siediti."

Nascondo un sorriso. "Dai ordini, adesso?"

"Sì." Arrossisce mentre lo dice, e abbassa la testa. Bene. Cavolo, non posso certo dirle di no.

"Va bene, volpacchiotta. Un piatto."

"E poi parliamo," annuncia, e inizia a scoprire i piatti.

"Ha un suono minaccioso," mormoro, ma non insisto. Ora che ha scoperchiato la pentola, ho voglia di cibo.

"Sembra buono, piccola."

"È *cochinita pibil*," dice. "Maiale cotto a fuoco lento. Una mia ricetta."

Le afferro il sedere mentre serve nei piatti. Ride e si allontana leggiadra quando la mia mano scivola tra le sue gambe. Non dice niente riguardo al fatto che l'ho palpeggiata. Aspetto che si sia allontanata, sedendosi di fronte a me dall'altro lato del tavolo, per prendere la forchetta in mano. Un boccone, e poi mi lancio a divorare il pasto.

"Dannazione, volpacchiotta, è buonissimo."

Non dice niente, ma è raggiante.

"Tu mangi?"

"Ho già mangiato." Posa i gomiti sul tavolo, appoggiando il viso sulle mani incrociate. È quasi come se stesse pregando, ma i suoi occhi sono fissi su di me. Le sue mani nascondono la sua espressione.

Appena il piatto è pulito, allungo le braccia verso di lei. Potrei mangiare altro, ma prima ho bisogno di un assaggio di lei. "Vieni qui."

Obbedisce e non protesta quando la faccio sedere sul mio grembo.

"Grizz…" inizia a dire, e io la bacio, bevendo ancora la sua dolcezza. Le mie dita si stringono tra i suoi capelli, piegandole la testa indietro nel modo che voglio. Per un lungo momento me lo permette, ma poi scatta indietro.

"Grizz, dobbiamo parlare."

Le mordicchio ancora un po' le labbra. "Più tardi," mormoro.

Ancora qualche bacio e scuote la testa, strofinando la faccia contro la mia barba rada. "Adesso."

Mi appoggio allo schienale della sedia, sospirando. Ha il volto così serio, che trasforma in cemento il cibo che ho nello stomaco.

Mi accarezza i capelli come a volermi calmare. Graziose volpina. "Sei rimasto privo di conoscenza per tanto tempo."

Quasi chiudo gli occhi per la preoccupazione di cui è pregno il suo tono di voce. "È per questo che hai cucinato per me, volpacchiotta? Per farmi ammorbidire in modo da potermi fare il terzo grado?"

Si limita a guardarmi.

Sospiro. "Senti, io…"

"Non sei tornato perché non potevi. Sei svenuto di nuovo, come dopo l'ultimo combattimento. Giusto?"

Cazzo. Non voglio mentirle. Annuisco.

Sbatte le palpebre e dice tra sé e sé: "Ha a che fare con il modo che ti permette di muoverti così velocemente."

I campanelli d'allarme iniziano a suonare nella mia mente. "Volpacchiotta, non posso dirti niente. Non è sicuro."

"È la fiaschetta, vero? Contiene qualcosa che ti aiuta a combattere più velocemente."

Soppeso la verità contro il suo costo. "Sì."

"Che cos'è?"

"Questo non te lo posso dire." Frangelico non vorrà che niente di tutto questo trapeli. Se le racconto il segreto definitivo, la sua vita sarà in pericolo.

Il silenzio si dipana tra noi creando una sorta di voragine.

Lei china la testa e mormora qualcosa.

"Come hai detto?" Le sollevo il mento.

Mi guarda negli occhi senza tentennare. "Ho detto: ti ammazzerà."

Apro la bocca, ma la mia protesta muore davanti al suo sguardo diretto. Non posso guardarla − la donna che amo − e mentirle.

E io la amo, Jordy. Non so quando tutto sia iniziato, ma so che non smetterò mai di amarla.

Quindi, quando mi prende la mano e mi porta in bagno, la seguo. Il grosso orso cattivo si fa mite e dolce accanto a lei. Mi sfila la maglietta e reprimo un ringhio. Cielo, fa male.

"Non stai guarendo," dice, tirando giù lo specchio e piegandolo in modo da mostrarmi l'orrendo morso sulla mia spalla, dove l'orso lottatore mi ha ferito. "Ti sta rallentando. E i black out… stanno peggiorando. L'ultimo è durato… ore. Questo quasi quindici."

"Senti, mi spiace averti lasciata…"

Sbatte una mano contro il ripiano. "Non voglio le tue scuse. Non me le devi. Ma qualsiasi cosa tu stia facendo, ti stai facendo del male. Devi fermarti."

"Non posso."

"Perché no?" sussurra.

Affondo le dita tra i suoi capelli. Come sono arrivato a questo punto? Al punto in cui un'adorabile donna mi guarda negli occhi come se avessi rubato la luna?

"Non posso, Jordy. Non lo faccio perché ne ho voglia. Lo faccio per la vendetta."

"La vendetta per tua madre?"

Annuisco, incapace di parlare.

"La vendetta è una trappola mortale. Ti sta facendo male. Potrebbe ucciderti."

Mi lecco le labbra e le dico la verità. "Se serve a far fuori l'assassino di mia madre, non mi importa."

"Grizz." Ha un aspetto tristissimo. "A me importa."

Sobbalzo come se avessi ricevuto una scossa. Ma non ha finito.

"Non voglio che tu muoia," sussurra, e sobbalzo ancora, come se mi avesse gridato. Quand'è stata l'ultima volta che a qualcuno è fregato che fossi vivo o morto?

"Volpacchiotta..." È l'unica cosa che riesco a dire. Accarezzo le ciocche di capelli rossi tra l'indice e il pollice. I capelli più sottili si impigliano sulla mia pelle callosa.

Mi tira a sé e posa la sua fronte sulla mia. "Vorrei poterti dare quello che desideri. Vorrei poterti dare la tua vendetta." Fa scivolare il volto accanto al mio, finché non siamo guancia a guancia. "Quanto ti ci vuole per ottenerla?"

"Non lo so."

"Presto?"

"Non lo so," ripeto. "Non ha mai avuto importanza prima. Avrò la mia vendetta, anche se mi ci vorrà il resto della mia vita."

"E poi cosa succederà?" mi chiede sottovoce. "Dopo che avrai avuto la tua vendetta?"

Cerco di rispondere, cerco di pensare, e non mi viene in mente niente. "Penso di non avere mai pensato oltre. Penso di avere dato per scontato che sarei..." Mi interrompo prima di dire 'morto', sapendo che la parola la ferirebbe.

Alza la testa e mi scruta. "Non c'è altro che vuoi? Qualcosa che ti darebbe una ragione di vita?"

"Non c'era." Il cuore mi si stringe, quasi non riesco a tirare fuori le parole. "Fino a pochi giorni fa, non c'era."

Le poso le mani sulle guance, il pollice che giocherella sopra alla sua pelle morbida e coperta di lentiggini. "E poi ho incontrato te."

Mi scruta il volto, annuendo. Poi si scosta da me, prendendomi per mano e portandomi fuori dal bagno. "Devo farti vedere una cosa."

~

Jordy

I FRESCHI recessi della camera da letto ci inghiottono e mi sforzo di respirare a fondo per calmarmi. Per tutta la notte e la mattina ho aspettato Grizz, facendo finta di appartenere a questa casa.

Ho deciso: non appartengo più a Augustine. Appartengo a Grizz. Posso solo sperare che lui mi voglia.

È ora che gli dimostri i miei veri sentimenti. Ora o mai più.

Lo guido fino al letto. È divertente vedere come i nostri ruoli si siano invertiti: io sto conducendo e lui mi segue. Dopo la giornata di oggi, può darsi che non sarò mai più così audace. Ora sto tremando, rivolta verso Grizz, lisciandomi con le mani la camicia che indosso. Dopo questo, potrebbe decidere di non volermi. Potrebbe baciarmi la fronte, chiamare Declan e Parker e mandarmi via per sempre. Non so cosa voglia. A ogni modo, ora verrà a conoscenza della mia scelta.

"Voglio mostrarti una cosa," ripeto.

Allunga le braccia verso di me e faccio un passo indietro.

"Volpacchiotta, mi stai spaventando."

"Non avere paura," dico a lui, come anche a me

stessa. Le mie dita si affaccendano con i bottoni della camicetta. "Non so se è troppo presto, ma voglio che tu veda."

"Jordy, cosa..." Allargo la camicia e i suoi occhi cadono sulla pelle in rilevo. Sussultando quando mi strappo il cerotto, tolgo la fasciatura dal tatuaggio.

Grizz sgrana gli occhi e io lascio cadere la mano. Mi raddrizzo, lasciando che veda cosa mi sono fatta disegnare dall'artista, cos'ho deciso di tatuare sul mio corpo. Sopra al mio cuore, per coprire la brutta cicatrice.

"Volpacchiotta." Grizz deglutisce, senza distogliere gli occhi dal mio tatuaggio. La carne attorno all'inchiostro è arrossata. Sta ancora guarendo, ma il disegno si vede benissimo: l'impronta di un orso.

"Quella è...?"

Annuisco lentamente.

"Volpacchiotta." La sua voce è così calda, che posso lasciarmi affondare felice. Posso annegare. Tocca il disegno con delicatezza. Sobbalzo come per una scossa. "Te lo sei fatto per me?"

"Sì. Voglio il tuo marchio."

Espira tremante.

"Voglio appartenere a te. Se mi vuoi, ovviamente." Abbasso la testa, in parte per sottomissione, in parte perché non sopporto di guardarlo negli occhi.

Lentamente, come se un movimento rapido potesse spaventarmi, tende la mano. Trattengo il fiato mentre la sua mano scorre sul disegno. Il suo tocco è leggero ma brucia, e il calore si espande in tutto il mio corpo.

"Guardami," ordina. I miei occhi scattano sui suoi. Mi sforzo di continuare a respirare, mentre il suo sguardo giallo mi scruta. "Porti addosso il mio marchio."

"Sì."

"Appartieni a me."

Annuisco. Tutto quello che vorrei dire mi blocca la gola, soffocandomi.

"Sì." Mi osserva. Prendendo i miei capelli in un pugno, mi tira indietro la testa e con le labbra mi succhia il collo, dove si sente la pulsazione del cuore, fino a staccarsi con uno schiocco. "Sì."

Il mio corpo si ammorbidisce all'istante, il mio istinto naturale per la sottomissione divampa in vita sotto al suo tocco imperioso. Sento la pulsazione del cuore ovunque: nella gola, dietro alle ginocchia. In mezzo alle gambe.

"Grizz."

Mi stringe il sedere, strizzando con forza. In un lampo, mi trovo in aria, le gambe strette attorno alla sua vita, mentre mi mordicchia i seni attraverso la camicetta. Inarco la schiena, offrendomi a lui.

"Volpina," mormora spingendo giù il reggiseno per arrivare ai capezzoli. "La mia volpacchiotta. Usa i denti sul mio capezzolo, mentre mi riposiziona sul letto. Allungo le braccia per intrecciare le dita tra i suoi capelli, ma lui le afferra e me le blocca con una mano sopra alla testa. Sorrido e mi dimeno, adorando il suo dominio.

Ha un sorriso feroce. "Ti piace, piccola volpe? C'è bisogno che ti tenga ferma, mentre ti faccio gridare?" È tornato a lavorare al mio capezzolo, usando i denti e la lingua, succhiandolo così forte che ne sento la reazione direttamente in mezzo alle gambe.

Mi sgancia il reggiseno e lo tira via, mentre io mi sfilo la camicetta. Poi torna ai miei seni. Stampa dei baci attorno al mio tatuaggio, strusciando con la barba contro la pelle tenera e facendomi rabbrividire.

"Fa male, piccola?"

"Il dolore mi piace," gli dico, la voce carica di deside-rio. Ho la pelle che freme ovunque, sprigionando una sensazione deliziosa. I miei sensi sono sovraccarichi: il peso di Grizz sopra di me, il suo odore inebriante nelle narici, i suoi lenti colpi tra le mie gambe. E per tutto il tempo la sua lingua che disegna dei cerchi attorno all'altro capezzolo, scattando e stuzzicandolo.

Succhia anche questo e io reprimo un grido, inarcando la schiena e premendomi contro la sua bocca.

Grizz si struscia contro di me, con forza, quasi come se non potesse farne a meno.

"Cazzo, volpacchiotta. Non sai cosa mi fai," ringhia, spostando la mano in mezzo alle mie gambe. Gemo e dondolo con il bacino contro la sua mano, per portarlo a premere sul mio clitoride. Infila la mano nelle mutandine e giocherella tra le mie pieghe con le dita.

"È tutta per me questa dolcezza?"

"Sì," dico ansimando, stringendo le gambe attorno alla sua schiena per incoraggiarlo a mettersi nella posizione che bramo.

Mi infila dentro un dito, poi un altro, e io mi dimeno e annaspo. La sottomissione svanisce man mano che divento più desiderosa. Giro la testa e gli mordicchio un braccio, cercando di spingerlo a darmi quello di cui ho bisogno.

Ride. "Stai diventando mordace, volpina? Me lo sarei aspettato da una mutante gatta. O stavi implorando una sculacciata?"

Gli sorrido. Sembra un sorriso malizioso, un sorriso di cui neanche sapevo di essere capace. Lui risponde al mio sorriso, facendomi ruotare sulla pancia e schiaffeggiandomi il sedere. Mi leva gonna e mutandine e mi assesta altri cinque colpi, prima di tornare a strofinare la mia fessura umida.

Rabbrividisco di piacere e ruoto le anche.

"Ti piace da dietro, volpacchiotta?"

Non ho realmente mai considerato ciò che mi piace, prima d'ora. Mi è sempre piaciuto sottomettermi, quindi apprezzavo tutto ciò che dava piacere al mio padrone. Vale ancora. Qualsiasi cosa Grizz voglia da me, gliela offrirei in un batter d'occhio. Dargli piacere genererebbe vera gioia in me. Ma cos'è che mi piace? Lo voglio da dietro?

"Sì," rispondo onestamente. Perché mi sembra delizioso. Ma aggiungo: "Mi piace in qualsiasi modo con te, Grizz. Lo voglio in tutti i modi." Ecco che inizio ad avere delle pretese. Di nuovo, non è da me.

Eppure so che Grizz vuole sentire questo.

Si leva di dosso velocemente i vestiti e mi monta sopra, prendendomi il sedere con entrambe le mani e stringendo. Non c'è bisogno di preservativo. I mutanti non hanno malattie veneree e il mio orso mi farà sua. Quindi non avrà certo paura di lasciarmi incinta di un orsetto.

O di un volpacchiotto.

"Allarga le gambe, Jordy." La voce di Grizz è pregna di desiderio. Il suono di un profondo rombo mi fa contrarre il sesso.

Allargo le cosce, per fare spazio alla sua enorme verga, e lui si posiziona davanti al mio ingresso.

"A chi appartieni?" chiede un secondo prima di affondare in me.

I miei muscoli si stringono attorno al suo grosso membro, e perdo il fiato. Non perché faccia male: è più la sensazione di essere riempita così tanto che mi sorprende.

Ma sembra anche così giusto.

"A te, Grizz. Appartengo a te." Le lacrime mi bruciano negli occhi per l'onore di essere posseduta da questo maschio. Questo maschio coraggioso, forte e leale.

Si inarca entrando e uscendo da me, riempiendomi e svuotandomi, e ogni colpo è una beatitudine. Affondo il viso nel cuscino e gemo leggermente. Grizz stringe la mano tra i miei capelli e mi solleva la testa, chinandosi in avanti per incontrare la mia bocca. La sua lingua si intreccia alla mia in un folle bacio laterale, e poi lo sento sbattere dentro di me, colpendo il mio sedere con l'inguine, andando più a fondo a ogni colpo.

I miei gemiti si fanno più acuti – e bramosi – e il desiderio inizia a diventare un bisogno irrequieto. "Ti prego, Grizz. Fammi tua. Oh, ti prego."

"Cielo, sì, ti faccio mia," ringhia, sbattendo ancora più forte, più forte di quanto avrei mai pensato possibile.

Singhiozzo in estasi mentre mi spacca quasi in due, mi devasta. Lascia i miei capelli e mi posa una grossa mano sulla nuca per tenermi ferma durante i suoi colpi brutali.

I suoi movimenti si fanno più frammentati, il fiato è corto. "Cazzo, volpacchiotta. Cazzo! Meglio che tu venga adesso, volpina." Sbatte dentro di me con il doppio della forza per altri quattro colpi, e poi resta fermo, a fondo. Giuro di sentire il caldo fiotto del suo sperma che mi riempie, mentre tremo e stringo e grido nel mio orgasmo.

Le stelle esplodono davanti ai miei occhi. Il piacere mi avvolge. Affondo nella totale estasi dell'orgasmo.

Quasi non sento Grizz che esce da me e mi porta poi in doccia.

GRIZZ

PRENDERMI cura di Jordy mi soddisfa quasi quanto farla mia. Adoro che si affidi completamente a me. Non c'è nessuna resistenza, nessun muro. Resta ferma sotto allo spruzzo dell'acqua e lascia che la lavi da capo a piedi.

È ancora frastornata dall'orgasmo. Quasi drogata come sembrano i sottomessi quando escono dal Toxic. Il che è un sollievo, perché non sono sicuro di poterle procurare più dolore di quelle due lievi sculacciate che le colorano adesso il sedere.

Chiudo l'acqua ed esco. "Aspetta qui, volpacchiotta. Ti porto un asciugamano."

Annuisce, gli occhi ancora appannati, le guance avvampanti per il vapore e l'eccitazione. Prendo un asciugamano, imprecando dentro di me perché non ne ho di più nuovi e morbidi. La mia piccola volpe ha bisogno di qualcosa di più prezioso sulla sua pelle delicata. La asciugo, poi la riporto in camera da letto per metterci sotto alle coperte.

Sì, la voglio coccolare.

Io.

È davvero strano, cazzo, ma meravigliosamente vero.

"Voglio che mi disegni qualcosa," le dico. "Qualsiasi cosa. Voglio il tuo segno sulla mia pelle."

"Pensavo avessi detto che gli orsi non marchiano le loro compagne."

Sorrido sotto alle sue dita. "Quest'orso qui sì."

Sorride a sua volta, una piccola piega delle labbra. "Ti farò un disegno."

"Puoi anche farne un sacco. Posso coprire tutte le mie cicatrici."

"Ma io adoro le tue cicatrici." Arricciando un po' il naso, mi bacia il petto, mettendosi tra le mie gambe e giocherellando con la bocca sui tagli che ho sul petto, fino a che non sento tutto il corpo teso mentre scende con le labbra. Poi arriva a sfiorarmi l'uccello, e mentre si mette al lavoro, fa ondeggiare il sedere.

"Volpacchiotta," dico con voce roca. No. Non è una volpacchiotta. È una bellissima femmina di volpe adulta.

Una donna molto seducente.

CAPITOLO QUINDICI

Grizz

UN GRIDO MI SVEGLIA. Jordy si dimena tra le mie braccia, lottando contro i demoni che infestano il suo sonno.

La scuoto delicatamente. "Ssh, piccola, svegliati."

Annaspa e apre gli occhi, tondi e dilatati. "Grizz?"

"Va tutto bene, ssh." La cullo tra le mie braccia, sentendomi inerme. Vorrei poter annientare coloro che la inseguono nei suoi incubi. *Mai più*, giuro. *Nessun vampiro poserà più un dito su di te.*

Piange tra le mie braccia e allungo il braccio ad accendere la luce, disperato. La mia mano cade sull'album da disegno.

"Tieni." Mi giro in modo da farla sedere in grembo e le metto in mano il quaderno, insieme alle matite colorate. "Disegnalo."

"Che cosa?" Tira su con il naso.

"Continui ad avere incubi," spiego. "Non serve che me li racconti."

"Non posso." Si asciuga il volto. "Se potessi lo farei, ma non ricordo del tutto. Sono solo dei frammenti qua e là."

"Va bene. Disegnali. Butta fuori tutto."

Una pausa, poi un sospiro frammentato la attraversa. La matita graffia la carta. Distolgo lo sguardo per concederle della privacy. Non c'è bisogno di vedere ciò che disegna, fino a che non vorrà farmelo vedere lei.

La tengo così finché non mormora che ha finito e mette da parte l'album. Poi mi accoccolo attorno a lei e la abbraccio fino a che il suo respiro non si fa regolare e so che si è addormentata.

Il mio orso mi sveglia che è quasi il crepuscolo. So che ora è anche senza che la luce arrivi a noi, in camera. Una vita a dare la caccia ai vampiri mi ha insegnato a entrare in allerta prima che cali la notte. È ora di alzarsi e andare a caccia.

Per la prima volta non ho voglia di muovermi. Ho una bellissima volpe tra le braccia.

È irrequieta nel sonno, ha degli scatti e si acciglia, il volto si contorce per la preoccupazione, come adombrato. Però ha dormito abbastanza, dopo la scopata.

Aspetto che piagnucoli per svegliarla. "Jordy? Svegliati, piccola. Stai facendo un brutto sogno."

Si sveglia con un sussulto strozzato. "Grizz?"

"Sono qui." La stringo a me. "Sei al sicuro con me."

Il suo corpo si rilassa all'istante. La tiro indietro e le scosto i capelli dalla fronte. "Un altro incubo, volpacchiotta?"

Con un sospiro annuisce.

"Vuoi disegnarlo?"

"Sto bene." Affonda di più nel mio abbraccio. "Mi sento al sicuro con te."

"Ne sono felice."

"Non avevo mai pensato che mi sarei sentita così. Nemmeno tra cento milioni di anni," continua con una vocina piccola piccola.

Aggrotto la fronte. Cosa cazzo le ha fatto Augustine da darle il tormento ogni volta che dorme?

"Che ore sono?" Si stiracchia e sbadiglia.

"Quasi il crepuscolo. Forse un po' più tardi. Devo andare."

"Devi proprio?" Si struscia contro di me, risvegliando ricordi deliziosi. E un mostro... quello che ho nei pantaloni.

"Attenta, volpacchiotta," ringhio. Ride e la bacio, inghiottendo la sua risata.

"Va bene, basta." Mi alzo dal letto. "È ora di alzarsi. In piedi e al lavoro." Le do una sculacciata quando si alza leggiadra dal letto e si incammina verso il bagno. Vorrei tirarla di nuovo tra le lenzuola.

No! Orso cattivo. Devo andare al Fight Club a prendere Benny, e portarlo da Frangelico per l'interrogatorio. Questa caccia sta per finire. Lo sento.

Scuoto via le lenzuola e qualcosa cade sul pavimento. L'album da disegno di Jordy. Faccio per raccoglierlo, quando un'immagine su una pagina mi colpisce. Arretro come se fosse un serpente a sonagli.

"Cosa c'è?" chiede Jordy dalla soglia. Non indossa altro che la sua camicia, e non è abbottonata. Un secondo fa sarei stato tentato.

Afferro l'album e lo porto sotto alla luce. Non mi sbagliavo. L'immagine è chiara: un vampiro con un occhio.

"Grizz? Che c'è? Cosa c'è che non va?"

Le do la schiena. È troppo da digerire: la donna che

amo e l'oggetto del mio odio. Non le ho mai raccontato che aspetto avesse. L'ha sempre saputo? Augustine lo sapeva?

Non posso impedire ai miei pensieri di prendere una svolta oscura. È una coincidenza assurda che il mostro che infesta gli incubi di Jordy sia l'assassino di mia madre.

È possibile che Jordy si prenda gioco di me? No, non coscientemente: sono i vampiri a tirare le fila. È una loro spia?

Sarebbe logico. È l'esca perfetta. Augustine mi ha visto sbavare per lei al Toxic e ha tramato con il mio nemico per adescarmi. In qualsiasi momento lei potrebbe fare una chiamata e portare qui i vampiri. Deve solo aspettare che questo posto sia casa sua, poi potrà invitarli a varcare la soglia.

No. Fermo. Qui stiamo parlando di Jordy. Non può tradirmi. O... sì?

Mi giro e l'espressione sul mio volto la fa arretrare.

"Grizz?" Sposta lo sguardo da me all'album, esitante e incerta.

"Cos'è questo?" Le metto l'album davanti al viso, la voce intenzionalmente fredda. "Perché l'hai disegnato?"

Scuote la testa, le dita che seguono con leggerezza il contorno del disegno. "Mi hai detto di disegnare i miei incubi."

Lascio cadere il quaderno e le stringo le spalle. "Chi è? Augustine è in combutta con lui?"

"Grizz, per favore..."

"Rispondimi," ringhio, anche se il mio orso protesta per il trattamento rude che le sto riservando.

"Non lo so," grida. "Non so chi sia. È nei miei sogni. Non ricordo. Augustine mi ha portato da lui, e penso che loro... non ricordo."

"Mi stai mentendo?" Le tiro indietro la testa.

Le lacrime le salgono agli occhi. "Non ti ho mai mentito."

Sta dicendo la verità. La annuso e non sento presenza di bugia. Potrebbe essere sempre una pedina di questo gioco, ma non è colpa sua.

"Scusa." Mi tiro indietro. Tira su il viso, implorante, ma non posso toccarla, non posso rassicurarla. Mi passo invece una mano tra i capelli. "Mi sono sbagliato. Non volevo ferirti. Ho solo visto..." Indico l'immagine. Cazzo, ho il cuore che va a mille.

Raccoglie l'album. "Cosa c'è? Mi stai spaventando."

"Quello è il vampiro che ha ucciso mia madre." Fisso il volto che mi perseguita. Non vedo il suo viso da oltre quindici anni.

Il sangue svanisce dal volto di Jordy. Ha un aspetto torturato quanto il mio. "Non lo sapevo." Affonda sul letto, l'album in grembo, la dannata immagine in bella vista.

Ovvio che non lo sapeva. Devo schiarirmi le idee. Devo pensare razionalmente. Se non sono il cacciatore, allora sono la preda.

Mi passo una mano sul volto e mi schiarisco la gola. "Quando l'hai incontrato? Lo sai?" Ecco, questo è razionale. Fare domande, capire le cose. Come quel cazzo di Sherlock Holmes.

Jordy esita. Il suo volto si contorce nella pena del ricordo. Quando parla, guarda l'immagine. "È stato recentemente. Negli ultimi mesi. All'inizio ero bendata, ma poi... hanno iniziato a fare delle cose."

"Sessuali?" chiedo con voce fredda e cinica.

Sussulta. "E altre. Si sono nutriti. All'inizio solo in punti dove c'è la pulsazione del cuore, ma poi..." Si punta al cuore. "Questa parte non la ricordo."

Ha senso. Il sangue del cuore è il più potente, ma il più pericoloso da prendere. È facile che la vittima resti uccisa.

"Ricordi altro?" Esita e io ringhio. "Jordy. Racconta, ora."

"Mi sembrava di morire," sussurra, e mi si stringe il cuore. Sono uno stronzo, costringerla a ricordare così. Ma devo sapere. C'è in ballo tutto ciò per cui ho sempre lavorato. "I vampiri hanno bevuto e bevuto, e ho pensato di morire. Sono svenuta un po' di volte. Quando sono rinvenuta, mi stavano dando del sangue. Il loro sangue."

Ma che cazzo... vampiri che condividono il sangue? Con una mutante? Sembra quasi il mio accordo con Frangelico. Ma perché farlo per Jordy?

Quando glielo chiedo, scuote la testa. "Non lo so. Ma mi ha guarito. Il sangue mi ha fatto sentire ancora in forze. Ma poi Augustine mi ha detto che avevo fallito. Che ero troppo debole. Dopo quella volta, mi ha odiata."

"Quindi hai tentato di dimenticare quella notte." Fino a che non gliel'ho ricordata io. Sì, sono uno stronzo, ma era ora che lo sapesse. È da troppo che gioco alla bella famigliola con una graziosa volpina. Il momento dei giochi è finito.

Le tolgo l'album da disegno dalle mani e strappo l'immagine del mio nemico. Una rapida scorsa alle pagine non rivela altre immagini importanti. Mi fermo un momento davanti a uno schizzo del mio volto, tracciato amorevolmente, le cicatrici ammorbidite. "Volpacchiotta..." La parola mi resta bloccata in bocca. Mando giù tutto l'affetto. Devo restare freddo. Niente cuore. Niente emozione. Nient'altro che la caccia.

Getto il quaderno sul letto, accanto a lei. "Esco. Resta qui." Carico l'ordine di sufficiente imperiosità per radicarla al posto.

"Grizz..."

"Dico sul serio." Se esce e Augustine la trova, la costringerà a condurlo dritto da me. Il cacciatore diventa il cacciato. Ma non succederà, se posso impedirlo. Quando io e Frangelico interrogheremo Benny, la verità salterà fuori. Frangelico mi darà abbastanza sangue per fare fuori il vampiro con un occhio. Devo solo concentrarmi. Questo significa levarmi dalla testa una volpe seducente.

Con questo pensiero, esco dalla camera senza voltarmi indietro.

"Grizz," grida lei.

Mi fermo sulla soglia, ma non mi giro. "Cosa c'è?"

"Mi spiace."

Faccio un gesto di impazienza. Un singhiozzo mi arriva alle orecchie mentre esco, ma indurisco il mio cuore. Un cacciatore freddo come la pietra, concentrato solo sul mettere in trappola la sua preda. Per un momento me ne sono dimenticato, ma è ora che tutti e due lo impariamo: nel mio cuore non c'è spazio per altro che la vendetta.

CAPITOLO SEDICI

Grizz

IL MIO cellulare squilla mentre monto in sella alla moto. Rispondo sbuffando.

"Dove sei stato?" dice Parker seccato. "È tutto il giorno che raccolgo chiamate dal branco di lupi. Vogliono sapere quando tornerai al Fight Club per prendere il pacco che hai lasciato lì."

"Sono per strada proprio ora. Vediamoci lì. Ho bisogno della tua macchina per spostarlo."

Trey mi sta aspettando vicino alla porta sul retro quando arrivo.

"Se venuto a prendere il succhiasangue?"

"Già." Resisto all'impulso di alzare il coperchio del cassonetto e controllare Benny. Non voglio che bruci e muoia troppo presto. "Sto solo aspettando il mezzo per trasportarlo."

Trey mi offre una birra mentre aspettiamo. Di fronte alla mia espressione sorpresa, scrolla le spalle. "Hai buttato via un incontro. Hai fatto guadagnare al branco un sacco di soldi. Penso che tutti ti abbiano perdonato. Tutti a parte Caleb. Voleva farti il culo."

"Quell'orso è troppo folle. Sarebbe stato uno spargimento di sangue."

"Chi era quella rossa, comunque?"

Scuoto la testa. Meno gente sa chi sia Jordy e meglio è. So che c'è un'altra volpe mutante in città, o almeno mezza volpe. È accoppiata con uno dei lupi, ma la situazione è troppo calda per presentarle. Tenere Jordy al sicuro è molto più importante che costruire la sua vita sociale.

"Mai avrei creduto che al mondo ci fosse qualcuno a cui vuoi bene," dice Trey, pensieroso.

Alla faccia di nascondere i miei sentimenti. Santo cielo, devo capire cosa fare con Jordy.

"Se avessi bisogno di un passaggio sicuro per mandare qualcuno fuori città, i lupi potrebbero fornirmelo?"

I suoi occhi si illuminano. "Un favore?"

Mando giù l'orgoglio. "Già."

Mi fissa un momento, poi scuote la testa. "Non c'è bisogno di chiedere favori. Non se stai aiutando qualcuno per pura bontà di cuore."

Un giorno fa avrei detto che stavo aiutando Jordy per il bene del mio uccello. Ora non ne sono sicuro.

Aspettiamo in silenzio. La Camaro bianca appare mentre le ultime dita di luce solare allentano la loro presa sulle montagne.

Io e Trey carichiamo il corpo immobile di Benny nel bagaglio, con le lamentele di Parker come sottofondo.

"Quest'auto è nuova! Beh, semi-nuova. L'abbiamo appena pulita!"

Sbatto giù il portellone, mettendo a tacere i suoi reclami. "Ci si vede in giro," dico a Trey.

"Sì." Il lupo mannaro si massaggia dietro al collo, dà

una manata al bagagliaio e scompare dentro al Fight Club. Se tutto va bene, potrei non tornare qui mai più.

Se tutto va storto, sarò morto.

"Grizz? Sei pronto o cosa?" mi chiede Declan.

"Sì." Ruoto sui talloni e indico Laurie. "Tu prendi la mia moto. Voialtri, in macchina." Mi metto a lato del posto di guida e fisso torvo Parker finché non si alza.

Il locale è visibile nello specchietto retrovisore fino a che non esco dal parcheggio e do gas, ignorando le ulteriori proteste dei marmittoni mutanti.

Basta nostalgia.

Ho dei vampiri da prendere, e un assassino da uccidere.

"Dove stiamo andando?" chiede Declan.

"Da Frangelico."

Si sente un caos di attività frenetica e nervosa dal sedile posteriore. "Non possiamo andare lì! Ci ammazzerà!"

"Accosta!" grida Declan, afferrando il volante.

Eseguo. "Che cazzo hai?"

Laurie e Parker sono già sul marciapiede.

"Abbiamo scommesso che avresti vinto il combattimento."

"Quindi?"

"Quindi magari per la scommessa abbiamo preso in prestito un po' di soldini."

Sospiro. "E avete chiesto il prestito a Frangelico. Non avete certo bisogno che vi dica quanto fottutamente stupidi siete stati."

"Dovevi vincere l'incontro!"

Le mie mani si stringono sul volante. Ora devo portare Benny a Frangelico. Ogni secondo che passa è una possibilità in più che il vampiro con un occhio solo ha di filarsela.

"Montate in macchina," ordino. "Metterò una buona parola per voi con Frangelico."

"Sul serio?" chiede Parker. "Lo faresti?"

"Non vi ammazzerà davanti ai miei occhi. Non vi farebbe neanche del male." Sarebbero solo in debito con lui, il che è discutibilmente peggio.

Accostiamo davanti alla villa e parcheggio davanti al cancello.

"Dite a Laurie di parcheggiare la mia moto qua fuori," ordino, prima di smontare e tirare fuori dal bagagliaio Benny. Lo stronzo emette un suono gorgogliante mentre me lo carico in spalla. Farà bene a non macchiarmi di sangue.

"E tu parlerai con Frangelico del nostro debito?"

"Sì." Faccio un gesto con la mano, senza voltarmi indietro. Richiamo l'attenzione di una videocamera di sorveglianza e mostro Benny all'obbiettivo.

I cancelli si aprono e io salgo di corsa la collina. Benny è sempre più leggero. Per la perdita di sangue? L'anatomia dei vampiri è stranissima.

Stavolta non ci sono guardie ad accogliermi alla porta. Il re si fida di me. O è impaziente di mettere gli artigli addosso a Benny. O le zanne.

"Non ti invidio, idiota," mormoro al vampiro privo di conoscenza, mentre la porta di apre.

Frangelico appare nel foyer, vestito con un paio di jeans e una camicia bianca. È l'abbigliamento più casual che gli abbia mai visto indossare. "Questo è per me?" Si arrotola le maniche. Sto per sottolineare che il bianco è un brutto colore per quello che stiamo per fare, quando Benny gorgoglia e si scuote. Il paletto cade a terra e il mio fardello inizia a dimenarsi.

"Merda, si sta svegliando."

Frangelico è al mio fianco in un lampo. Letteralmente. Non l'ho visto muoversi. Non ho neppure notato l'offusca-mento. *Merda, che vampiro veloce!* Le mie difese vacillano mentre Frangelico agguanta il suo suddito.

"Ssh, ti ho preso," dice il re con tono calmante, come se stesse cullando un bambino. Che in un certo senso è quello che fa. Le palpebre di Benny si alzano, i suoi occhi si posano sul volto del re, e lì si spalancano per l'orrore. Un gemito sale dal corpo del piccolo vampiro, quando si rende conto di chi lo sta tenendo fermo.

"Buonasera, Benedict," dice Frangelico, con la voce calmante e più fottutamente inquietante che abbia mai sentito. "Hai fatto il cattivo?"

Mi volto prima di vomitare, giusto in tempo per evitare Frangelico che spezza un braccio a Benny. Il vampiro più debole grida, ma il re lo solleva. "Apri la porta, per corte-sia," mi dice Frangelico, e io mi affanno a eseguire. "Fini-remo questo lavoro nelle segrete."

Ci vuole meno di un'ora perché Benny ceda. In genere partecipo e mi lascio coinvolgere, ma il modo in cui Fran-gelico lo tortura è troppo per me. Ho picchiato un sacco di gente – e ne ho anche prese – ma Frangelico usa sia il dolore fisico sia il tormento emotivo in un modo che va oltre al limite che sono in grado di sopportare. E poi le sue segrete sono piene di strumenti di tortura medievali, effetti-vamente appartenenti al Medioevo. Inquietante, cazzo. Lo pensa anche Benny, perché spiffera tutto sull'attacco contro Frangelico e tutti coloro che vi sono coinvolti. Più o meno tutta la progenie di Frangelico sta programmando di pren-dere il potere. Quando lo scopre, Frangelico lascia da parte tutte le finzioni di avere a cuore Benny, e diventa davvero crudele.

Provo quasi pietà per la vittima. Ma poi Benny grida qualcosa sulla 'volpe di Augustine'.

"Come hai detto?" Mi chino, portandomi più vicino al volto di Benny. Non ho bisogno di guardare il suo corpo, per vedere ciò che gli sta facendo Frangelico.

"Augustine ha una bestiola. Ha detto che gliel'hai presa. Ha detto che ha bisogno di riaverla."

"Ti ha detto il perché?"

Benny scuote la testa freneticamente.

"Cosa sai del vampiro con un occhio solo?" chiedo. "In che modo è coinvolto in questa faccenda?"

"Anche lui rivoleva la volpe. L'esperimento è finito, hanno detto, ma la volevano comunque riavere. Come per nascondere le prove, o qualcosa del genere."

"Esperimento? Quale esperimento?"

Frangelico fa qualcosa e Benny grida. "Non lo so! Non mi raccontano tutto!"

Annuisco guardando Frangelico e lui fa gridare Benny ancora di più, ma non riusciamo a cavargli fuori null'altro riguardo al vampiro con un occhio solo. Solo il luogo in cui si trova il loro locale segreto: dietro alla porta del seminterrato, dove ho messo Benny all'angolo.

Alla fine Frangelico annuncia che per stasera abbiamo abbastanza.

"Beviamo qualcosa insieme?" mi offre. Prima di andarsene, accarezza la mano floscia di Benny. "Tornerò per te più tardi." Con un gemito di Benny, ce ne andiamo.

"Devo andare," dico a Frangelico dopo che ci siamo dati una lavata. La camicia di Frangelico è ricoperta del sangue di Benny, ma non sembra curarsene. Si lava le mani e si ispeziona le unghie, come se avesse passato l'ultima ora a farsi la manicure.

"Fra un minuto," dice Frangelico.

"Ora," ringhio. Ogni secondo che passiamo qui dà ai vampiri la possibilità di scappare dal loro locale segreto.

"Ti prometto che varrà la pena attendere un poco."

Allora va bene. Seguo il re nel suo salotto.

"Cosa intendi fare con la tua progenie?" chiedo. Il re mi ignora, andando al bar e versando due bicchieri di whiskey. Accetto il mio, ma non bevo.

Frangelico manda giù il suo in un unico sorso e se ne versa un altro. Sta cercando di ubriacarsi? I vampiri si ubriacano? Cazzo, non ho tempo, non ho tempo di fare giochetti con gli alcolici.

Prima che possa parlare, Frangelico mormora, quasi solo a se stesso.

"Hai idea di quanto sia difficile creare un vampiro? Cosa ci voglia?"

Scrollo le spalle. "Uno scambio di sangue."

"Sì. Un nutrimento attento e costante. Il numero di scambi varia. Se sono troppi, indebolisci la vittima. Se sono troppo pochi, il virus non attacca. Eh già." Prende il mio shock per interesse. "Il vampirismo è un virus. Dopo che sono stati fatti tutti gli scambi per assicurare che la vittima sia di qualità tale da poter accettare il virus, è ora di compiere il passo finale. Il procreatore la uccide. Il cuore si ferma e la vittima deve morire. Solo allora il virus può attecchire. Serve del sangue preso dal cuore. Il più profondo, il più ricco, il più letale di tutti. La vittima versa il sangue del proprio cuore, il procreatore lo sostituisce.

"È lancinante," sussurra, studiando il colore del suo drink. "Stare al fianco della tua progenie e non sapere se si rialzerà. Se gli hai tolto la vita prima che fosse giunto il momento giusto.

"Di tutti i peccati che ho commesso, le morti dei miei figli sono quelli per cui sono dannato. Ma la dannazione è un piccolo prezzo da pagare per evitare la pena più lunga: la vita eterna." Posa il bicchiere facendolo tintinnare. Di nuovo sta mormorando sottovoce e mi chiedo se stia parlando a mio beneficio. "Vivrò per sempre, da solo."

Lucius Frangelico, il potente re dei vampiri, si sente solo.

Basta con queste chiacchiere. Non sono il suo psichiatra. Svuoto il mio bicchiere e lo appoggio sul bancone.

"Vado a cercare il vampiro con un occhio solo," dico. "Ho bisogno di sangue. Me ne serve un sacco."

Senza dire una parola di più, Lucius va al suo bar e tira fuori un piccolo frigo.

"Tieni," dice. Prendo il manico del piccolo frigo, ma lui non lascia la presa. "Questo è più di quanto ti abbia mai dato. Usalo con saggezza. Berlo tutto potrebbe…"

"Uccidermi, sì, sì, lo so."

Inarca un sopracciglio e mi rendo conto che ho appena preso in giro un re vampiro. Dopo un secondo, sorride e io mi rilasso.

"Stavo per dire 'potrebbe riportare indietro una persona dal regno dei morti'. È un altro uso del sangue di vampiro, lo sapevi? Sangue di vampiro, la sostanza più curativa sulla faccia della terra." Prende il suo bicchiere e mormora al liquido: "Gli umani ci darebbero la caccia e ci alleverebbero, se lo sapessero."

Aspetto che abbia finito di deglutire, prima di dire: "Ancora una cosa…"

"Sì?"

"I mutanti che ti hanno chiesto dei soldi in prestito. Per puntare su di me durante il combattimento."

"Sì? Che hanno combinato?"

Cazzo. Come glielo dico? "Sono… sono miei amici."

Il vampiro sorride ancora di più. Non è una bella visuale. "E me lo stai dicendo perché…"

"Perché i miei amici mi piacciono." Sarà meglio non riferire ai marmittoni che ho detto questa cosa. "Sarei molto irritato," spiego, pronunciando le parole con molta attenzione, "se venisse fatto del male a qualcuno di loro."

"Ah. Capisco." Il vampiro ride. "Hai passato troppo tempo con i vampiri. Hai imparato l'arte delle minacce sottili." Si china verso il frigo del bar e si riempie il bicchiere di ghiaccio, mentre io stringo i denti. Sono sul punto di dire che un paletto non è un metodo così sottile, quando lui scrolla le spalle.

"Non ho alcun interesse nell'uccidere nessuno dei miei debitori. Non si può spremere sangue da una pietra. Né da un mutante morto." Mi rivolge uno dei suoi sorrisi ragge-lanti. "Se non possono ripagarmi, mi devono semplice-mente un favore."

Reprimo un brivido. I marmittoni starebbero meglio morti. "Capito."

"Ti auguro il meglio nella tua caccia."

Sono quasi arrivato alla porta, quando mi viene in mente la mia domanda originaria. "E la tua progenie? Cosa intendi fare?"

Il re si è spostato in un punto davanti alla porta a vetri e sta guardando il portico all'esterno. Senza girarsi, agita una mano. "Termina la tua impresa. Ottieni la tua vendetta."

"Non ti preoccupare, ci sto pensando. Ma se mi imbat-terò in Augustine o negli altri tuoi figli, ho il permesso di occuparmene?"

"Se si sono rivoltati contro di me, non sono più sotto la mia protezione. Puoi ammazzarli. Ammazzali tutti."

Lo lascio a guardare il cielo della notte. Ho la sensa-zione che non si muoverà per molto tempo.

CAPITOLO DICIASSETTE

Jordy

"Tirati su, ragazza, non è così male," dice Declan. Lui e gli altri stanno cercando di sollevarmi l'umore da quando sono venuti a prendermi a casa di Grizz. "Passi la giornata con noi."

Guardo fuori dal finestrino dell'auto, ma non vedo nient'altro che il volto arrabbiato di Grizz.

"Eccoci qua," canticchia Declan, mentre Parker entra in un parcheggio per roulotte. Ogni lotto contiene un cortiletto di ghiaia e, torreggiante sopra a tutto, una palma. "Casa dolce casa."

I tre escono dall'auto, portando sacchetti di cibo da fast food. Io li seguo più lentamente, massaggiandomi il tatuaggio dolorante.

Pensavo che tra me e Grizz ci fosse qualcosa. Pensavo che almeno ci avrebbe concesso una possibilità. Potevamo stare insieme, se almeno avesse scelto me.

Ma non l'ha fatto, e non dovrei esserne così sorpresa.

La mia famiglia mi ha buttata via. Io dono tutto, e non significa niente.

Quando entro nella roulotte, Parker è al telefono. Quando il mutante dai capelli grigi mi vede, esce dalla stanza.

"Volpacchiotta, andiamo." Laurie mi fa cenno di andarmi a sedere vicino a lui su un logoro divano.

Cerco di seguire Parker, ma Declan mi si para davanti. "Vuoi della birra? O un po' di questo?" Alza una fiaschetta e svita il tappo. "Delizioso," dice con un sospiro. Laurie salta in piedi e gli dà un colpo alla schiena.

Prendo la fiaschetta che mi offre. Assomiglia molto a quella di Grizz. Annuso dall'apertura e i fumi che esala mi scaldano il naso. Parker torna e restituisco la fiaschetta a Declan.

"Era Grizz?" chiedo ansiosa a Parker.

Il mutante dai capelli grigi non mi guarda negli occhi. "Sì. Ha detto che è partito da casa di Frangelico e che è a caccia."

A caccia. Ovvio. "Ha chiesto di me?"

"Ha detto che dobbiamo portarti fuori città, e velocemente."

Inspiro di scatto. Me l'aspettavo, ma non tanto presto. Ma perché no? Grizz non mi vuole. Lui vuole solo la vendetta.

"Non dev'essere stanotte," continua Parker con gentilezza. "Ma presto."

"Va bene," dico. "Posso andare."

"No, no, ragazzina." Declan mi mette un braccio attorno alle spalle. "Rallenta. Fermati un po'."

Per le ore successive sto seduta sul divano a guardare repliche alla tv con un'antenna digitale attaccata alla finestra con lo scotch. Ogni tanto la connessione si interrompe.

Declan e Laurie fanno a turno a prendere a calci la console, fino a che non torna in vita.

"Non hai mangiato il tuo hamburger," dice Parker.

"Posso mangiarlo io?" chiede Declan, e Laurie gli dà un ceffone.

"P-piantala. È t-t-triste."

I tre mi guardano.

"Va tutto bene." Mi sforzo di sorridere. "Tieni, puoi prendere il mio."

Mentre passo il panino incartato, si vedono attraverso la finestra dei fanali d'auto, che poi si spengono.

"Aspettiamo qualcuno?" chiede Declan. Parker va alla porta, mentre io salto in piedi e corro alla finestra. È possibile che sia Grizz?

La speranza evapora quando vedo la berlina nera con i finestrini oscurati. Un brivido mi fa raggelare il sangue.

I vampiri sono qui.

〜

Grizz

Cazzo, dove sono questi vampiri? Lo scantinato è vuoto. Lo stesso vale per il teatro, anche se qualcuno è passato di qua, da quando ho perlustrato il posto. C'è un riflettore acceso, puntato su una singola sedia di legno sistemata al centro del palco.

Sulla sedia c'è un logoro orsacchiotto senza un occhio. Il torso è macchiato di sangue secco, e quando lo prendo in mano, gli cade una gamba. Adorabile. Una graziosa minaccia lasciata dal vampiro con un occhio solo, appositamente per me.

Do un'annusata per memorizzare l'odore dello stronzo,

e il sangue mi si ghiaccia nelle vene. Il peluche sa di vampiro e di...Jordy.

Lascio l'orsetto e il teatro e monto in sella alla moto. Ora sono completamente immerso nella caccia, e niente mi potrà fermare. Meno male che Frangelico mi ha dato il frigo portatile dove tenere il suo sangue. Quando troverò il covo, sarò pronto.

∼

Jordy

"Chi diavolo..." Parker fa per aprire la porta e io lo placco.

"Abbassatevi," sibilo agli altri.

"Jordy? Cosa..."

"Ssh." Copro la bocca di Parker. "Non permettere che ci sentano."

"Chi?"

"I vampiri," gli dico con il labiale, e i suoi occhi diventano grandi e tondi.

"Volpettina, volpettina, fammi entrare." È Augustine. È venuto a prendermi.

Un colpo alla roulotte ci fa saltare. Un forte e prolungato rumore attraversa l'abitacolo, da un lato all'altro. Una pausa e poi ricomincia.

"Che cos'è?" sussurra Declan. "Cosa sta facendo?"

Trattengo il fiato mentre il rumore e le vibrazioni continuano. Sembra che stia strappando la parete laterale della roulotte. Mi sento come una sardina dentro alla sua scatoletta di latta.

"Farò a brandelli questa roulotte un pezzetto alla volta," spiega con calma Augustine. "Ai tuoi amici non piacerà molto la mia ristrutturazione. Peccato. Così tanto lavoro da parte mia, e nessun apprezzamento. Non importa. Se mi viene fame, posso sempre prendere un piccolo snack umano."

Chiudo gli occhi. È qui, senza controllo, nel parcheggio dei camper. Non esiterà a uccidere un umano. Pensa che siano di livello inferiore a uno scarafaggio.

"Cosa vuoi?" grida Declan prima che Laurie afferri un cuscino e glielo spinga contro la faccia.

"Voglio solo ciò che è mio. L'orso me l'ha rubata, ma lei appartiene a me."

No. Non più. Appartengo a Grizz. O almeno gli appartenevo, prima che se ne andasse. Stringo la mia tenera pelle sopra al cuore. Le cicatrici che i vampiri mi hanno procurato, e l'impronta di orso che ho deciso di tatuarci sopra.

Posso essere una vittima. O posso scegliere.

"Dipende da te, schiava," dice bruscamente Augustine. "Dammi quello che voglio o…" La porta vibra. Una, due volte, e poi si ferma.

"È come nei tre porcellini," mormora Declan.

"Ssh," sibilano Parker e Laurie.

Aspetto con la mano sul cuore. Uno, due, tre battiti. Il mio cuore batte per Grizz, e adesso lui non c'è. Gli ho dato tutta me stessa, ma ho ancora una cosa da donare.

Mi alzo in piedi, ignorando il grido disperato di Parker. "No!" e apro la porta.

"Sono qui."

Ed esco.

~

GRIZZ

.   .   .

SONO FERMO A UN SEMAFORO, quando mi rendo conto che ho la tasca che vibra. Tiro fuori il telefono e rispondo con uno sbuffo irritato.

"L'hanno presa!"

Un brivido mi risale le braccia. "Chi? Jordy?"

"I vampiri! Sono venuti e…" Un suono disturbato, come se il telefono fosse caduto.

"Declan? Parker?" Stringo i denti e il mio telefono scricchiola. Cazzo, l'ho quasi rotto. Mi sforzo di allentare la presa.

"Grizz?"

"Raccontami." Il semaforo diventa verde e un idiota con una Honda Civic suona il clacson. Mi giro e lo fulmino con lo sguardo, fino a che la Civic non mi aggira e sfreccia via. "Cos'è successo?"

"Sono venuti i vampiri. Eravamo nella roulotte, ma hanno iniziato a farla a pezzi e…" Annaspa, ingoiando aria.

"E cosa?" ringhio. Mi tramuterò in un orso in mezzo al traffico, se non sto attento.

"E Jordy è uscita da loro. Si è sacrificata. Ci ha salvati."

Jordy. No.

"I vampiri l'hanno presa?"

"L'hanno buttata nel bagagliaio e sono partiti. Abbiamo cercato di seguirli, ma li abbiamo persi."

"Dove?" abbaio, mentre intanto accendo la moto. "Ditemi dove, dannazione…"

"Oro Valley."

"Cazzo," grido con forza, e riaggancio. So dove la stanno portando.

Giro la moto e do gas. Tutto questo tempo a dare la caccia ai vampiri, e loro stavano dando la caccia a lei. L'ho lasciata in pericolo. Avevo promesso di tenerla al riparo dai vampiri, e ho fallito. L'ho abbandonata. Avrei dovuto portarla fuori città appena ne avevo avuto l'occasione.

Tanto valeva che facessi un pacco regalo e la spedissi direttamente a Augustine. E al vampiro con un occhio solo.

Il semaforo davanti a me diventa giallo e accelero, passando mentre diventa rosso. *Resisti, volpacchiotta.*

Devo arrivare da Jordy prima che sia troppo tardi.

Mi destreggio nel traffico, ma resto incastrato dietro a un autoarticolato, e devo appoggiare il piede a terra per tenere la moto in equilibrio. Do una manata al manubrio, e lo piego.

Il vampiro con un occhio solo sa cosa significa per me? La ucciderà di sicuro. Merda, l'orsacchiotto. Zuppo di sangue, e l'odore di Jordy. Forse il sangue di Jordy. Ha detto di ricordare che si era nutrito di lei. E che poi l'aveva rivitalizzata con il suo stesso sangue. Quale stronzo malato di mente dà del sangue a un mutante, a meno che... a meno che...

Cazzo. Ho capito cosa stanno cercando di fare i vampiri.

Mutanti. Ecco perché stanno usando i mutanti. Stanno... cazzo, stanno usando gli schiavisti perché li riforniscano. Gli schiavisti di mutanti non stanno facendo sparire dei dominanti. Catturano i più deboli.

E tutto per creare un esercito di vampiri. *Hai idea di quanto sia difficile creare un vampiro?* Difficilissimo, troppo difficile. Un processo troppo lungo, a meno che la vittima non sia forte.

Vogliono creare altri vampiri. Più veloci. Più forti. Migliori. Con un esercito, potranno battere Frangelico.

Tutti i pezzi vanno al loro posto. E Jordy... Jordy è la chiave.

Devo salvarla.

CAPITOLO DICIOTTO

Jordy

SONO IN PIEDI, nuda, sul tappeto della grande camera da letto. Augustine mi cammina attorno. Non parlo da quando mi ha afferrato davanti alla roulotte e mi ha gettata nel bagaglio della macchina. Mi aspettavo che mi portasse al club o di nuovo nel camerino, ma non qui.

"Benvenuta a casa," mi ha detto, mentre mi trascinava lungo il vialetto, fino all'abitazione dove mi teneva. Mi mordo la lingua per trattenermi dal correggerlo. Questa non è mai stata la mia vera casa.

"Jordy." Parla con voce calmante adesso, facendo scorrere un dito dietro al mio collo. La sua unghia mi taglia, ma non mi muovo. "Sei stata una cattiva schiava."

Non sono la tua schiava. Non ti appartengo più.

"Che grazioso inseguimento, quello in cui mi avete condotto te e il tuo orsetto. Devo dire che sono quasi rimasto impressionato."

Non dico niente. Stringo i pugni contro le gambe. Non

239

mi piegherò. Non tremerò, né crollerò. Non darò a questo vampiro la soddisfazione.

Perché non è mai stato il mio padrone. È stato uno sbruffone, uno sfruttatore, e ha preso da me ciò che non era suo. Non gli sono mai realmente appartenuta.

Solo qualche altro minuto. Resisti fino a che…

"Pensavi di poterti nascondere per sempre? Pensavi che ti avrebbe protetto?"

"Mi ha protetto…" dico, e la mia testa scatta di lato per uno schiaffo da parte di Augustine, un colpo che mi aspettavo ma che non ho visto arrivare. La guancia resta indolenzita.

"Ti ha abbandonata," dice il vampiro con un ghigno. "E ora sei di nuovo qui. Da sola. Disarmata. Pietosa. Non c'è niente di più patetico di una schiava senza proprietario."

Non sono priva di proprietario. Il mio amore potrà anche non volermi, ma io l'ho scelto. Porto il suo marchio sul cuore.

Oh Grizz, vorrei poterti vedere. Un'ultima volta.

Il mio ex padrone vampiro mi si para davanti. "Inginocchiati."

"No. Non mi inginocchio per te."

"Tu appartieni a me."

"No. Non più." E sorrido. La sua pretesa di possesso su di me è spezzata. Io non mi sottometto a nessuno. La sottomissione è una scelta, e non scelgo nessuno, eccetto Grizz.

"Chi ha detto?"

Mi trovo faccia a faccia con il mio incubo. Il vampiro con un occhio solo.

Per la prima volta in vita mia, guardo un vampiro negli occhi. Tanto morirò comunque. Tanto vale che resti ferma sulla mia posizione.

"Non me lo vuole dire," dice Augustine a denti stretti.

"Allora la costringiamo a farlo," commenta il vampiro con un occhio solo, e per un momento le cose svaniscono.

Rinvengo con Augustine che mi schiaffeggia in viso.

"Non serve a niente. Non sa niente, e il tempo sta per scadere."

La voce del vampiro con un occhio mi riempie la testa, un incubo che prende vita. "Allora ci assicuriamo che non parli mai più."

E poi dolore. Un sacco di dolore.

GRIZZ

ARRIVO PROPRIO quando un'auto nera con i finestrini oscurati sta partendo. I copertoni fischiano svoltando l'angolo e una risata orrenda mi risuona nelle orecchie. Prima che possa mettermi all'inseguimento, un lampo di rosso attira il mio sguardo. Lungo il vialetto ci sono delle impronte rosse di piedi che partono dalla casa, pregne dell'odore di sangue.

Non è un buon segno.

Nel giro di pochi secondi smonto dalla moto e sono in casa. La fiaschetta mi pesa nella tasca, ma invece di prenderla, stringo il pugno. Ne avrò bisogno fino all'ultima goccia per il confronto con i vampiri, e qualcosa mi dice che sono già andati via.

La casa di Augustine è silenziosa, ma l'odore di vampiro è ovunque. Il mio orso è selvaggio. In questo posto c'è un silenzio di tomba, cazzo, e qualcosa mi dice che questa caccia non finirà bene.

Seguo le impronte insanguinate a ritroso dalla porta al corridoio; terminano davanti a una porta mezza aperta che dà accesso a una camera da letto. Spingo la porta. Gratta contro il tappeto bagnato, intriso di una marea di rosso. Sangue e ancora sangue, e poco più in là, un ventaglio di capelli rossi.

Oh no.

Smetto di spingere contro la porta ed entro nella stanza buia.

Jordy è sdraiata sul tappeto, gli arti abbandonati e flosci. È come una bambola rotta e macchiata di sangue. I vampiri si sono divertiti e l'hanno lasciata qui.

È tutta colpa mia.

Cado in ginocchio e le prendo la mano. Geme. Ha il polso spezzato. Con gli occhi scruta il mio volto. Sono sgranati per il dolore e la paura. "Grizz."

"Va tutto bene, volpacchiotta. Sono qui."

Non mi preoccupo di controllare le ferite. È ricoperta di sangue. Lo squarcio peggiore è sopra al cuore, e il sangue esce a ogni battito. I vampiri l'hanno lacerata e aperta. Ho voglia di ringhiare e fare a pezzi questo posto.

Invece mi accuccio accanto a lei.

"Sei qui," dice con voce roca, le dita che cercano di toccarmi il viso.

"Certo che sono qui." Pensava che sarei rimasto via? Che la lasciassi morire? Scuoto la testa. "Ho rovinato tutto."

"Devi andare." Tenta di alzare la testa e gliela faccio riappoggiare a terra.

"Non ti lascerò, Jordy."

"Devi. Il vampiro con un occhio solo era qui. Puoi trovarlo. Puoi rintracciarlo. Devi andare. Avere la tua vendetta." Mi stringe le dita e poi mi lascia andare. "*Vai.*"

"Jordy."

"Vai a ucciderlo, Grizz. Poi potrai essere libero." La testa le pende dal collo. Cazzo, ha perso troppo sangue. La sua volpe ci sta provando, ma la guarigione mutante non sta operando abbastanza velocemente.

"Non mi lasciare, volpacchiotta."

Il respiro è affaticato nei polmoni. "Volevo dare la mia vita per qualcuno," dice con voce roca. "Sono felice che sia stato tu."

Cazzo, no. Non può finire così. Non può.

Tiro fuori la fiaschetta dalla tasca e cerco di svitare il tappo. Devo fare veloce. Non c'è molto tempo.

"Tieni." Appoggio la fiaschetta alle sue labbra. "Devi bere questo." *Sangue di vampiro: la sostanza più curativa sulla faccia della Terra.*

Muove le labbra come a voler protestare. Le infilo la bottiglia in bocca e la inclino. Il sangue si riversa dentro di lei. Un rosso scuro e carico.

Sputacchia, scuotendo la testa.

"Devi," le ordino. "Bevilo tutto."

Aspetto che svuoti la fiaschetta e corro fuori, tornando subito con il frigorifero portatile. Il sangue del re vampiro: il più potente che c'è. Se c'è qualcosa che può guarirla, è questo.

"Bevi," le ordino con il tono più dominante che sono capace di offrire. La costringo a mandare giù una sacca dopo l'altra, e verso il resto sul suo corpo rotto. Tutto questo sangue doveva servire a fornirmi la mia vendetta. Ogni singola goccia.

Alla fine, lo termino completamente. Jordy giace in una pozzanghera rossa, gli occhi chiusi. Aspetto a lungo, ascoltando il suo respiro. Lento, ma regolare. Non è molto, ma è pur sempre qualcosa.

Corro a trovare tutte le coperte che posso e gliele metto attorno. Cielo, il petto si muove ancora? Le ferite hanno ancora un brutto aspetto, ma non c'è sangue fresco che esce dal suo corpo. Se abbiamo fortuna, il processo di guarigione è iniziato.

"Lotta, volpacchiotta. Puoi farcela, piccola volpe." Mi sdraio accanto a lei e le accarezzo i capelli, scostandoglieli dal viso. Ha la pelle fredda. Cazzo. "Non puoi lasciarmi, Jordy. Non puoi e basta. Non ora, non adesso che ho finalmente recuperato la ragione." Cazzo, mi fanno male gli occhi. Sbatto le palpebre un paio di volte. Dev'essere lo sforzo. Non piango da quando è morta mia madre.

Ma il mio volto è umido quando metto un braccio attorno a Jordy e premo il viso nei suoi capelli zuppi di sangue. "Vivi, volpacchiotta. Vivi per me. Perché da ora in poi, io vivo per te."

Un leggero rumore e le sue labbra si schiudono, il petto si alza e riabbassa. "Ecco. Così," mormoro, premendomi più vicino a lei. La guarigione ha avuto inizio. "Quando ti sveglierai, sarò qui. Perché scelgo te."

Un gemito mi sveglia. Apro gli occhi e il sole mi colpisce in volto. È alto in cielo. Merda, mi sono addormentato? Jordy giace immobile accanto a me. Per un orribile secondo, penso che… ma no, il petto si muove ancora. Il viso e il corpo sono imbrattati di sangue secco, ma sotto le ferite sono guarite.

Vado verso il bagno, afferro un bell'asciugamano elegante e passo qualche minuto a lavare via il sangue dal suo viso e dal suo petto. Quando sono più o meno a metà, apre lentamente gli occhi.

"Ehi." Le accarezzo e tiro indietro i capelli.

"Grizz? Cosa…" Si guarda attorno freneticamente. "Cos'è successo? Augustine…"

"Se n'è andato. I vampiri sono scappati tutti." Per ora. Ma la devo spostare presto da qui, in caso tornino.

"Ma, io pensavo…"

"Non ti potevo lasciare, volpacchiotta. Ho commesso un errore, ma non ti lascerò un'altra volta."

Aggrotta la fronte e io gliela accarezzo. Si rilassa sotto al mio tocco. Fa paura, da quanto si fida di me.

"Come ti senti?"

Cerca di scrollare le spalle e geme leggermente.

"Piano. Va tutto bene."

"Non so cosa sia successo. I vampiri…"

"Ti hanno malmenata e lasciata a morire."

Lascia cadere le mani, gli occhi sgranati e pregni di dolore. "Ricordo."

"Volpacchiotta, scusa."

"Va tutto bene." Inizia a sforzarsi di alzarsi in piedi, ma si risiede velocemente, guardandosi attorno pensierosa. "Mi sento… bene." Mette alla prova ciò che ha detto, alzando una mano e portandosela davanti agli occhi, fissandola. "Meglio di bene, a dire il vero."

"È il sangue."

Chiude la bocca. Deglutisce. "Sangue?"

"Tutto il sangue che avevo. Un frigo portatile pieno. Frangelico me l'aveva dato per combattere contro i vampiri."

"E tu l'hai dato a me?"

"L'ho dato a te. Non sapevo se ti avrebbe guarita o uccisa, ma stavi comunque morendo. Potevo solo sperare." Le tocco il viso con tenerezza. "E ha funzionato. Ti ha guarito. Ci è voluto tutto il sangue che avevo, ma ne è valsa la pena. Ti ha salvato."

"Hai usato il sangue," mormora tra sé e sé. "Ma… e i vampiri? Il vampiro con un occhio solo? L'ho visto. Era qui. Puoi ancora prenderlo…"

"No, volpacchiotta. Non più. Non possiamo restare qui. Non posso tornare dal re. E non posso più dare la caccia al vampiro con un occhio solo. Non posso rischiare che tutti scoprano di te. I vampiri stavano cercando di tramutarti."

"Stavano cercando di…" Aggrotta la fronte.

"Ho capito quello che stavano facendo. Tutti quegli scambi di sangue… vogliono un esercito per sconfiggere Frangelico. Hanno tentato di tramutarti." Per un orribile momento, mi ero chiesto se il sangue l'avrebbe trasformata in vampira. Ma no. Jordy è viva e la sua volpe è forte. Il sangue ha messo in atto il suo potere di guarigione.

"Grizz." Mi tocca il viso. "E la tua vendetta?"

"Non ne ho bisogno. Ho bisogno solo di te."

Chiude gli occhi e appoggia la fronte alla mia. "Scusa."

"Per che cosa?"

"Per aver rovinato le cose. Per aver usato tutto il tuo sangue. Ora non potrai avere la tua vendetta."

"Jordy." Mi stacco da lei e le prendo il mento. "Non hai rovinato niente. Mi hai salvato. Intendevo bere quel sangue, lottare contro i vampiri e morire. Non pensavo di avere niente per cui vivere, se non la vendetta. Mi sbagliavo." Avvicino il volto al suo e sussurro contro le sue labbra. "Sei mia." Cazzo, la devo baciare.

Le sue braccia scivolano attorno al mio collo e la sollevo, attraversando rapidamente la stanza con lei in braccio. Lontano dal sangue e da questo macello. Lontano dalla scena della sua morte e rinascita.

Mi allontano dalla porta, prima di stringerla a me e impossessarmi della sua bocca. La bacio nella casa del vampiro, le mani che scorrono su e giù sul suo corpo stringendola e impossessandosi di lei. È morbida e calda. E tutta intera. Sono stato un fottuto stupido. Avrei potuto perdermi tutto questo. Avrei potuto perderla per sempre.

Un cane abbaia fuori: un avvertimento. Interrompo il bacio e Jordy si porta una mano al viso, arrossato dalla mia barba. Ride per l'abrasione, e devo baciarla di nuovo.

Stavolta è lei a staccarsi, sempre sorridendo. "Dobbiamo andare."

Giusto. "Dobbiamo lasciare la città prima del tramonto. Andare fuori dalla valle."

Si fa seria in volto e le prendo il mento. "Non in questo senso. Io vengo con te questa volta. Te lo prometto, Jordy. Non ti lascerò mai più."

"Ok," dice, guardandomi con immensa fiducia. Non la merito. Passerò il resto della mia vita a venerare questa donna, a prendermi cura di lei e a proteggerla, sostituendo ogni brutto ricordo di vampiri con cento di belli e nuovi. Imparerà quanto è speciale. Imparerà che è amata. Ci dedicherò la mia vita. La dedicherò a lei.

"Dovremo scappare per un po'. Assicurarci che i vampiri ti credano morta. E che io sia troppo devastato dalla tua morte per mettermi a caccia. Scapperemo per un po', ma poi ti porterò a casa mia, a nord."

"Davvero?" mi chiede, con occhi scintillanti.

"Non è molto," la avverto. "Solo una baita nei boschi, nella Sierra Nevada. Non c'è nessuno nei paraggi. Solo io, te e un po' di alberi."

"Mi sembra meraviglioso."

Scuoto la testa. Questa volpe. Così graziosa. "Sei eccitata alla prospettiva? Di vivere nel bosco con un orso scorbutico?"

"Sì," ripete, e ride mentre le tiro i capelli. "Sì, andrei ovunque, Grizz, ammesso che sia con te."

EPILOGO

Grizz

SIEDO sulla vecchia sedia da dentista con mezzo sorriso sul viso. Jordy ha in mano l'album da disegno e lei e il tatuatore stanno riflettendo sui suoi disegni.

"Pensavo alla montagna qui." Usa la mano per mappare il posizionamento sul mio corpo, "e il saguaro gigante con l'impronta della zampa sul fondo."

"Che animale è?" chiede il tatuatore. "Un lupo?"

"Una volpe," lo corregge Jordy. Mi guarda e le faccio l'occhiolino. Tiene la mano appoggiata sul mio petto nudo, e gliela prendo, premendola più saldamente sopra al mio cuore. Mi guarda arricciando il naso.

"Vediamo cosa posso fare." Il tatuatore prende il bozzetto e lo studia, massaggiandosi la barbetta. Non è bravo come quello di Tucson, ma andrà bene lo stesso. Stiamo scappando da oltre un mese ormai, e non ci sono segni di guai. Domani la porterò alla mia baita nei boschi, ma prima voglio imprimere i miei ricordi sulla pelle.

Il tatuatore si volta e colgo l'opportunità per prendere la mia compagna in grembo.

"Grizz," protesta lei, fino a che non la bacio tanto da mozzarle il fiato. Le stringo il culo attraverso i jeans e lei si struscia contro di me. Siamo completamente dimentichi del luogo pubblico in cui ci troviamo.

"Ti amo, volpacchiotta," le dico, perché ho promesso a me stesso di dirlo a voce alta e spesso.

"Lo so," mi sussurra in risposta, e si divincola prima che torni il tatuatore.

"Pronto?" mi chiede.

"Sì." Tengo la mano di Jordy nella mia, mentre il tatuatore inizia a preparare l'area della pelle. "Intendi coprire tutte le mie cicatrici?" le chiedo.

Scuote la testa. "Le cicatrici ci rendono ciò che siamo." Solleva la mia mano e se la posa sopra al seno sinistro, dove ha le cicatrici che l'hanno resa ciò che è.

Accarezzo il punto attraverso la maglietta. "E questi tatuaggi allora?"

"I segni che scegliamo per dirci dove si trova il nostro cuore. A chi apparteniamo."

Soddisfatto, mi rilasso sulla sedia. A ogni respiro, inalo il suo odore. Quando l'ago inizia a vibrare, sono in trance, circondato da Jordy.

Nel giro di poche ore, uscirò da qui, indossando un suo segno sulla mia pelle, ma non ho bisogno di un tatuaggio per sapere a chi appartengo. Nel momento in cui ci siamo incontrati, si è impossessata di me. L'inchiostro sulla mia pelle non è niente, confronto ai segni che mi ha lasciato sul cuore.

Fine

ALFA RIBELLI

OTTIENI IL TUO LIBRO GRATIS!

Iscrivetevi alla newsletter di Renee per ricevere Indomita, scene bonus gratuite e notifiche riguardo a nuove pubblicazioni!

https://subscribepage.com/reneeroseit

ALTRI LIBRI DI RENEE ROSE

Wolf Ridge High

Alfa Bullo

Alfa Cavaliere

Alfa ribelli

Tentazione Alfa

Pericolo Alfa

Un premio per l'Alfa

Una Sfida per l'alfa

Obsession Alfa

Desiderio Alfa

Guerra Alfa

Missione Alfa

Tormento Alfa

Segreto Alfa

Wolf Ranch

Brutale

Selvaggio

Animalesco

Disumano

Feroce

Spietato

L'AUTORE

L'autrice oggi bestseller negli Stati Uniti Renee Rose ama gli eroi alfa dominanti dal linguaggio sboccato! Ha venduto oltre un milione di copie dei suoi romanzi bollenti, con variabili livelli di erotismo. I suoi libri sono comparsi su *USA Today's Happily Ever After* e *Popsugar*. Nominata *Migliore autrice erotica da Eroticon USA* nel 2013, ha vinto come autrice antologica e di fantascienza preferita dello *Spunky and Sassy*, come miglior romanzo storico sul *The Romance Reviews* e migliore coppia e autrice di fantascienza, paranormale, storica, erotica ed ageplay dello *Spanking Romance Reviews*. È entrata otto volte nella lista di *USA Today* con varie antologie.

Iscrivetevi alla newsletter di Renee per ricevere scene bonus gratuite e notifiche riguardo a nuove pubblicazioni!

https://www.subscribepage.com/reneeroseit

L'AUTORE

Lee Savino è una fra le migliori scrittrici di libri erotici 'smexy' al giorno d'oggi negli Stati Uniti. 'Smexy' nel senso di 'smart e sexy': storie sensuali ed argute. La puoi trovare nel gruppo Goddess in Facebook ed è possibile scaricare un suo libro gratuito su www.leesavino.com!